Alaaf für eine Leiche

Ein Peter-Merzenich-Krimi

Kriminalroman von
Gereon A. Thelen

Impressum

Math. Lempertz GmbH
Hauptstr. 354
53639 Königswinter
Tel.: 02223/ 90 00 36
Fax: 02223/ 90 00 38
info@edition-lempertz.de
www.edition-lempertz.de

1. Auflage – Februar 2014

Text: Gereon A. Thelen
Titelbild © Fotolia
Umschlaggestaltung: Ralph Handmann
Lektorat: Laura Liebeskind, Philipp Gierenstein

ISBN: 978-3-943883-70-1

Gereon A. Thelen wurde 1978 in Köln geboren. Nach dem Abitur absolvierte er eine Ausbildung beim Zolldienst, sein Studium an der Fachhochschule schloss er als Diplom-Finanzwirt ab. Seit 2005 arbeitete er als Zollfahndungsbeamter beim Zollkriminalamt in Köln-Dellbrück. Heute ist er, noch immer in Dellbrück, für das Zollfahndungsamt Essen tätig. Sein Spezialgebiet ist das Verbrauchsteuerrecht. Vom gleichen Autor erschien 2012 der Roman „Nachts in Kalk" in der Edition Lempertz.

Alaaf für eine Leiche

Ein Peter-Merzenich-Krimi

Kriminalroman von
Gereon A. Thelen

EDITION
LEMPERTZ

Prolog

Wie vor jedem Auftritt hatte ich ziemliches Lampenfieber. Zwar waren wir eine eingespielte Truppe, aber gegen die Nervosität half das nichts. So standen wir im Foyer des Kristallsaals im Messekongresszentrum und nippten an unserem Kölsch. Ich schaute auf die Uhr: schon zehn. Noch gut fünfzehn Minuten, dann würde unsere zwanzig Mann starke Truppe der „KG Löstije Kuletschhöt vun 1982 e.V.“ unter der Leitung unseres Kommandanten Erich Koslowski den Einmarsch des Elferrates in den Festsaal begleiten und einige kölsche Lieder zum Besten geben.

Ich stand mit meinen Vereinskameraden Marcel und Dario etwas abseits vom Rest der Truppe an der überfüllten Theke. Unter den anwesenden Gästen schien keine allzu große Karnevalsstimmung zu herrschen. Wie für die Prunksitzungen der großen Karnevalsgesellschaften üblich, zeigten sich hier die Wichtigen und Prominenten aus Köln und Umgebung. Ums Feiern ging's bei solchen Veranstaltungen nur am Rande. Man zeigte sich, seine neueste Rolex, die junge Geliebte und den maßgeschneiderten Smoking. Ein reines Schaulaufen.

Ich schaute mich um. Und tatsächlich, meine zugegebenermaßen voreingenommene Meinung wurde vollends bestätigt. Die wirklich kostümierten Gäste konnte man an zehn Fingern abzählen. Von den smokingtragenden und havannarauchenden Wirtschaftsbossen wurden die Cowboys und Clowns angestarrt, als wären sie von einem anderen Stern. Ich hasste solche „Events“. Wenn sie unserem Verein keine schöne Stange Geld eingetragen hätten, wäre ich der Letzte gewesen, der solche Möchtegern-Shows besuchte. Ein Gespräch wollte bei der herrschenden Lautstärke nicht so recht aufkommen. Dario und Marcel wirkten auch nicht gerade sonderlich motiviert, sie lehnten gelangweilt an der Theke. Ich winkte den gestressten Kellner heran und bestellte ein weiteres Kölsch. Aus den Lautsprechern ertönte „Superjeile Zick“, der karnevalistische Durchbruch für Brings. Neben mir unterhielt sich ein Yuppie mit seiner Gefährtin über „Personalmanagement“

und die „Einsparung sozialversicherungspflichtiger Arbeitsplätze“. Ein Thema, das seine Herzensdame sichtlich langweilte und gar nicht zu einer Karnevalssitzung passte. Erich kam auf uns zu. Langsam wurde mir in meinem bunten Lappenkostüm warm, ich nahm das schwarze Lack-Tschako – auf Kölsch „Kuletschhot“ –, das unserem Verein seinen Namen gab, zusammen mit der feuerroten Clownsperücke vom Kopf und wischte mir mit dem Handrücken den Schweiß von der Stirn. Erich, der mit Hartmut Groß, unserem 2. Vorsitzenden, zu uns herüberkam, umarmte Marcel und mich freundschaftlich.

„Und Jungs, alles klar? In fünf Minuten ist die Pause vorbei, dann marschieren wir mit dem Elferrat ein. Denkt dran: Immer lächeln. Wir wollen doch schließlich Spaß und Freude vermitteln, oder?“

Ohne eine Antwort abzuwarten, verschwand Erich wieder. Sein langjähriger Freund Hartmut, Marcels und mein ehemaliger Dienstgruppenleiter, der mit seinem rotblond-weißen Bart und dem freundlichen Dackelblick Herzlichkeit nur so ausstrahlte, zwinkerte uns zu und folgte ihm in Richtung der Stehtische in der Mitte des Foyers, an denen noch einige weitere Mitglieder unseres Vereins standen. Meine beiden väterlichen Freunde, zwei sonst sehr zurückhaltende Menschen, waren an Karneval doch jedes Jahr wieder aufs Neue in ihrem Element. Ich konnte ihre Begeisterung an diesem Abend nicht teilen. Irgendwann fragte ich Marcel schließlich, ob meine Clownschminke nicht verwischt war, um wenigstens ein bisschen zu reden. Es half aber nicht viel. Nach einem gemurmelten „Nä!“ ebbte das kaum begonnene Gespräch wieder ab. Also widmete ich mich meinem inzwischen vierten Kölsch. Es beruhigte meine angespannten Nerven ein wenig.

Dann waren wir endlich an der Reihe. Die Jungs vom Elferrat in ihren Fräcken und den Narrenkappen auf den Köpfen stürmten zu der Tür, die den Weg in den spiegelverkleideten Kristallsaal freigab. Erich klatschte ein paar Mal in die Hände und wir bezogen unsere Einmarschpositionen. Dario hatte sich mit unserer Vereinsstandarte als Erster aufgestellt, danach kam der

Rest der Truppe. Unter dem Beifall der Menge zogen wir zu dem Bläck-Fööss-Klassiker „Schötzefess“ in den durch etliche Scheinwerfer erhellten Saal. Eine enorme Hitze schoss mir entgegen; ich fühlte, wie das Clownskostüm an meinem Körper klebte. Jetzt hieß es nur, freundlich zu lächeln und die nächsten zwanzig bis fünfundzwanzig Minuten durchzuhalten. Der Gedanke an meine bevorstehende freie Woche, in der ich den „richtigen“ Karneval in vollen Zügen genießen würde, hielt mich aufrecht.

Der übertrieben freundliche und gespielt witzige Sitzungspräsident begrüßte in schlechtem Kölsch die langsam wieder in den Saal eintrudelnden „leev Fastelovendsfründe“ und sagte alsdann ein „Highlight des kölschen Fasteleers“ an. Damit war unser mit bunten Lappenkostümen, roten Perücken, Pappnase und nachgebildetem Polizei-Tschako bekleideter Männerchor gemeint. Die Kapelle setzte auf ein Zeichen Erichs hin ein und begann mit dem ersten Lied. Ich hakte Marcel und Eugen, die links und rechts neben mir standen, unter, und begann zu schunkeln. Aus voller Brust schmetterten wir der nicht besonders begeistert wirkenden Menge den Willi-Ostermann-Hit „Heimweh nach Köln“ entgegen, das, als sehr melancholisches Lied, eher als Abschlussnummer gepasst hätte. Nach drei weiteren Liedern des größten Kölner Komponisten wurden wir mit „Drei Mol Kölle Alaaf“ verabschiedet. Den Geschmack des Publikums hatten wir offensichtlich nicht getroffen. Dafür waren die Gäste zu borniert und unser Bühnenprogramm zu konservativ.

Es war inzwischen Viertel vor elf, der einzige Auftritt an diesem Tag lag hinter uns. Ich beschloss, gemeinsam mit Marcel und Dario noch ein bisschen im Foyer zu bleiben und ein paar Kölsch zu trinken. Der Rest der Truppe wollte nach Hause, schließlich stand uns eine anstrengende Woche bevor. Wir hatten ja gerade mal Dienstag, den 25. Februar. Mit Weiberfastnacht und Rosenmontag lagen die Sessionshöhepunkte noch vor uns. Erst in einer Woche würde die „fünfte Jahreszeit“ vorbei sein. Nur gut, dass ich mir – dank genügend Überstunden – freigenommen hatte.

Nach ein paar Gläsern Kölsch tauten Marcel und Dario langsam auf. Wir erzählten Witze und alberten herum. Mit zunehmendem Alkoholpegel gewann auch die langweilige Party an Attraktivität. Wir nickten dem Wachmann an der Saaltür freundlich zu, betraten den Sitzungsraum und bewunderten das Bühnenprogramm von Bernd Stelter, der eher den Geschmack des Publikums zu treffen schien als wir. Ich zog die rote Pappnase aus, das Tschako und die Perücke hatte ich schon im Umkleideraum abgelegt.

„Der Bernd hat dieses Jahr wieder ein super Programm, was?“, meinte Marcel.

„Auf jeden Fall. Sollen wir noch ein Kölsch trinken?“ Ich blickte Marcel und Dario fragend an.

„Na klar. Wir haben doch morgen alle frei“, sagte Dario.

„Ihr faulen Beamten vielleicht. Ich hab morgen ein wichtiges Meeting mit einem meiner Kunden. Muss um halb elf in Münster sein.“

„Jetzt stell dich mal nicht so an, Marcel. Kommt, ich geb noch einen aus!“ Ich trieb Marcel und Dario vor mir her ins Foyer. Der Kellner schaute mich genervt an. „Noch drei Kölsch, die Herren?“

„Was für ’ne Frage. Na klar!“ Aus dem Saal ertönte Bernd Stelters Version des Smokie-Hits „Alice“, „Ober Zack ’n Helles“. Die Leute tobten.

Ich ließ meinen Blick durch das relativ leere Foyer streifen. Ein paar Meter vor uns bereitete sich eine Tanzgruppe auf ihren bevorstehenden Auftritt vor. Eines der Mariechen machte einen Spagat, ein paar junge Männer machten Dehnübungen. Sie alle trugen weiße Matrosenuniformen. Ich hatte die Truppe schon öfter gesehen, sie zählte zu den besten ihrer Zunft. Die „Fidelen Rheinschiffer“ waren eine traditionsreiche Tanzgruppe, über die die Presse während der Session fast täglich Lobeshymnen veröffentlichte. Ein kleiner, durchtrainierter Mann in weißer Kapitänsuniform kam aus dem Umkleideraum, in dem auch wir uns gut anderthalb Stunden zuvor eingefunden hatten. Er war etwa

Anfang vierzig, hatte die Haare gelb-orange gefärbt und war so braungebrannt, als ob er sich gerade sechs Wochen auf Mallorca gesonnt hätte. Ich kannte diesen Mann, um den sich die gesamte Tanzgruppe scharte, als er kaum den Raum betreten hatte: Klaus-Dieter Döring, einer der erfolgreichsten kölschen Tanztrainer, der zur fünften Jahreszeit in den lokalen Medien allgegenwärtig war. Döring brauchte nicht viele Worte, um die kreischenden und herumalbernden Teenager zu disziplinieren. Die sechzehn jungen Karnevalisten formierten sich zu einem großen Kreis, fassten sich an den Schultern und beugten sich nach vorn. Eine Geste, die ich bisher nur von den Footballspielern der Cologne Crocodiles kannte. Döring erhob die Stimme: „Also, Leute: Wir gehen jetzt da rein und geben unser Bestes! Wir sind die Besten! Wir sind cool! Wir zeigen allen anderen, wo's langgeht! Wer sind wir?"

Die Gruppe antwortete einstimmig und aus voller Brust: „Die Besten!"

„Ich kann euch nicht hören! Wer sind wir?"

„Die Besten!"

„Lauter!"

„Wir sind die Besten und wir sind cool!"

„Na also!"

Der Kreis löste sich auf, die Gruppe klatschte noch dreimal in die Hände und bezog Aufstellung. Ich verzog das Gesicht. „Was war das denn jetzt? Ist das ein Motivationskurs

oder ein Tanzverein?"

„Keine Ahnung, Pitter, aber dieser Döring spinnt doch sowieso. Du musst nur mal mit den Leuten aus seinem Umfeld reden. Ich hab letzte Woche noch mit 'ner Bekannten gesprochen, die auch mal bei den Rheinschiffern getanzt hat. Ich war fassungslos, was der für Trainingsmethoden hat. Der verlangt den armen Teenies alles ab. Proben bis zum Umfallen. Ein richtiges Arschloch ist das. Und arrogant obendrein."

Ich konnte gerade selbst feststellen, was Marcel meinte: Döring hatte uns erblickt und rümpfte nur abfällig die Nase, bevor er sich wieder abwandte. Marcel schüttelte den Kopf. „So 'n

Idiot. Kommt sich wie der Größte vor. Dabei war der doch vor einem guten halben Jahr mit seiner Truppe ziemlich in die Schlagzeilen geraten."

„Was meinst du?"

„Na, habt ihr das nicht mitgekriegt? Der hat doch mit seinen beschissenen Trainingsmethoden ein Mariechen auf dem Gewissen! Sagt bloß, ihr habt da nix von gehört. War doch groß in der Zeitung. Da ist vor 'nem halben Jahr das Hauptmariechen der Rheinschiffer bei der Probe für eine Hebefigur so unglücklich gestürzt, dass es seitdem querschnittsgelähmt ist. Die Mutter hat Döring in der Öffentlichkeit angeprangert und ihn sogar angezeigt. Aber die Staatsanwaltschaft sah keine Veranlassung für Ermittlungen. Der Typ hat doch überallhin Beziehungen. Ein richtiger Kotzbrocken!"

„Na, na, na, Herr Koslowski, was sind denn das für Ausdrücke?" Ich leerte mein halbvolles Kölsch in einem Zug und winkte den Kellner abermals heran. „Noch drei!"

Der mit seinem Job sichtlich überforderte Mann verdrehte die Augen und ging zum Zapfhahn.

Bernd Stelter war mittlerweile mit seiner Zugabe fertig und verließ nach einer Rakete den hörbar mitgerissenen Saal. Der Sitzungspräsident kündigte nun überschwänglich die Rheinschiffer an, woraufhin die Kapelle „Heidewitzka" anstimmte. Döring klatschte in die Hände und rief laut „Einmarsch!" Dann begab er sich mit dem vor ihm gehenden Tanzmariechen, das er unsanft durch die Eingangstür bugsierte, in den Saal und nahm seine Tanzpartnerin in den Handsitz. Die restlichen Rheinschiffer legten die rechte Hand zum Narrengruß an die linke Schläfe und folgten Döring im Gleichschritt.

„Sollen wir uns die Angeber ansehen?", fragte Dario.

Ich schüttelte den Kopf. „Nee, lass uns lieber noch einen trinken."

Dario schaute ungläubig auf mein leeres Glas. Seit unserer Ankunft vor fast zwei Stunden hatte ich schon acht Kölsch getrunken. Langsam wurde mir warm. Ich stützte mich lässig auf die Theke. Der Kellner unterdrückte ein genervtes Seufzen.

„Wollen Sie schon wieder eins?"

„Wenn's Ihnen nicht zu viele Umstände macht ..."

Der Kellner schüttelte den Kopf und ging wieder zur Zapfanlage. Ich zog das knallbunte Jackett aus. „Was ist mit euch beiden, ihr Abknicker? Wollt ihr nicht langsam mal austrinken? Ihr hinkt hinterher!"

Marcel hob beschwichtigend die Hände. „Ich hab genug, muss jetzt nach Hause. Dario, sollen wir uns ein Taxi nach Riehl teilen?"

Ich schaute auf die Uhr: 23.15 Uhr. „Der Abend ist doch noch jung, Freunde! Lasst uns noch ein bisschen feiern!"

„Nee, Pitter, der Marcel hat recht. Ich mach mich auch vom Acker! Wir sehen uns dann morgen Abend zum Auftritt in den ‚Riehler Heimstätten'. Ciao!"

„Tschüss Pitter!"

Dario und Marcel tranken aus, schüttelten mir die Hand, holten aus dem Umkleideraum ihre Sporttaschen und Vereinsanoraks und verließen über die vor dem Foyer befindliche Rolltreppe das Kongresszentrum.

Na ja, was soll's?, sagte ich mir und leerte mein Glas. Bevor ich etwas sagen konnte, hob der Kellner resigniert die Hände und stöhnte nur: „Ich weiß schon!"

Zwischenzeitlich war der Auftritt der Rheinschiffer vorbei. Mit ihnen strömten auch mehrere Sitzungsgäste ins Foyer. Nach etwas mehr als einer Stunde der zweiten Sitzungshälfte schien sich bei einigen der Kölschdurst breitzumachen. Es gehörte zu den Regeln der großen Kölner Festsäle, in den Sitzungsräumen kein Bier, sondern nur Wein, Sekt und ähnliche feine Alkoholika auszuschenken. Vollkommener Schwachsinn! Die Theke füllte sich, ich wurde unsanft beiseite geschubst. Aber das war mir auch egal. Ich bestellte ein neues Kölsch. Aufgrund des Andrangs musste ich jetzt allerdings länger warten. Kaum hatte ich zum Trinken angesetzt, da wurde ich von der Seite angerempelt, sodass sich das köstliche Bier über mein weißes T-Shirt ergoss.

„Hey, pass doch auf!“, raunzte ich die Verursacherin des Unfalls an. Aber die Frau, deren Kostüm ich nicht so genau definieren konnte – es bestand aus einem schwarzen Spitzenkleid, einem schwarzen Schleier und einer venezianischen Gesichtsmaske –, ließ sich statt einer angebrachten Entschuldigung nur zu einem hochnäsigen „Tststs“ bewegen und machte sich mit ihrem Kölsch in der mit einem auffälligen Edelsteinring geschmückten Hand von dannen. So stand ich da wie ein begossener Pudel. Die Freude am Feiern hatte mir diese Tussi gründlich verdorben. Abgesehen davon sah ich mit dem besudelten Hemd wie ein besoffener Heckenpenner aus. Ich beschloss, mir ein Taxi zu nehmen und nach Hause zu fahren.

So bahnte ich mir den Weg durch die Massen in den eleganten Konferenzraum, der uns „Profi-Karnevalisten“ als Umkleide diente. Ich erblickte die von ihrem Auftritt sichtlich geschafften Rheinschiffer. In der hintersten Ecke entdeckte ich meine Sporttasche und die Vereinsjacke. Ein lauter Streit riss mich aus der Müdigkeit. Ich konnte eine aufgeregte Frauenstimme vernehmen: „Sie verdammtes Schwein! Sie haben meine Tochter zum Krüppel gemacht! Das zahl ich Ihnen heim, darauf können Sie sich verlassen!“

Eine Mittvierzigerin stand vor dem gelangweilt lächelnden Klaus-Dieter Döring und packte ihn am Kragen. Döring ergriff die Handgelenke der Frau und riss sie von seinem Oberkörper. Im nächsten Moment wischte er provokant mit den Fingerspitzen über seinen Reverskragen, als ob die Frau ihn beschmutzt hätte. „Sehen Sie lieber zu, dass Sie ganz schnell von hier verschwinden, Frau Wegberg! Sie machen sich ja lächerlich! Wer hat Sie hier überhaupt reingelassen?“ Dann lachte er und drehte sich um. Die Frau kämpfte mit den Tränen. Sie riss Döring an der Schulter herum und gab ihm mit voller Kraft eine Ohrfeige.

Nachdem sie Döring noch als „Arschloch“ tituliert hatte, machte sie kehrt und verschwand so schnell, wie sie gekommen war. Döring hatte nur für einen kurzen Moment die Fassung verloren und versuchte jetzt, seine treudoofe Schafherde zu beruhigen. „Ganz ruhig Leute, von dieser Person lassen wir uns doch nicht den Abend verderben! Ich schmeiß 'ne Runde Cola!“ Die Meute hatte sich wieder beruhigt. Ich sah zu, dass ich Land gewann. Ich wollte einfach nur ins Bett und ausschlafen.

Den ganzen Mittwoch hing ich nur zuhause rum und schaute irgendwelche Talkshows. Abends aß ich dann mit Marcel, seiner Frau Diana und Dario zu Abend. Danach traten wir vor einem begeisterten Publikum in den „Riehler Heimstätten“ auf, einem großen Seniorenzentrum. Bei den älteren Mitbürgern fand unser Programm, anders als am Tag zuvor, großen Anklang. Zuhause trank ich noch zwei Flaschen Kölsch und bereitete mich mental auf den folgenden Tag vor – Weiberfastnacht. Ein Blick in den Auftrittsplan verriet mir, dass wir an diesem bedeutenden Tag in diversen Festzelten und -sälen in Köln und dem Umland von Bergheim bis Eitorf auftreten würden. Den Abschluss sollte ein Auftritt in der Börse um elf Uhr abends bilden. Danach war nur noch pures Feiern angesagt. Aber aus dem Feiern sollte an diesem Karneval für mich nicht allzu viel werden ...

1. Kapitel: Feiern

Gasthaus „Zum Jan“, Thieboldsgasse 137,
50676 Köln-Altstadt/Süd, Freitag, 28. Februar 2003, 00:36 Uhr

Ein anstrengender Tag lag hinter uns. Seitdem wir uns um acht Uhr morgens in unserem Vereinslokal in Ehrenfeld getroffen hatten, waren wir „im Auftrag des Frohsinns“ unterwegs gewesen. Es fing an mit einem Auftritt in Bergheim, dann ging es auf die PP-Sitzung in unserer behördeneigenen Kantine, dann weiter nach Euskirchen, Siegburg, Overath und zum Schluss nach Eitorf. Bis Eitorf war alles glattgegangen, aber dort hatten wir eine halbe Stunde Programmverzögerung, sodass wir unseren letzten Auftritt in der Börse am Maria-Ablass-Platz in der Nähe des Doms erst um halb zwölf wahrnehmen konnten.

Nun lag dieser letzte Auftritt für Weiberfastnacht auch hinter uns. Das Kostüm war durchgeschwitzt, die Füße taten weh. Von der Singerei war meine Kehle ganz trocken. Eigentlich die besten Voraussetzungen dafür, ins Bett zu fallen und auszuschlafen. Aber wenn man so ein Vollblutkarnevalist ist wie ich, lässt man sich durch solche Beschwerden wahrlich nicht vom Feiern abhalten. Der Großteil unseres Vereins – pensionierte Polizisten jenseits der sechzig – hatte sich dann auch direkt nach dem Börsen-Auftritt Richtung Heimweg verabschiedet. Nur der „harte Kern“ – bestehend aus Marcel, Dario, Erich, Hartmut und meiner Wenigkeit – war noch übrig geblieben. Nach zwei von Erich auf die erfolgreichen Auftritte ausgegebenen Runden Kölsch baten wir den Fahrer unseres kleinen gecharterten Reisebusses, uns zum Neumarkt zu fahren. Wir hatten uns entschlossen, der bei Karnevalisten bekannten und beliebten Kneipe „Zum Jan“ in der an den Neumarkt grenzenden Thieboldsgasse einen Besuch abzustatten. Dieses urige Lokal bot den idealen Rahmen zum Feiern nach einem harten Vereinstag. Zwar war das „Kasino“, wie der gemütliche Keller des Gasthauses offiziell hieß, an Weiberfastnacht für das traditionsreiche Reiter-Korps Jan von Werth reserviert, aber Erich kannte eines der Mitglieder des „Corps à la suite“, des Ehren-Korps dieser in historischen Musketieruniformen gekleideten Gesellschaft. Und dieser „Kontaktmann“ hatte unseren Verein offiziell eingeladen. Schließlich feierte das Korps in diesem Jahr seine „sieben mal elfte“, seine siebenundsiebzigste, aktive Session seit der Gründung im Februar 1925. Willi, unser Busfahrer, beeilte sich, uns am Neumarkt abzuliefern. Er war hundemüde und wollte ins Bett.

Der Neumarkt war selbst zu dieser fortgeschrittenen Stunde noch mit maskierten Jecken bevölkert. Überall hörte man spontan angestimmte Lieder wie „Mer losse d’r Dom in Kölle“ oder den aktuellen Sessionshit der Höhner, „Viva Colonia“, der wie eine Bombe eingeschlagen war. Aber leider sah man auch viele betrunkene und teils fast bewusstlose Jugendliche, die von ihren Kumpels gestützt werden mussten. Alle paar Minuten erblickte man die blau flackernden Lichter der Rettungswagen, die sich um die unvernünftigen Schnapsleichen kümmern mussten. Nicht zu vergessen die Tonnen von Müll – leere Bierflaschen, Essensreste und sonstiger Unrat –, die den tapferen Frauen und Männern der Stadtreinigung eine Sonderschicht bescheren würden. Marcel und Dario wollten noch etwas bei dem chinesischen Schnellimbiss an der Ecke Neumarkt/Fleischmengergasse essen, während Erich, Hartmut und ich schon vorgingen. Weit kamen wir jedoch nicht. Eine kostümierte Menschenmenge versperrte den Zugang zu dem gemütlichen Lokal in der kleinen Gasse. Ein grün-weißer VW-Bus mit eingeschaltetem Blaulicht stand mitten auf der Straße neben einem signalroten Rettungswagen und einem Notarzteinsatzfahrzeug, die beide ebenfalls das Blaulicht eingeschaltet hatten. Eine aufgebrachte Stimme schrie: „Mensch, Leute, jetzt seid doch vernünftig, hier gibbet nix zu glotzen. Und ihr könnt jetzt hier auch nich rein! Los, geht weiter!“

Eine bunte Truppe von Hänneschens, Bärbelchens, Musketieren, Hippies, Hexen und Teufeln machte sich unter lautstarkem Protest auf den Rückweg Richtung Neumarkt. Dabei wären sie als „Karnevalszivilisten“, die keinem Verein und erst recht nicht dem Reiter-Korps Jan von Werth angehörten, an jenem Tag wohl ohnehin nicht in die Kneipe gekommen. Ich schaute Erich und Hartmut erstaunt an. Neugierig, wie ich nun mal bin, und in der Gewissheit, dass hier etwas passiert sein musste, ging ich auf die Gruppe von sechs Beamten im olivgrünen Einsatzanzug der Bereitschaftspolizei zu. Besonders freundlich sahen die Kollegen nicht aus.

Ich wandte mich an den Wortführer des kleinen Trupps, der zuvor auch die Jecken entnervt weggeschickt hatte. Es war ein ziemlich kräftig gebauter Polizist, etwa einen Kopf größer als ich. Unter dem zu kleinen grünen Barett konnte ich eine kurze Stoppelfrisur erkennen. Der Brillant im Ohr verlieh dem uniformierten Kollegen etwas Prolliges.

„'n Abend Kollege, was ist denn hier passiert, wenn ich fragen darf?"

Der Bereitschaftspolizist verschränkte die Arme vor der Brust und sah mich skeptisch an. „Kumpel, nur weile 'nen albernen Helm aufm Kopp has, musse nich denken, dat wer Kollegen sind. Hasse dat kapiert?"

Da war ich aber an einen netten Kollegen geraten. „Man wird ja wohl noch fragen dürfen!" Der Alkoholkonsum der letzten Stunden machte mich aufsässig.

„Mensch, Keule, hasse wat anne Ohren oder wat? Also: Mach'en Abgang! Und zwar flott!" Ich war ein wenig verstört, von einem Kollegen derart derbe behandelt zu werden, und starrte ihn fassungslos an. Zwei Rettungssanitäter kamen mit ihrer Erste-Hilfe-Ausrüstung aus dem Inneren des Gebäudes gestürmt, gefolgt von einem glatzköpfigen Notarzt mit signalroter Wetterjacke, der seine ganze Aufmerksamkeit dem Klemmbrett widmete, das er in den Händen hielt. Der Notarzt kam zu dem unfreundlichen Bereitschaftspolizisten herüber, klopfte ihm auf die Schulter und fragte: „Habt ihr die Kollegen von der Kripo schon verständigt?"
„Klar!"

„Und wo bleiben die dann?"

Genervt griff der Kollege nach seinem Funkgerät. Dabei sah er Hartmut, Erich und mich finster an. „War noch wat?", fragte er in strengem Ton. Erich packte mich am Ärmel und sagte: „Komm Jung, wir haben hier nix verloren. Gibt doch noch genug andere Läden."

Auch Hartmut fasste mich an der Schulter. „Du hast den Erich doch gehört. Lass uns gehen!" Dabei blickte er den Beamten vorwurfsvoll an, was ihm aufgrund seiner gutmütigen Art sichtlich schwerfiel. Aber der Pötter winkte nur ab und sprach in sein Funkgerät.

Im Wegdrehen bekam ich noch den folgenden Funkverkehr mit: „Arnold von Irma 61/32!" Keine Sekunde später knackte es in seinem Funkgerät. „Kommen, Irma 61/32!"

„Frage Ankunft K-Wache?"

„K-Wache rollt an und trifft unverzüglich am ‚TO' ein!"

„Verstanden!", raunzte der Kollege ungehalten.

Klasse! Ausgerechnet ich musste mich mit so einem Ruhrpott-Asi von der Hundertschaft Bochum anlegen. Dass er von den Bochumern war, verriet mir sein Funkrufname „Irma". Die Bochumer Jungs waren jedes Jahr an Karneval zur Unterstützung in Köln und nahmen das ganze Spektakel normalerweise genauso locker wie ihre „einheimischen" Kollegen.

Hier musste etwas Schlimmes passiert sein. Sonst hätte der Hundertschaftsbeamte gewiss nicht derart abweisend reagiert. Und sonst wären die anwesenden Rettungssanitäter nicht dermaßen hektisch gewesen. Außerdem hätten die Kollegen dann nicht die Jungs von der K-Wache alarmiert und von einem „TO", also einem „Tatort", gesprochen. Aber darüber wollte ich mir keine weiteren Gedanken machen. Schließlich war meine Anwesenheit nicht erwünscht – und außerdem wollte ich endlich mal wieder völlig ausgelassen feiern!

Wir hatten gerade Dario und Marcel vor dem China-Imbiss getroffen, da bog ein unauffälliger Ford Mondeo B Turnier in die Thieboldsgasse ein, einer unserer Zivilwagen. Wir berichteten Marcel und Dario von dem Zwischenfall mit dem Bochumer Kollegen und traten den Rückweg zur Börse an. Schließlich war dort im Foyer auch noch einiges los. Wir schunkelten mit den übrigen

Jecken um die Wette, das Kölsch floss in Strömen. Gegen halb vier machte die Börse dicht, ich war mit etwa fünfzehn weiteren Personen der Letzte. Dario, Marcel, Hartmut und Erich hatten sich schon gegen halb zwei verabschiedet. Ich konnte mich kaum auf den Beinen halten, als ich verzweifelt versuchte, mir ein Taxi an den Straßenrand zu winken. Einer der Fahrer hatte dann doch Mitleid und lieferte mich zuhause ab. Von der Fahrt bekam ich in meinem betrunkenen Zustand nicht viel mit. Ohne mein Vereinskostüm auszuziehen, fiel ich zuhause ins Bett und schlief keine Minute später ein.

Der schrille Ton meiner Türklingel riss mich am nächsten Tag aus dem Tiefschlaf. Zunächst wollte ich das Geräusch ignorieren und mich einfach wieder umdrehen. Aber mein Besucher klingelte beharrlich weiter. Entnervt schaute ich auf meine Armbanduhr. Ich wollte es kaum glauben: Es war schon fünf vor halb zwei mittags! Es kam mir vor, als wäre ich gerade mal vor einer Stunde ins Bett gegangen. Meine Schminke war verlaufen und hatte die Bettwäsche rot-schwarz eingefärbt. Ich verfluchte mich dafür, immer auf derart extreme Weise versumpfen zu müssen. An der Tür klingelte es immer noch. Wutentbrannt stand ich auf, schrie nur „Ja doch!“ und ging zur Gegensprechanlage. „Wer stört?“, brüllte ich in den Lautsprecher. Die Stimme, die mir antwortete, besänftigte mich ein wenig. „Ey, Pitter, bleib mal locker! Ich bin's, der Figo! Und den Düsseldoofen hab ich auch mitgebracht! Mach mal auf, Chef!“

Ich lächelte, schüttelte den Kopf und betätigte den Türöffner. Ich hörte ein Summen unten an der Haustür. Im nächsten Moment wurde sie aufgestoßen. Ich öffnete meine Wohnungstür und konnte sehen, wie meine beiden Kollegen in den ersten Stock stürmten.

„Figo“, oder besser gesagt Kriminalkommissar André Werner, kam als Erster auf mich zu. Er hatte drei duftende, flache Kartons mit der Aufschrift Pizzeria Napoli in der Hand. Dicht hinter ihm kam Kriminaloberkommissar Thorsten Herberts, den wir aufgrund seiner Herkunft alle nur den „Düsseldoofen“

nannten, mit tief in den Hosentaschen vergrabenen Händen die Treppe herauf. Er sah ein wenig müde und genervt aus. Erst vor Kurzem war er zu unserem Kommissariat versetzt worden und arbeitete seitdem nicht mehr nur als „Aushilfe“ für uns.

Figo erblickte mich im Türrahmen und lachte sich halb kaputt. „Ey, Alter, wie siehst du denn aus? Geiler Hausanzug! Wo kriegt man denn so was her? Und dann diese Schminke! Siehst aus wie ’n Zombie ...“

„Willste mich jetzt auch noch auslachen, Bürschchen? Dir werd ich helfen!“ Ich lachte und klopfte ihm auf die Schulter. Danach reichte ich dem knapp nickenden Thorsten die Hand und bat die beiden Kollegen in meine Wohnung.

„Wir haben gedacht, dass wir unsere Mittagspause mit dem lieben Kollegen Merzenich verbringen und gleich Pizza mitbringen. Prosciutto war doch richtig, oder?“, sagte Figo und stellte die drei Pappkartons auf meinem Küchentisch ab.

„War ’ne super Idee, Jungs, ich hab tierischen Kohldampf!“

Figo und Thorsten hingen ihre Jacken im Flur auf und nahmen in meiner Küche Platz. Blitzschnell hatte ich Besteck geholt. „Wollt ihr auch ’n Kölsch, Männer?“

Zum ersten Mal seit seiner Ankunft sagte Thorsten etwas: „Nä, danke. Wir sind doch im Dienst – und das schon seit etlichen Stunden!“

„Außerdem reicht’s doch, wenn einer von uns wie ’ne Schnapsfabrik stinkt!“, warf Figo ein. „Hast wohl wieder einen über den Durst getrunken, was, Mann?“

Energisch winkte ich ab. „Wie können Sie mir nur so was unterstellen, Herr Werner? Ich trink doch nie was!“ Gelächter brach aus. Ich holte zwei Gläser und eine Flasche Cola für meine Kumpels.

„Und wie war’s gestern noch bei dir?“, wollte Figo wissen. „Scheinst dich ja gut amüsiert zu haben, wenn ich das richtig sehe.“

Ich erzählte meinen Kollegen von meiner Weiberfastnacht.

„Ist das nicht Scheiße, an Karneval arbeiten zu müssen?“ Ein bisschen wollte ich mich für den Überfall der beiden rächen. Thorstens Miene verfinsterte sich. „Vor allem, wenn man Rufbereitschaft und dann auch noch so einen beschissenen Fall an der Backe hat ...“

Erstaunt schaute ich die Kollegen an. „Wieso? Was ist denn los?“

„Hast wohl noch nix davon gehört, was? Gestern Abend ist einer abgemurkst worden. Mitten in der Innenstadt! In ’ner Kneipe! Das musst du dir mal vorstellen! Im Büro ist die Kacke am dampfen ...“

Unwillkürlich dachte ich an unseren Bereitschaftsplan. Für die nächsten Tage war unsere Mordkommission dran. Theo sollte im Ernstfall gemeinsam mit Dario und Andríkos ausrücken, Nina und ich hatten dienstfrei und konnten als einzige Ermittler der MK 3 unbeschwert feiern.

„Jetzt lasst euch mal nicht die Würmer aus der Nase ziehen und erzählt mehr!“

Thorsten klinkte sich erneut ins Gespräch ein: „Also, wenn du’s wirklich wissen willst ... Ist ja nicht dein Fall ...“

„Erzähl!“

„Na gut. Also, gegen Mitternacht ist auf der Toilette des – wie heißt das Lokal noch gleich, Figo?“

„Zum Jan“, entgegnete Figo.

„Also, auf jeden Fall ist da einer tot auf der Toilette aufgefunden worden, hinterrücks abgestochen.“

Ich konnte mich an die unliebsame Begegnung mit dem Kollegen der Hundertschaft Bochum in der Thieboldsgasse erinnern und erzählte meinen Freunden davon. Also deshalb war da in der Nacht so ein Trubel gewesen.

„Ja genau, die Bochumer Kollegen waren als Erste am Tatort. Keine zwei Minuten nach dem Anruf in der Leitstelle sind die da eingetroffen. Die hatten sich am Neumarkt aufgehalten und drauf geachtet, dass die Jecken an der Bahnhaltestelle keine Randale machen.“

Ich biss ein Stück meiner leckeren Pizza ab und nahm einen

kräftigen Schluck aus meiner Kölschflasche. Verwundert musste ich feststellen, dass mir das Zeug nach meinem gestrigen Absturz schon wieder schmeckte.

Thorsten fuhr fort: „Dann ist das übliche Prozedere durchgeführt worden. Das muss ich ja nicht extra erwähnen, oder?“

Ich winkte ab. Nachdem der zeitgleich mit der Polizei alarmierte Notarzt den Tod offiziell festgestellt und – wie in diesem Fall offensichtlich geschehen – eine nichtnatürliche Todesart attestiert hatte, meldeten die Kollegen der Schutzpolizei das der Leitstelle, die die Kollegen der Kripo – bestehend aus der K-Wache, die außerhalb der regulären Dienstzeit die kriminalpolizeiliche Sachbearbeitung übernahm – alarmierte. Die rückte infolgedessen aus. Ich konnte mich an den Mondeo-Zivilkombi erinnern, den ich in der Nacht zuvor am Neumarkt ankommen gesehen hatte. Und wenn die K-Wache es dann aufgrund der Gesamtumstände für nötig hielt, wurde das Dreierteam der eigentlich fünfköpfigen Mordkommission des KK 11 herbeigerufen, die mit der Bereitschaft an der Reihe war. Wenn der MK-Leiter es für notwendig erachtete, wurden dann auch noch zwei Beamte des MK-Kaders, eines behördenweiten Pools von Kriminalbeamten, die die Mordkommissionen personell unterstützten, alarmiert, um erste Ermittlungen durchzuführen. Sollte der MK-Leiter tatsächlich davon ausgehen, dass ein Kapitaldelikt vorlag, alarmierte er den Staatsanwalt und später auch den Rechtsmediziner. Die beiden Kollegen des ebenfalls alarmierten Erkennungsdienstes sicherten indes Spuren, der mit ihnen angerückte Tatortfotograf des Fotozentrallabors kümmerte sich um die Bilder.

„Und weiter? Wer war der Tote, wie ist er umgekommen, habt ihr schon Verdächtige?“

Figo, der eigentlich für das KK 32 arbeitete, das für Diebstahl und Hehlerei zuständig war, meldete sich kauend wieder zu Wort: „Bleib mal easy, Pitter. Die Story ist ganz schön bescheuert. Noch am Tatort haben wir einen Verdächtigen festgenommen.“

Thorsten fiel Figo ins Wort: „Wenn du dieses ‚Jan‘ gut kennst – und davon gehe ich mal stark aus, schließlich bist du so’n richtiger Jeck und du bist ja heute Nacht auch da aufgekreuzt ...", ich nickte zustimmend, „ ... dann weißt du ja, was da an Karneval los ist. Das Reiter-Korps Jan von Werth hat da mit einigen Gästen anderer Gesellschaften, die sie persönlich eingeladen hatten, den Ausklang von Wieverfastelovend gefeiert."

Ich nickte stumm, ohne zu erwähnen, dass auch ich mit meinem Verein zu den erlauchten Gästen gehört hatte.

„Wir haben gemeinsam mit den Jungs von der K-Wache und den ebenfalls alarmierten Kaderkräften die Personalien von hundertdrei Leuten aufgenommen und die dann auch noch befragt. Das musst du dir mal reinziehen: Wir waren damit über drei Stunden beschäftigt! Und wie du dir vorstellen kannst, waren diese ganzen Jecken alle ziemlich aufgeregt. So 'ne Bereitschaft hab ich noch nie erlebt!"

„Aber so lange bist du ja auch noch nicht bei uns", bemerkte ich scherzhaft.

Thorsten lächelte nur gequält und fuhr fort, ohne auf meinen Kommentar einzugehen. „Wir hatten richtig Arbeit, für Ruhe zu sorgen. Nur gut, dass die Bochumer da waren – und Staatsanwältin Rossi, die nur ihre schrille Stimme erheben musste, um die Leute zu beruhigen. Die Jecken im ‚Jan' waren alle in heller Aufregung – wie ein richtiger Hühnerstall!", sagte er und verdrehte die Augen.

Ich nickte zustimmend. Schließlich konnte ich mir sehr gut vorstellen, wie der äußerst „sympathische" Kollege aus dem Ruhrpott, den ich in der Nacht getroffen hatte, gemeinsam mit der leicht cholerisch veranlagten Anklagevertreterin die bedauernswerten Angehörigen des Reiter-Korps in einfühlsamster Weise „beruhigte". Einen Türsteher hätte deren Auftreten wohl vor Neid erblassen lassen. Ich biss ein großes Pizzastück ab und bohrte weiter nach: „Ihr habt eben gesagt, dass ihr noch am Tatort einen Verdächtigen festgenommen habt."

„Ja, richtig. Noch so 'ne bescheuerte Sache. Wie du ja selbst mitbekommen hast, haben die Kollegen den Tatort abgeriegelt. Es kam keiner mehr rein und keiner mehr raus. Eine gute Dreiviertelstunde, nachdem die Leiche gefunden worden war, hat ein Typ von der Tanzgruppe des Toten aber drauf bestanden, wieder ins ‚Jan' zu dürfen. Er sei mit seinem Verein auf Einladung des Reiter-Korps in dem Laden und wäre nur für etwas mehr als eine Stunde unterwegs gewesen, seine ganzen Klamotten seien noch in der Garderobe. Schließlich haben die Kollegen ihn nach Rücksprache mit Karl-Heinz dann doch in den Keller gelassen. Das hat einen richtigen Tumult gegeben, als der bei seinem Verein ankam. Eines der Mariechen aus seiner Truppe ist ihm an die Gurgel gesprungen und hat ihn für den Tod des aufgefundenen Vereinskameraden verantwortlich gemacht. Die Kollegen sind darauf aufmerksam geworden und haben sich ein bisschen näher mit ihm beschäftigt. Sie mussten gar nicht lange nachfragen, dieses Mariechen hat den Typen schwer belastet. Er sei eifersüchtig gewesen, weil sie beide mal zusammen gewesen seien, sie sich aber schließlich für den Toten entschieden habe. Dieser Junge ist dann bei der Befragung aber auch ausgeflippt und hat rumgeschrien, das muss ein Bild für die Götter gewesen sein ..."

„Jetzt mal langsam, Thorsten. Ich bin noch nicht richtig wach. Also, wenn ich das richtig verstanden habe, waren der Tote, dieses Mariechen und der Verdächtige alle im selben Tanzverein."

„Stimmt genau."

„Und dieses Mariechen war zuerst mit dem Verdächtigen und später mit dem Toten zusammen."

„Exakt."

„Ihr habt mir immer noch nicht gesagt, wer der Tote war. Wenn's ein aktiver Karnevalist war, kenn ich ihn ja vielleicht."

Thorsten sah Figo an. Der nickte. „Der Tote ist ein gewisser Klaus-Dieter Döring. Ich weiß aber nicht, ob du ihn kennst. Der war Kommandant und Tanzoffizier bei den ..."

„ ... Fidelen Rheinschiffern. Ich weiß, Figo. Der Typ ist mir Dienstagabend sogar noch bei einem Auftritt über den Weg gelaufen. Der war in der Karnevalistenszene bekannt wie ein bunter Hund." Ich schüttelte ungläubig den Kopf. Da sieht man einen

Menschen und zwei Tage später ist er tot. „Und dieser Döring war mit einem der Tanzmariechen zusammen?“

Ich erinnerte mich an die Tanzgruppe. Döring war mit Abstand der Älteste. Der Rest war nicht älter als achtzehn, höchstens zwanzig. Thorsten nickte. „Jau. So ’ne kleine Göre von achtzehn namens Steffi Blum. Der Döring war mit seinen dreiundvierzig mehr als doppelt so alt wie sie. Also, die hat ihren Exfreund an dem Abend so dermaßen zur Sau gemacht, so was hab ich bis dahin noch nicht erlebt! Aber du hast ja dann die weitere Befragung übernommen, Figo! Erzähl du das dem Pitter lieber mal!“

„Okay. Wie gesagt, diese Blum hat ihren Exfreund, Björn Küppers heißt der, schwer belastet. Wir haben ihn mal genauer unter die Lupe genommen und ihn gefragt, wo er zur Tatzeit war. Den Tatzeitpunkt konnten wir übrigens ziemlich eingrenzen, da sich Döring nach den einstimmigen Aussagen seiner Vereinskameraden gegen 23.45 Uhr zur Toilette verabschiedet hatte und dort gegen 23.55 Uhr tot aufgefunden wurde. Dem war schon den ganzen Tag schlecht, er glaubte, sich eine Magen-Darm-Grippe eingefangen zu haben.“

„Und, hatte Küppers für die Tatzeit ein Alibi?“

Thorsten musste lachen und sah Figo an. „Das ist total bekloppt, wie der ganze Fall.“

Figo nickte. „Also Küppers’ Vereinskameraden haben ebenfalls einstimmig ausgesagt, dass der gegen halb zwölf plötzlich und unerwartet das Lokal verlassen hat. Der hatte wohl schon tagsüber bei den Auftritten die ganze Zeit rumgestänkert und sich mit Döring und seiner Ex angelegt. Bis zu dem Zeitpunkt, als der vor dem Lokal bei den Kollegen aufgetaucht ist, hat den keiner mehr gesehen. Ist ja auch kein Wunder, dass bei dem Andrang keiner auf diesen Küppers geachtet hat. Küppers hat jedenfalls ausgesagt – und jetzt kommt’s –, dass er gegen halb zwölf, kurz bevor er das Lokal verließ, einen anonymen Anruf auf seinem Handy erhalten habe. Der Unbekannte – Küppers konnte sich dran erinnern, dass es ein Mann war –, hat ihm in Aussicht gestellt, ihm bei der Rückeroberung seiner Verflossenen helfen zu können. Er wüsste was über Döring, das diese Steffi Blum veranlassen würde, Schluss zu machen. Weil Küppers seine Perle unbedingt zurückhaben wollte, stellte er keine weiteren Fragen und willigte ein, den Unbekannten am Hauptbahnhof zu treffen. So, wie er gesagt hat, machte er sich dann direkt auf den Weg. Soweit deckt sich seine Aussage mit denen der Vereinskameraden. Aber der ganze Rest ..."

Ich schaute meine beiden Kollegen skeptisch an. „Da muss ich euch recht geben, das hört sich total seltsam an! Lasst mich raten: Diesen mysteriösen Unbekannten hat er natürlich nicht getroffen, er ist dann irgendwann, so gegen halb eins, frustriert zurückgegangen – sagt er jedenfalls. Gesehen hat ihn dabei keiner..."

„Hast du das Vernehmungsprotokoll gelesen, Pitter? Genauso hat er's angegeben, ja. Aber das Beste kommt ja noch: Wir haben ihm genauso wenig geglaubt wie du jetzt und mit seinem Einverständnis mal seine Sachen durchsucht. Und siehe da: In seiner Vereinstasche haben wir ein blutiges Messer gefunden! Die kriminaltechnische Untersuchung steht noch aus, aber es ist höchstwahrscheinlich die Tatwaffe."

„Na bitte! Dann ist der Fall doch geklärt!"

„Im Prinzip schon, klar. Der Küppers wird gleich dem Haftrichter vorgeführt. Heute ist wieder mal Richter Gschwendtner dran, dieser harte Hund. Der wird garantiert 'nen Haftbefehl erlassen. Dieser Küppers darf Karneval wohl im ‚Klingelpütz' feiern. Ist doch auch schön."

„Nur bleiben für meinen Geschmack viel zu viele Fragen offen", warf Thorsten ein.

„Was meinst du?"

„Wenn wir davon ausgehen, dass dieser Küppers den Döring tatsächlich um die Ecke gebracht hat und er ja ganz offensichtlich das Lokal zumindest kurzzeitig verlassen hat – immerhin haben ihn die Kollegen VOR dem Lokal gesehen –, warum hat er sich dann die Mühe gemacht, die Tatwaffe in seiner Sporttasche zu verstecken? Also, ich an seiner Stelle hätte das Ding mit rausgenommen und irgendwo am Neumarkt in den Müll geschmissen. Ganz zu schweigen davon, dass er nichts gegen die Durchsuchung seiner Tasche hatte. Ich wäre an dem Abend wahrscheinlich auch gar nicht mehr zum Tatort zurückgegangen. Das ergibt in meinen Augen alles gar keinen Sinn. Was, wenn Küppers tatsächlich die Wahrheit gesagt hat und er diesen Anruf von dem Unbekannten erhalten hat? Für mich sieht's fast so aus, als solle Küppers als Sündenbock herhalten. Da steckt bestimmt dieser Anrufer hinter..."

Ich kratzte mich am Kinn. Es wurde dringend Zeit für eine Rasur.

„Wir ermitteln weiter, da sind wir uns mit Karl-Heinz und Frau Rossi einig. Die hegt selbst noch ein paar Zweifel an Küppers Schuld. Micha macht zwar richtig Druck, weil er dauernd vom Alten genervt wird. Sind wohl schon ein paar Anfragen von der Stadtverwaltung bei Kriminaldirektor Salm aufgelaufen. Die Stadtoberen machen sich wohl große Sorgen um das Bild des Karnevals in der Öffentlichkeit. Tja, ist halt 'n bedeutender Wirtschaftsfaktor in der Region."

Ich nickte. Der Alte, wie wir Kriminaloberrat Norbert Fahnenschmidt, den Leiter unserer Kriminalgruppe 1, nannten, konnte eine wahre Nervensäge sein. „Und die MK 2 ermittelt jetzt auf Hochtouren?"

„Jau."

Thorsten grinste leicht. Er konnte schließlich mehr als zufrieden sein, dass er tatsächlich den „Zuschlag" für den aufgrund der Pensionierung von KOK Uwe Hürtgen freigewordenen Posten als Sachbearbeiter bei der Mordkommission 2 ergattert hatte, denn deren Leiter war Kriminalhauptkommissar Karl-Heinz Schütz. Der war nicht nur eine Seele von Mensch, sondern auch ein grandioser Ermittler. Obwohl er nur noch etwas mehr als anderthalb Jahre bis zur seiner Pensionierung hatte, übte er seinen Beruf nach wie vor mit großem Engagement und einer gehörigen Portion Begeisterung aus. Meine beiden Kollegen konnten sich glücklich schätzen, mit ihm zusammenzuarbeiten. Es gab nicht mehr viele Vollblut-Kriminalisten mit dieser gewissen Portion Menschlichkeit, die einen guten Vorgesetzten und Kollegen ausmachte. Wenn ich da an meinen karrieregeilen MK-Leiter Theo dachte ...

„Wer gehört noch dazu?“, wollte ich wissen.

„Also zu der MK ‚Thiebold‘, wie wir uns für die Dauer der Ermittlungen nennen, gehören neben dem Karl-Heinz, Marco und meiner Wenigkeit von der Stammbesetzung nur noch der Hacki und der Chaot hier“, sagte Thorsten und deutete auf Figo. Der junge Kollege gehörte zum MK-Kader, einem behördenweiten Pool von Kriminalbeamten, die unsere Todesermittlungen immer wieder tatkräftig unterstützten. André alias Figo hatte uns schon mal geholfen, obwohl er noch nicht mal ganz ein Jahr für die Kripo arbeitete.

„Habt ihr eigentlich schon Dörings Angehörige informiert?“

„Wollten wir. Aber seine Frau ist vor rund einem Jahr gestorben. Sonstige Angehörige hat er nicht. Die Angestellten seiner Eventagentur, die wir heute Morgen aufgesucht haben, waren sehr betroffen. Die wollen den Laden jetzt erst mal schließen.“

Nachdem meine Kollegen ihre Gläser ausgetrunken hatten, verabschiedeten sie sich.

Inzwischen war es Viertel nach zwei. Heute Abend musste ich um Viertel vor elf im Gürzenich sein. Das war der letzte Auftritt der Kuletschhöt für diese Session. Für diesen Anlass hätte ich mir einen schöneren Rahmen gewünscht als den „Medizinerball“. Zugegeben, die festliche Stimmung in dem altehrwürdigen kölschen Festsaal war schon etwas Besonderes. Das riesige Foyer im Erdgeschoss und auf der ersten Etage sowie die große Treppe verliehen dem mittelalterlichen Gemäuer das grandiose Flair eines Ballsaals. Wer etwas auf sich hielt, feierte hier. Für jeden Karnevalsverein zählte der Auftritt bei einer Sitzung im Gürzenich zweifelsohne zu den Höhepunkten der Session. Und da längst nicht jede Gruppe hier auftreten durfte, kam eine Einladung zu einer Sitzung dort einem Ritterschlag gleich. So hätten wir uns eigentlich gebauchpinselt fühlen dürfen, hier unsere kölschen „Evergreens“ zu singen. Aber nicht nur in meinen Augen zählte der Auftritt beim Medizinerball nicht wirklich zu den karnevalistischen Höhepunkten.

Wie bereits am zurückliegenden Dienstag wurden auch in diesem Fall meine Vorurteile bestätigt. Laut Auftrittsplan sollten wir um halb zwölf auftreten. Als wir uns um Viertel vor elf in der Künstlergarderobe trafen, hatte das Programm bereits eine halbe Stunde Verspätung. Uns blieb also genug Zeit, im Foyer ein paar Kölsch zu trinken und das aktuelle Bühnenprogramm zu verfolgen. Nachdem ich über einen aus dem Zuschauerraum nicht einsehbaren Gang einer der beiden Saalkapellen den mit Aufklebern übersäten Aktenkoffer, in dem sich die Noten für unsere Gesangsdarbietungen befanden, überreicht hatte, wollte ich mich mit Marcel und Dario im überfüllten Foyer treffen. Auf der großen Treppe wäre ich beinahe über ein knutschendes Pärchen, bestehend aus einer männlichen Nonne und einer äußerst freizügig bekleideten Krankenschwester, gestolpert. Überhaupt war die Treppe bei liebeshungrigen Paaren während des Medizinerballs sehr beliebt. Auf fast jeder Treppenstufe sah man junge, aalglatte Männer – Medizinstudenten und Assistenzärzte –, die mit ihren aufreizenden weiblichen Begleitungen den Festakt der Kölner Ärzteschaft für ihre pubertären Spielchen nutzten. Ich erblickte zwei ebensolche junge Männer, die als Robin Hood und Navy-Offizier verkleidet waren. Sie kümmerten sich rührend um ein blondes Playboyhäschen mit Ledermini und Netzstrümpfen. Der jungen Frau war offensichtlich todschlecht, sie stützte sich schwankend auf dem Treppengeländer ab und würgte in ein Taschentuch. Ihre Augen waren halb geschlossen, ihre Wimperntusche verlaufen. Sie schien mit ihren beiden Freunden zu viel teuren Sekt getrunken zu haben. Ich schüttelte mitleidig den Kopf und suchte verzweifelt in der überfüllten Vorhalle meine beiden Freunde. Ich entdeckte sie an der Theke in der Nähe der Bigband, die ein Alternativprogramm zu der Sitzung jenseits der Saaltüren bot. Ein alternder Mann mit schwarzgefärbten Haaren und fettglänzender Pomadentolle schmetterte überdramatisch den Sinatra-Klassiker „My Way" ins Mikrofon. Er schien wie aus den Sechzigern in die heutige Zeit katapultiert und überschätzte seine künstlerischen Fähigkeiten für meinen Geschmack maßlos. Theatralisch fasste er sich mit beiden Händen ans Herz, als er mit verstellt rauchiger Stimme den Refrain sang. Dabei verzog er wie unter Schmerzen sein Gesicht, um im nächsten Augenblick lächelnd einer rothaarigen, korpulenten Frau Ende fünfzig zuzuzwinkern, die diese Geste mit einer Kusshand beantwortete. Ich stellte erstaunt fest, dass diese lächerliche Show des Möchtegern-Sinatras beim Publikum Anklang fand. Die hier anwesenden Chefärzte und Privatklinikbesitzer um die sechzig erinnerten sich an ihre weit zurückliegenden Tanzstunden. Sie hatten ihre Sektgläser beiseite gestellt und versuchten sich in Twist und Foxtrott, was überhaupt nicht zu dem einschläfernden Vortrag des „Künstlers" passte. Dieser beendete seine Darbietung und verneigte sich wie ein Weltstar vor dem Publikum. Dann hämmerte der Begleiter des Sängers wie wild auf die Tasten des Keyboards ein, und unter ungelenken, peinlichen und ebenso unrhythmischen Tanzbewegungen versuchte sich der Sänger an „Highway To Hell", was unter dem tanzgierigen Publikum zu wahren Begeisterungsstürmen führte.

Ich verdrehte nur die Augen und machte mich endlich auf den Weg zu meinen beiden Freunden, die an die Theke gelehnt standen und Kölschgläser in der Hand hielten, wobei in Darios Stange nur Mineralwasser war.

„Na, Jungs, alles klar bei euch?"

„Sicher! Ist doch 'ne tolle Veranstaltung."

„Ey, Dario, das meinst du doch nicht ernst?!"

„Wieso? Also, mir gefällt's hier – auch, wenn ich ja nix trinken kann."

„Warum eigentlich nicht?"

„Das fragst du noch?"

„Etwa wegen der blöden Bereitschaft? Na, davon lässt man sich doch nicht den Abend verderben!", sagte ich und bestellte ein Kölsch, das ich auf ex trank.

„Na, du hast gut reden! Ich bin ja auch mit Theo und Andrikos dran", sagte Dario und schüttelte den Kopf. „Ich mach dir ja keinen Vorwurf! Kannst ja auch nix für die Bereitschaftsplanung." Sprach's und versuchte sich im Luftgitarre spielen. Ich seufzte und bestellte zwei Kölsch und ein Mineralwasser.

„Was läuft eigentlich drinnen auf der Bühne?", wollte ich wissen. Marcel zuckte nur mit den Schultern. Ich versuchte, mich auf die Geräusche zu konzentrieren, die aus der geöffneten Saaltür drangen. Aber dieser blöde Typ auf der Foyerbühne übertönte mit seinen „Gesangskünsten" alles. So fragte ich meine Freunde, ob sie mit Richtung Saal kommen würden. Sie stimmten zu und wir machten uns auf den Weg in den geschmückten Festsaal, in dem es längst nicht so voll war wie im Foyer. Auf der Bühne war eine der zahlreichen Tanzgruppen des Kölner Karnevals. Obwohl die Gruppe waghalsige Akrobatik zeigte, wurde sie kaum beachtet. Dafür konnte man selbst hier die nervige Stimme des Foyer-Sängers vernehmen. Die Tanzgruppe wurde für ihre Bühnenshow mit einem müden, demotivierenden Applaus bedacht und beeilte sich gequält lächelnd, den Festsaal zu verlassen. Da stand uns ja ein toller Auftritt bevor.

Ich ging mit meinen Freunden zurück ins Foyer. Unsere Truppe hatte sich zwischenzeitlich vollzählig versammelt. Dario fiel ein, dass er die Vereinsstandarte vergessen hatte und sprintete in die Garderobe. Keine fünf Minuten später war er zurück. Für den langen Weg bei dem Trubel ein kleiner Rekord. Ich schaute auf die Uhr: 0.17 Uhr. Also schon mehr als eine Dreiviertelstunde Verzögerung. Erich klatschte in die Hände. Hartmut unterstützte ihn und rief: „Los, los, Leute! Wir sind dran!" Wir marschierten in den Saal ein. Obwohl uns kaum jemand der Anwesenden wirklich zusah, sangen wir aus voller Brust. Schließlich war es unser letzter Auftritt für die laufende Session.

Nach dem letzten Lied trat Hartmut ans Mikrofon und dankte Erich für seine zurückliegende Arbeit als Kommandant. Auch das machten wir jedes Jahr. Erich musste sich ein schwarzweiß gestreiftes Sträflingskostüm anziehen, wir führten ihn in

Handschellen aus dem Saal. Zum ersten Mal an diesem Abend kam so etwas wie „Spaß an d'r Freud" auf. Im Foyer hielt Erich noch eine kleine Ansprache und bedankte sich bei uns für die Session, die ihm viel Spaß gemacht hatte. Danach lud er uns noch auf ein paar Runden Kölsch ein – gefolgt von Hartmut, der sich als 2. Vorsitzender ebenfalls nicht lumpen lassen wollte. Auch diese Veranstaltung nahm mit zunehmendem Alkoholkonsum an Attraktivität zu. Irgendwann tanzte ich mit einer als Zimmermädchen verkleideten Ärztin auf den Barry-Manilow-Hit „Copacabana". Das sang der Opa auf der Bühne gar nicht mal so schlecht.

Gegen halb drei nahm ich mir angetrunken ein Taxi Richtung Kalk. Ich dachte an meinen Freund Dario. Hoffentlich würde ihm die Arbeit auch weiterhin keinen Strich durch die Rechnung machen, so dass er weiter mit uns feiern könnte. Ich musste mich ausschlafen. Schließlich fand am nächsten Tag im Hause Koslowski eine große Party statt, auf die ich mich schon seit Wochen gefreut hatte. Marcels Frau Diana feierte ihren fünfundzwanzigsten Geburtstag und hatte zu einer großen Party geladen. Wie ich erwartet hatte, wurde diese Party dann auch ein wahrer Knaller. Etwa vierzig Personen waren in Diana und Marcels Haus in der an die Flora grenzenden Straße „Am Botanischen Garten" erschienen. Diese Straße befand sich in dem Teil von Köln-Riehl, in dem sich die „Besserverdienenden" niederließen. So auch Marcel und seine Frau. Das helle, villenähnliche Haus aus den Zwanziger oder Dreißiger Jahren mit blauen Fensterläden, das unmittelbar an der Einmündung zum Riehler Gürtel lag, hatte Marcel eine ganze Stange Geld gekostet. Das stellte für ihn als Gründer der Firma kosloma Webdesign GmbH, ein Unternehmen, das für zahlungskräftige Kunden Internetseiten entwarf, jedoch kein Problem dar. Marcel hatte mir schon oft erzählt, was er jetzt genau beruflich machte, aber so richtig hatte ich das bis heute nicht verstanden. Um 20 Uhr sollte die Party im großräumigen Partykeller der Koslowskis beginnen. Auf der Einladung hatte gestanden, dass das Erscheinen im Karnevalskostüm Pflicht sei. So hatte ich meine alte Bauarbeitermontur rausgekramt, von der ich nicht mehr wusste, wie sie überhaupt in meinen Besitz gelangt war.

Um Viertel vor acht klingelte ich an dem in die steinerne Mauer eingelassenen Tor. Aus dem Lüftungsschacht im Keller drang gedämpft der Karnevalsschlager „Einmol Prinz zo sin" von Wicky Junggeburth. Nach etwa einer Minute öffnete mir Diana im Burgfräuleinkostüm. Ich umarmte sie. „Hallo, Diana, alles Gute zum Geburtstag!"

„Danke, Pitter. Komm rein."

Nachdem ich meine Winterjacke an der Garderobe aufgehängt hatte, überreichte ich ihr mein Geschenk, einen CD-Gutschein und einen Blumenstrauß. Diana bedankte sich glücklich und führte mich dann die schmale Treppe hinunter in den Partykeller, der mit unzähligen Luftschlangen und Ballons verziert war. Rote, grüne, gelbe und blaue Glühbirnen an der Decke sorgten für stimmungsvolles Licht. Über den gesamten Raum waren Stehtische verteilt. Neben der Stereoanlage, die jeden Profi-DJ vor Neid hätte erblassen lassen, konnte ich eine riesige Tafel mit einem üppigen Büffet erkennen. Dianas Freundin Myriam, als „Cat-Woman" verkleidet, und Hartmuts Frau Brigitte, im Dirndl, falteten die letzten Servietten. Am anderen Ende des Raums standen Marcel, sein Vater Erich und Hartmut. Sie stachen ein Fass Kölsch an. Ansonsten war noch keiner da.

Nach und nach füllte sich der Raum, gegen neun trafen die letzten Gäste ein. Viele kannte ich gar nicht. Ich sprach mit Dario, dem seine Rufbereitschaft auf die Stimmung geschlagen war, und seiner Verlobten Beate, trank ein Kölsch nach dem anderen und verschlang etliche Häppchen. Gegen zehn spürte ich schon die Wirkung des Alkohols. Es wurde geschunkelt, getanzt und gesungen. Eine ausgelassene Feier.

Gegen halb elf traf ein verspäteter Gast ein: eine Frau, als Piratin verkleidet, die in Dianas Begleitung die Treppe herunterkam. Ich traute meinen Augen kaum, als ich die Piratin genauer betrachtete. In dem aus rotem Kopftuch, Kreolen, weißer Bluse, schwarzem Samtrock und Stiefeln bestehenden Kostüm erkannte ich meine Exfrau Maria. Marcel hatte mir nicht gesagt, dass sie eingeladen war. Ich musste mich irren. Ein Musketier trat neben mich. Es war Marcel. Er sah in Richtung der Piratin, dann zu mir. „Tut mir leid, dass ich dir nix gesagt habe, alter Freund. Es hat sich kurzfristig ergeben, dass Maria kommen konnte."

Ich hatte mich also doch nicht geirrt! Ungläubig sah ich Marcel an. „Na, das ist ja mal 'ne Überraschung! Da muss ich erst mal einen drauf trinken."

„Bist du jetzt sauer?"

„Quatsch, Marcel. Nur halt überrascht."

Bevor mich Maria erblicken konnte, hatte ich mich mit Marcel schon zu dem Fass begeben, vor dem sich ein Volkspolizist, ein Bayer mit Tracht und Gamsbarthut und ein Kapitän, Dario, Hartmut und Erich, über die Polizeiarbeit unterhielten.

„Leute, wir sind hier zum Feiern und nicht zum Diskutieren. Über die Arbeit können wir wieder ab Aschermittwoch reden! Und jetzt lasst uns endlich was trinken!", unterbrach ich die drei etwas zu aufgedreht. Marias Anwesenheit hatte mich nervös gemacht. Ich spürte mein Herz schneller schlagen und wusste nicht, ob ich mich freuen oder ärgern sollte. Nach unserem Streit und meiner kurzzeitigen Entführung im Juli hatten wir ein paar Mal telefoniert und uns sogar ein- oder zweimal getroffen. Der Kontakt war seitdem jedoch relativ oberflächlich geblieben. Ich überlegte, wann wir das letzte Mal telefoniert hatten. Es war tatsächlich an meinem Geburtstag im September gewesen. Selbst an Weihnachten hatte sie sich nicht bei mir gemeldet. Allerdings war auch ich zu stolz gewesen, den ersten Schritt zu wagen. Ich beobachtete Maria, die sich noch immer mit Diana und Myriam unterhielt. Irgendwann deutete Diana in meine Richtung. Maria sah zu mir. Ich hob mein Glas und lächelte sie an. Sie erwiderte mein Lächeln und winkte freundlich.

„Jetzt geh doch endlich rüber, Junge", flüsterte mir Erich ins Ohr. Hartmut nickte mir aufmunternd zu.

„Habt ja recht." Ich zapfte zwei frische Kölsch und ging mit beiden Gläsern zu meiner Exfrau. „Hallo, Maria, lange nix mehr von dir gehört. Wie geht's dir?" Ich reichte ihr ein Kölsch und stieß mit ihr an.

„Bei mir ist alles in Ordnung. Und bei dir? Hättest dich ja mal melden können ..."

„Ja, klar, aber ich hatte so viel zu tun", log ich.

Eine Zeitlang standen wir uns stumm gegenüber. Was hätte ich ihr auch sagen sollen? Dass ich die Scheidung für einen Fehler hielt, obwohl seitdem fast zwei Jahre vergangen waren? Dass ich eine zweite Chance wollte? All das hatte ich schon mehr als ein Mal gesagt. Es hätte zu der fröhlichen Party einfach nicht gepasst. Außerdem wollte ich Maria damit auch nicht mehr nerven. So weh es tat, sie hatte mir in den letzten Monaten oft genug das Gefühl gegeben, dass sie mit uns abgeschlossen hatte. Aufdrängen wollte ich mich nicht.

Marcel kam zu uns herüber. „Hey, ihr zwei Spaßbremsen, wollt ihr hier weiter rumstehen? Tanzt doch mal!" Marcel legte seine Arme um Diana und ging mit gutem Beispiel voran. Ich lächelte verlegen. „Was meinst du? Sollen wir's versuchen? Ist schon lange her."

Maria lächelte ebenfalls. „Sehr lange sogar. Na, dann lass uns doch mal sehen, ob wir's immer noch können."

Zwar tanzten wir nicht Arm in Arm wie Diana und Marcel, aber wenigstens eng beieinander. Ein Solotänzer, der meinem vergeistigten KTU-Kollegen Möbius ausgesprochen ähnlich sah, rempelte mich mehrmals versehentlich an. Ich verzog belustigt das Gesicht, was Maria zum Lachen brachte. Dann tanzte ich Marcels Mitarbeiter, der schon aufgrund seines Erscheinungsbildes als Informatiker erkennbar war, von ihm unbemerkt von hinten an. Maria musste laut loslachen. Als ich dann auch noch hinter seinem Rücken Grimassen schnitt, drehte sich der „Tanzrempler" um und schaute mich fragend durch seine dicke Brille an. „Was ist'n los?", fragte er so verwirrt, als wäre er geradewegs von einem anderen Stern auf der Erde gelandet. Beschwichtigend hob ich die Hände. „Nichts, Chef, alles in Ordnung!"

Ich hatte Maria schon lange nicht mehr so lachen sehen.

Langsam löste sich meine innere Anspannung. Maria und ich tanzten den ganzen Abend lang und unterhielten uns. Es war fast wie früher.

Als ich auf die Uhr schaute, war es schon kurz vor eins. Die Zeit war wie im Flug vergangen.

Gegen halb zwei sagte sie mir schließlich, dass sie gehen wollte. „Danke für den schönen Abend, Pitter. Aber ich muss jetzt nach Hause."

„Schade. Soll ich dich nach Hause begleiten? Das Angebot würde ich an deiner Stelle annehmen. Hat schließlich nicht jeder einen ausgebildeten Polizeibeamten als Bodyguard. Und heutzutage passiert ja so viel ..."

Sie lächelte und erhob drohend den Zeigefinger. „Nicht, dass Sie irgendwelche Hintergedanken haben, Herr Oberkommissar!"

„Wie kannst du nur so was von mir denken? Ich bin nur um dein Wohl besorgt."

„Na gut. Dann lass uns mal gehen."

Wir verabschiedeten uns von unseren Gastgebern und den übrigen Gästen und riefen uns ein Taxi.

Da klingelte mein Handy. *Unbekannter Teilnehmer ruft an*, zeigte das leuchtende Display. Das durfte jetzt doch wirklich nicht wahr sein! Waren das etwa die Kollegen? Schließlich wurden die Rufnummern unseres Präsidiumsanschlusses bei Anrufen unterdrückt. Und sonst kannte ich niemanden mit Rufnummernunterdrückung, der mich um diese Zeit anrufen würde.

Genervt wollte ich das Gespräch annehmen. Maria sah mich entrüstet und ungläubig an.

Auch sie schien sich – zu meiner freudigen Überraschung – den weiteren Verlauf des Abends anders vorgestellt zu haben.

„Ist das etwa dienstlich?", fragte sie.

Ich nickte verschämt. „Denke schon."

Neben uns hielt das Taxi. Maria legte mir eine Hand auf die Schulter. „Okay, Pitter. Pass auf dich auf. Es war ein sehr schöner Abend. Wenn du Zeit hast, melde dich mal – es würde mich sehr freuen!", sagte sie und hauchte mir einen Kuss auf die Wange, bevor sie in die betagte Limousine einstieg.

„Ich melde mich gleich morgen – versprochen!", rief ich ihr hinterher.

Wie gerne hätte ich sie begleitet, um alte Zeiten wieder aufleben zu lassen! Aber jetzt hieß es wohl, sich auf die Arbeit zu konzentrieren.

„Hallo, was gibt's?", fragte ich leicht lallend.

„Morgen Pitter, hier ist Ulf von der K-Wache. Tut mir leid, aber wenn du keine richtig gute Ausrede hast und momentan verfügbar bist, musst du ausrücken. In der Altstadt ist jemand tot aufgefunden worden. Wahrscheinlich Fremdverschulden. Theo hat mich gebeten, dich zu informieren", meldete sich Ulf Wenzel, der Dienstgruppenleiter der K-Wache 1.

„Aber der hat doch mit Dario und Andríkos Bereitschaft!", warf ich hilflos ein.

„Tja, aber ich erreich den lieben Herrn Vikelas leider nicht. Scheint so, als ob sich Theos dienstälteste Sachbearbeiter inzwischen darin abwechseln, ihn hängen zu lassen", sagte er mit vorwurfsvollem Unterton. Schließlich hatte Kriminaloberkommissar Andríkos Vikelas im Juli des Vorjahres bei dem nervenaufreibenden Fall des toten Serbensöldners vom Rheinufer für mich einspringen müssen. Völlig betrunken hatte ich damals mein Handy nicht klingeln gehört, als Theo mich als einen seiner mit ihm Bereitschaft versehenden Sachbearbeiter zum Tatort rufen lassen wollte – wofür mich Andríkos tagelang mit Missachtung gestraft hatte. Tja, das schien jetzt Andríkos' verspätete Rache zu sein ...

„Ihr trefft euch dann im Büro, soll ich dir von Theo ausrichten", sagte Ulf und legte grußlos auf.

Ich schaute auf die Uhr: 1.42 Uhr. Jetzt musste ich mich beeilen. Ich rief Dario an, der sich gerade auf den Weg machen wollte. Er sagte zu, mich mitzunehmen. Keine fünf Minuten später hielt der getunte knallrote Calibra meines Kollegen vor Marcels Haus.

„Spring schon rein, Pitter!", rief Dario und reichte mir einen Kaugummi. „Hier, damit du nicht so stinkst."

Mit röhrendem Sportauspuff und voll aufgedrehter Technomusik schossen wir durch die Nacht zum Polizeipräsidium in Kalk. Auf dem Weg zu unserer Dienststelle machten wir bei mir zuhause in der Bertramstraße einen Zwischenstopp, wo ich meine Bauarbeitermontur gegen Jeans, Rollkragenpulli und Lederblouson tauschte.

2. Kapitel: Erste Ermittlungen

Auf dem Rothenberg, 50667 Köln-Altstadt/Nord,
Sonntag, 2. März 2003, 02:25 Uhr

„Hallo Leute“, sagte Theo, unser hohlwangiger, blonder und immer etwas übereifriger MK-Leiter, und sah auf seine Schreibmappe. Er hatte die beiden Kriminaloberkommissare Alwin Scheunemann und Thomas Schwadorf im Schlepptau, zwei Kollegen des Erkennungsdienstes, sowie den schwergewichtigen Tatortfotograf Markus Büttgen.

„Ich hab mir telefonisch schon nähere Infos vom DGL der K-Wache geholt“, sagte Theo. „In der Altstadtgasse Auf dem Rothenberg in der Nähe zur Markmannsgasse ist gegen ein Uhr von Passanten ein blutüberströmter Mann am Boden liegend aufgefunden worden. Der Notarzt konnte nur noch den Tod feststellen. Nichtnatürliche Todesart. K-Wache ist vor Ort, StA ist informiert. Doktor Müller macht sich auf den Weg. Ich hab dem eben schon Bescheid gegeben. Mit den Fahrzeugen werden wir vermutlich nicht ganz rankommen. Also müssen wir in der Markmannsgasse parken. Wir fahren mit zwei Fahrzeugen, da ich der Tatortaufnahme ja schließlich nicht die ganze Zeit beiwohnen werde. Ralf Brambach und Wolle Mannsfeldt, die uns als Kaderkräfte zur Verfügung stehen, sind auch auf dem Weg hierher. Sie werden die Zeugen vernehmen. Auf geht's!“ Er ging mit den beiden Spurensicherungskollegen und dem Tatortfotografen voraus.

Ich schnappte mir die Papiere und Schlüssel für unseren Dienstwagen und holte aus meinem Waffenfach meine P6, bevor ich mit Dario ebenfalls in die Tiefgarage hinabstieg. Dort wartete Theo bereits in unserem gerade mal zwei Jahre alten Vectra B, einer petrolblauen Fließhecklimousine. Ich schloss den silbernen Scorpio auf, der in diesem Jahr bereits sein zehntes „Dienstjubiläum“ feiern sollte.

„Soll ich nicht lieber fahren? Du hast dir heute doch gut die Kante gegeben!“, sagte Dario und sah mich ernst an.

„Das schon. Aber einer von uns sollte den MK-Leiter kutschieren“, sagte ich und nahm missmutig auf dem Fahrersitz Platz.

„Der kann auch verdammt noch mal selbst fahren! Dafür musst du nicht betrunken am Steuer sitzen!“, sagte Dario vorwurfsvoll.

„Hast ja recht! Ich rutsch rüber!“, seufzte ich und drückte Dario den Schlüssel in die Hand, während Theo leicht irritiert in unsere Richtung sah und kopfschüttelnd auf dem Fahrersitz des Vectra Platz nahm.

Vor der Tiefgarage schloss sich unserer kleinen Kolonne noch der Tatortwagen, ein weißer Mercedes Sprinter mit allerlei Utensilien für die Spurensicherungsarbeit und den Kollegen Büttgen, Scheunemann und Schwadorf an Bord, an. Im Konvoi fuhren wir durch das nächtliche Köln zur Markmannsgasse, einer kleinen Straße, die vom Heumarkt abging und parallel zur Auffahrt der Deutzer Brücke Richtung Rheinufer und Pegel verlief. Während der Fahrt drohte ich immer wieder einzuschlafen. Diese Totenstille. Auch der Funk schwieg beharrlich.

Als wir die Deutzer Brücke überquerten, lag der Rhein nachtschwarz und gespenstisch unter uns. Wir nahmen die Ausfahrt Richtung Unterführung des Maritim-Hotels, als wir abrupt abbremsen mussten. Eingeschaltetes Blaulicht und nervös blinkende gelbe Warnlampen hinderten uns an der Weiterfahrt. Aus dem Wagen vor uns stieg Theo aus. Wir taten es ihm gleich und gingen zu einer jungen Kollegin in Uniform, die gerade ein Vermessungsrad aus dem Kofferraum des grün-weißen Streifenwagens holte. Trotz des bis oben geschlossenen Kragens ihres Anoraks und der Handschuhe war ihr sichtlich kalt, sie hatte die Schultern hochgezogen und bibberte. Theo sprach die junge Polizeimeisterin an, wobei er ihr seine ovale Dienstmarke zeigte. „Morgen Kollegin, was ist denn hier passiert?“

„Seid ihr die MK-Kollegen wegen des Toten vom Rothenberg?“, antwortete sie.

„Genau.“

„Tut mir leid, aber ihr könnt hier momentan nicht durch. Eben hat ein Autofahrer, der mit seinem Pkw aus der Tiefgarage am Heumarkt kam, hier vorne an der Ecke 'nen Fußgänger übersehen und angefahren", sagte sie mit einem Blick auf den dunklen Volvo C70, dessen Warnblinklicht eingeschaltet war. Seine Front war verbeult und vor ihm hatte sich ein Meer aus Glassplittern ausgebreitet.

„Der Fußgänger hat sich Gott sei Dank nur ein Bein gebrochen. Aber für den Fahrer sieht's wohl übel aus. Der ist unter Alkoholeinfluss gefahren."

Aus dem Blickwinkel sah ich, dass mich Dario oberlehrerhaft anschaute, ganz nach dem Motto „Da siehst du mal, was passieren kann, wenn man besoffen Auto fährt!"

In einiger Entfernung sah ich einen Mann in den Vierzigern mit modischer Gelfrisur, der auf einen älteren Polizeioberkommissar einredete.

„Was soll das denn alles?", schrie er den Beamten lallend an, der sich davon jedoch vollkommen unbeeindruckt zeigte.

„Herr Schöneberg, ich wiederhole mich nur noch ein einziges Mal", entgegnete der Beamte bestimmt. „Der Alkoholtest hat 1,3 Promille ergeben. Wir werden Sie jetzt zur Wache mitnehmen und eine Blutprobenentnahme veranlassen. Schließlich haben Sie den Unfall verursacht."

„Ich kann doch nichts dafür, wenn mir der Idiot ins Auto rennt! Das ist doch nicht zu glauben! Wo ist mein Anwalt?", schrie der Mann, während er hin- und hertorkelte und sich kaum auf den Beinen halten konnte.

„Ich denke, ihr solltet die andere Strecke um den Heumarkt fahren", sagte die Kollegin und lächelte. Theo nickte, wir stiegen wieder in die Autos.

So umrundeten wir einmal den Heumarkt und bogen von dort aus in die Markmannsgasse ein, wo wir die Wagen in der Nähe der Einmündung zu der kleinen Gasse Auf dem Rothenberg abstellten, während Thomas Schwadorf den unübersichtlichen Kastenwagen rückwärts in die enge, leicht ansteigende

Gasse bugsierte, vor der in Höhe der Hausnummer 4, einem denkmalgeschützten Haus in hellem Rosa, ein rot-weiß gestreiftes Trassierband den Weg absperrte. Ein junger Uniformierter stand Wache und nickte knapp. Thomas hatte alle Mühe, den großen Wagen in die Gasse zu rangieren. Davon abgesehen, dass dieses Sträßchen ohnehin sehr eng war, wurde der abgesperrte Bereich von einer Handvoll dreister Pressevertreter belagert, die durcheinander quasselten und für ein Blitzlichtgewitter sorgten.

„Pitter! Was ist hier passiert? Macht etwa ein Serienkiller Köln unsicher? Wie ist der Stand der Ermittlungen?", fragte mich ein untersetzter Mann meines Alters, der sich mit seinem Fotografen in die vorderste Reihe der Pressegeier gedrängt hatte. Sein strähniges, nackenlanges, schwarzes Haar mit grauen Koteletten hielt er mit einer Sonnenbrille im Zaum, die er wie einen Haarreif auf dem Kopf trug. Sein entschlossen dreinblickendes Gesicht war mit Pockennarben übersät.

„Hat diese Tat etwas mit dem Mord im ‚Jan' an Weiberfastnacht zu tun? Herr Voß, Herr Merzenich, was können Sie uns sagen?", fragte nun eine rothaarige Reporterin, die sich mit ihren Ellbogen Platz verschafft und ihre beiden Kollegen beiseite gedrängt hatte.

Ich verdrehte die Augen.

Hannes Lüssem, der nur „Der Schnelle Schäng" genannt wurde, und Gaby Möltgen, die uns allen unter ihrem Spitznamen „Die Rote Zora" bekannt war und gerne ihre weiblichen Reize einsetzte, um an Informationen aus erster Hand zu kommen, stachen aus der Masse der ohnehin nervtötenden Journalisten hervor und waren einfach nur als dreist zu bezeichnen.

„Wenden Sie sich an die Pressestelle! Wir beantworten keine Fragen!", sagte Theo bestimmt und wandte sich an den uniformierten Kollegen, der mit der Situation ein wenig überfordert schien. „Schaff diese Schmierfinken hier weg!", befahl er. Der Beamte nickte zögernd und ging auf die Schaulustigen zu. „So, machen Sie mal Platz hier und lassen Sie unsere Kollegen ihre Arbeit machen!"

Ein Raunen ging durch die Menge, die Pressevertreter zogen missmutig nacheinander ab. Bis auf Schäng und Frau Möltgen, denen der junge Kollege einen Platzverweis androhen musste, bevor sie unter Protest das Feld räumten.

„Sie auch!“, sagte der Uniformierte bestimmt zu einem Mann, der unter seiner Winterjacke einen blau-weiß gestreiften Ringelpulli und dazu eine Matrosenmütze mit Bommel trug und der bislang in der hintersten Reihe der Presseleute gestanden hatte.

„A-aber ich ...“, stammelte er nur hilflos.

Ich musste schmunzeln, als ich den schläfrig wirkenden Mittfünfziger mit grauem Vollbart und Nickelbrille erblickte.

„Ich muss hier durch, ich bin ...“

„Zum letzten Mal! Sehen Sie zu, dass Sie weitergehen!“, drängte der Kollege. Ich fasste ihn an der Schulter. „Schon gut, Mann, das ist Staatsanwalt Doktor Müller. Den kannste ruhig durchlassen.“

„Oh, entschuldigen Sie bitte, das wusste ich nicht. Warum haben Sie mir nicht einfach Ihren Ausweis gezeigt?“, versuchte der Uniformierte, sich zu rechtfertigen.

„Ich hab ihn vergessen. Schließlich war ich bis eben mit meiner Frau auf dem Kostümball der Prinzen-Garde im Gürzenich. Und außerdem war hier eben wegen diesen ganzen Presseleuten ja ohnehin kein Durchkommen“, sagte „Der Müde Manfred“, wie der antriebslose Anklagevertreter von allen nur genannt wurde, und reichte mir die Hand.

Wir zogen unsere weißen Schutzanzüge sowie Mundschutz und Einmalhandschuhe an und krochen unter dem Flatterband hindurch zum Tatort in der dunklen Altstadtgasse. Ich erblickte Dirk Matthias und Rainer Unkel, die ebenfalls Schutzanzüge trugen.

„Lasst mich mal durch!“, forderte Alwin Scheunemann und drängte sich mit einem Stativstrahler an uns vorbei, den er in Höhe von Dirk und Rainer aufstellte.

„Na, da sind ja endlich unsere Todesermittler“, begrüßte uns Dirk, ein erfahrener Beamter der K-Wache 1.

„Wir haben schon gedacht, ihr kommt gar nicht mehr", ergänzte Rainer Unkel mit schläfriger Stimme.

„Was ist denn überhaupt genau passiert?", wollte Theo wissen, nachdem auch er den Staatsanwalt begrüßt hatte.

Dirk blickte auf sein Klemmbrett. „Also, um 1.03 Uhr ging in der Leitstelle der Anruf des Ehepaars Häberle aus Remseck am Neckar ein. Die kamen von einer Karnevalsparty im ‚Keks' in der Salzgasse und wollten durch die Gasse hier die Abkürzung zum Maritim nehmen, wo sie übernachten. Dabei ist ihnen dieser Mann hier aufgefallen", sagte er und deutete auf den leblosen Körper, der bäuchlings vor ihm auf dem kalten Kopfsteinpflaster lag. „Die Zeugen habe ich nach der ersten informatorischen Befragung von der S[1] zur K-Wache bringen lassen, die warten dort auf ihre Vernehmungen. Waren beide ziemlich fertig. Denen ist der Spaß an Karneval gehörig vergangen."

Ich nickte und konzentrierte mich wieder auf den Toten zu unseren Füßen, der vom grellen Licht des Stativstrahlers angeleuchtet wurde. Das Hemd des Mannes war im seitlichen linken Rückenbereich blutdurchtränkt. Dirk fuhr fort: „Der alarmierte Notarzt konnte nur noch den Tod des Mannes feststellen." Er sah uns der Reihe nach mit seinen stahlblauen Augen durchdringend an. „Aufgrund der Schnittspuren am Hemd und der Stichverletzungen ging er von Fremdverschulden aus, wir wurden hinzugerufen."

„Der Tote heißt Volker Werle, oder?", vergewisserte sich Theo.

„Ganz genau. Diese Bekloppten vom Rettungsdienst haben seine Taschen nach seiner Krankenversicherungskarte durchsucht. Dabei haben sie in seiner Hosentasche sein Portemonnaie mitsamt Papieren gefunden."

Ich schüttelte den Kopf. Auf solche „Spurenvernichtungskommandos" konnten wir schließlich getrost verzichten.

Dirk fuhr fort: „Demnach wurde er am 16.12.1968 in Köln geboren, ist hier auch wohnhaft. Genauer gesagt in Bilderstöck-

---

[1] (veraltete) Abkürzung für Schutzpolizei

chen. Die EMA-Überprüfung hat ergeben, dass unter seiner Anschrift auch ein Doktor Richard Werle und eine Ulla Werle wohnen, beide um die siebzig. Wahrscheinlich seine Eltern. Ich habe ihn auch schon in INPOL checken lassen. Aber er hat keinen Bestand, ist also aktenkundig noch nicht straffällig geworden. In seinem Portemonnaie waren übrigens genau 108,73 Euro sowie EC- und Krankenversicherungskarte. Tja, da haben uns die Rettungssanitäter mit ihrer Suchaktion doch mal richtig geholfen, was? Verdammte Amateurdetektive!"

Ich nickte. „Also ist ein Raubmord wohl erst mal auszuschließen."

„So sieht's aus, ja."

„Wenn die schon so gründlich nachgesehen haben: Hatte der kein Handy dabei?"

„Offenbar nicht. Die Jungs waren SEHR gründlich. Das wäre denen aufgefallen."

„Was ist mit dem Todeszeitpunkt?"

„Dazu kann ich nichts Genaues sagen", antwortete Dirk. „Aber allzu lange wird der hier nicht gelegen haben. Der Notarzt schätzt, dass der Tod etwa eine halbe Stunde vor dem Fund eingetreten ist. Aber das ist bei diesen Möchtegern-Quincys vom Rettungsdienst ja eh alles ohne Gewähr. Sache der Rechtsmedizin."

Ich nickte und betrachtete den Toten. Selbst nach den inzwischen knapp vier Jahren beim KK 11 fiel es mir immer noch schwer, mich an den Anblick des Todes zu gewöhnen. Schweren Herzens beugte ich mich herab und betrachtete das Gesicht des Toten. Volker Werle hatte einen jungenhaften Gesichtsausdruck, die kurzgeschorenen, flachsblonden Haare taten ihr Übriges, diesen Anschein zu untermauern. Trotz der schlimmen Tat, der er zum Opfer gefallen war, glaubte ich, auf dem leblosen Gesicht ein friedvolles und versöhnliches Lächeln wahrnehmen zu können. Wenn das Gesicht tatsächlich der Spiegel der Seele sein sollte, musste dieser Werle ein sympathischer Mensch gewesen sein. Stumm betrachtete ich den Toten für einen Augenblick. Ich verspürte Mitgefühl. Normalerweise sollte man sich als Ermittlungsbeamter davor hüten, Gefühlsregungen aufkommen zu lassen, aber das gelang mir nur in den seltensten Fällen.

Dario war neben mich getreten, während Markus Büttgen im grellen Scheinwerferlicht die Auffindesituation fotografisch dokumentierte und seine Kollegen Thomas Schwadorf und Alwin Scheunemann mit der Faserspurensicherung an der Leiche begannen.

„Hast du dir mal die Klamotten des Toten angesehen?", fragte mich mein Bürokollege und Vereinskamerad. Nachtblaue Elbseglermütze, blaues Finkenwerder Fischerhemd mit Stehkragen und schmalen, weißen Längsstreifen, rotes Halstuch, weiße Schlaghose und weiße Turnschuhe.

„Wenn du mich fragst, ist das einer von den Niehler Fescherjunge", ergänzte Dario.

Ich nickte zustimmend. „Da könntest du wohl recht haben."

Auch die Niehler Fescherjunge waren mir ein Begriff. Eine relativ kleine Gruppe, die nur äußerst mäßig bei den Jecken ankam. Ich selbst hatte schon einige Auftritte dieser Truppe erlebt. Sie konnte mit den großen, renommierten Gruppen wie den Rheinschiffern in keiner Weise konkurrieren und wirkte eher wie eine kleine Stammtischtruppe, die das Publikum in den Vorstädten unterhalten wollte. Für den Gürzenich, die Sartory-Säle oder den Kristallsaal waren sie völlig ungeeignet.

Die Zeit verging. Die Spurensicherung an der Leiche war zwischenzeitlich abgeschlossen, ein Mobiltelefon blieb aber auch bei der erneuten Durchsuchung unauffindbar. Theo hatte unseren korpulenten Rechtsmediziner, Dr. med. Markus Pfeiffer, den wir alle jedoch einfach nur „Fettsack" nannten, informiert. Eine gute Dreiviertelstunde später traf er am Tatort ein. Wie immer begrüßte er uns mit einem überschwanglichen, schleimigen Lächeln. Aber ich beachtete ihn kaum. Er traf jetzt erste Feststellungen und gähnte dabei ausgiebig. Staatsanwalt Dr. Müller räusperte sich. „Werle kann nachher in die Rechtsmedizin eingeliefert werden, oder, Herr Doktor Pfeiffer? Ich ordne die Obduktion hiermit an."

„Ist kein Problem, Herr Doktor Müller", entgegnete unser Rechtsmediziner, ohne seinen Blick von der Leiche abzuwenden

Theo hatte die Kollegen der PI 5 gebeten, die Wohnanschrift des Opfers aufzusuchen, die Adresse wussten wir schließlich anhand seines Personalausweises. Laut Adressänderungsaufkleber, der gerade mal zwei Wochen alt war, wohnte Werle im Altbaumburgweg im Stadtteil Bilderstöckchen. Etwa vierzig Minuten später riefen die Kollegen der PI 5 zurück und teilten Theo mit, dass sie niemanden angetroffen hatten.

Über die Leitstelle informierte Theo das amtlich bestellte Bestattungsunternehmen. Einige Zeit später traf ein dunkelgrauer Mercedes Vito mit blickdichten Vorhängen an den Seitenfenstern ein. Zwei schwarz gekleidete Männer stiegen in aller Seelenruhe aus. Einer von ihnen, ein untersetzter Mann mit Schnauzbart, kam zur Absperrung und blickte uns verschlafen an. „Wo es dä Duude?", stieß er ungehalten hervor.

„Na, wenn Sie mal Richtung Flutlicht schauen würden ...", antwortete Theo genervt und deutete mit dem Kopf auf das grell ausgeleuchtete Areal hinter ihm. Der Leichentransporteur hob nicht minder genervt die Augenbrauen. „Kumm, Jupp, de Arbeit röf", brummte er missmutig und schubste seinen immer noch schlaftrunkenen Kollegen an. Wie in Zeitlupe begaben sich die beiden „arbeitswütigen" Männer zum Heck ihres Leichenwagens und holten die Fahrtrage mit dem Leichensack heraus, mit der sie sich im Schneckentempo Richtung Leichenfundort begaben. Nach gut fünf Minuten hatten sie die Leiche verpackt und in ihrem Wagen verstaut, bevor sie sich wieder auf den Weg machten. Inzwischen waren auch der „Fettsack" und unser Staatsanwalt Dr. Müller abgezogen. Dario und ich nahmen derweil mit den Kollegen den Tatort auf. Markus Büttgen machte einem Papparazzo alle Ehre, so wie er den Fundort – genauso wie zuvor die Leiche – und die nähere Umgebung aus allen Blickwinkeln mit seiner digitalen Spiegelreflexkamera ablichtete. Alwin Scheunemann und Thomas Schwadorf untersuchten den Auffindeort des Toten und die Umgebung auf mögliche Spuren, während Theo wie ein Besessener telefonierte. Ich wunderte mich ohnehin, dass er sich noch nicht Richtung Büro verabschiedet hatte. Schließlich gehörte es als MK-Leiter gar nicht zu seinen Aufgaben, der weiteren Tatortaufnahme beizuwohnen.

Obwohl es eine kühle Spätwinternacht war, wurde mir dank des gleißenden Scheinwerferlichts unter meinem Schutzanzug richtig warm. Thomas rief uns zur Hausnummer 4, die sich in unmittelbarer Nähe der Position des Toten befand. Er fuhr sich mit der Hand über den schmalen Bartstreifen an seinem Kinn und deutete auf die roséfarbene Fassade. Über ihre gesamte Länge zog sich etwa in Hüfthöhe eine Blutspur. „Hier wird sich der Tote abgestützt haben. Denkt nur mal an die Hände des Toten: Die waren blutüberströmt. Da wir hier in der Umgebung keinerlei Schleif- oder Transportspuren gefunden haben, können wir davon ausgehen, dass der Fundort tatsächlich auch der Tatort ist. Wahrscheinlich hat der Tote versucht, die Blutung mit seinen Händen zu stillen, während er sich an der Hauswand abgestützt hat, und ist nach wenigen Metern zusammengebrochen. Aber ob das Blut an der Wand definitiv von ihm stammt, wird die DNA-Analyse beim LKA ergeben."

Theo nickte. „Ich schreib gleich nachher 'nen Untersuchungsantrag. Was ist mit dem Tatwerkzeug?", wollte er wissen. Diesmal meldete sich Alwin, ein graumelierter Mittvierziger mit exakt gestutztem Oberlippenbart, zu Wort: „Negativ. Wir haben alles abgesucht. Nichts."

Wir sahen uns ratlos an.

„Für etwaige brauchbare Faser- und DNA-Spuren werden wir das entsprechende Untersuchungsergebnis des LKA abwarten müssen", ergänzte Alwin, was Theo, der sich kurz darauf endlich Richtung Präsidium verabschiedete, nur mit einem Nicken kommentierte.

Gegen sechs Uhr war die Tatortarbeit beendet. Den Tatort gaben wir nach Rücksprache mit dem Staatsanwalt wieder frei und fuhren ins Präsidium zurück. Theo hatte für neun Uhr eine Besprechung angesetzt. Bis dahin setzten wir uns an die Berichte und Vermerke, die es zu schreiben galt, und tranken Unmengen Kaffee, um wach zu bleiben.

3. Kapitel: Mordkommission „Rotberg“

Polizeipräsidium Köln, Abteilung Gefahrenabwehr/Strafverfolgung, Zentrale Kriminalitätsbekämpfung, Kriminalgruppe 1, Kriminalkommissariat 11, Mordkommission 3, Walter-Pauli-Ring 2-4, 51103 Köln-Kalk, Sonntag, 2. März 2003, 09:00 Uhr

Kurz vor neun betrat ich den Besprechungsraum. Neben Theo und Dario konnte ich auch den Rest unserer Mordkommission ausmachen, bestehend aus Nina und dem gähnenden Andríkos Vikelas, die an jenem Sonntagmorgen genauso verschlafen und missmutig aussahen wie ich.

Kriminaloberkommissar Ralf Brambach, ein liebenswerter und jungenhaft wirkender, gutaussehender Kollege Anfang vierzig mit dunkelblonden Haaren und strohblonden Augenbrauen, machte sich eifrig Notizen. Er gehörte zum KK3 des innerstädtischen PI 1. Er war einer der Kollegen des MK-Kaders und bearbeitete normalerweise Diebstahlsdelikte aus Krankenhäusern und Arztpraxen im Citybereich. Ralf hatte uns schon oft geholfen und war nach wie vor ein grandioser Todesermittler – schließlich hatte er mal einige Zeit beim KK 11 gearbeitet –, obwohl das seit seiner Versetzung gar nicht mehr zu seinen primären Aufgaben gehörte. Neben ihm saß Theo, unser MK-Leiter, der nervös an seiner Zigarette zog. Hinter den Gläsern seiner Brille konnte ich sehen, dass seine Augen immer kleiner wurden. Er würde bestimmt jeden Moment einschlafen. Kriminaloberkommissar Andríkos Vikelas, neben mir einer der beiden dienstältesten Sachbearbeiter unserer Mordkommission 3, drehte sich eine Zigarette und verzog einen Mundwinkel zu einem zynischen Lächeln. Ich weiß bis heute nicht, ob er mich in diesem Moment auslachte, da er mir mit seinem Fernbleiben vom Tatort mein Fehlverhalten vom Vorjahr endlich auf Heller und Pfennig zurückgezahlt hatte. Der mittelgroße, schlanke Mann mit gegelten Haaren, Koteletten, Rollkragenpulli und seinem obligatorischen schwarzen Ledersakko wirkte nun wirklich nicht so, als ob er sich seines „Fauxpas" schämte. Wahrscheinlich hatte er wieder einen Großteil der Kölner Damenwelt glücklich gemacht und keine Zeit gefunden, seinem Job nachzukommen. Das war echt ein Vogel. Aber irgendwie konnte ich ihn verdammt gut leiden – auch, wenn wir uns in mancherlei Hinsicht viel zu ähnlich waren ...

„Morgen", warf ich in den Raum. Ich erntete nur müdes Nicken aus der Runde.

Theo begann direkt mit der Besprechung. „Wie ihr ja alle wisst, ist heute Nacht ein Mann in der Altstadt Opfer eines Tötungsdeliktes geworden. Es ist schon der zweite Tote innerhalb von zwei Tagen. Und das an Karneval! Wie ihr euch vorstellen könnt, wird das öffentliche Interesse aufgrund dieses Umstandes außerordentlich groß sein. Unser KK-Leiter Micha wird vom Alten ziemlich unter Druck gesetzt, dem liegt der Kriminaldirektor in den Ohren. Ich geb jetzt mal weiter, was der Micha eben zu mir gesagt hat: ‚Wir müssen – ich betone – wir MÜSSEN diesen Fall schnellstmöglich aufklären! Der Polizeipräsident und auch der Leiter GS persönlich sind an der raschen Aufklärung dieses Falles äußerst interessiert. Es geht um das Ansehen der Stadt. Wenn sich herumspricht, dass man aus Angst, Opfer eines Gewaltverbrechens zu werden, Köln zur Karnevalszeit nicht mehr aufsuchen kann, wird es für die Kölner Gastronomie zu extremen Einbußen kommen. Eine Katastrophe!' – Wahrscheinlich machen die sich Gedanken wegen des zu erwartenden Echos von den Stadtoberen."

Kriminalkommissar Wolfgang „Wolle" Mannsfeldt, ein mittelgroßer, leicht gebeugt gehender Mann Mitte fünfzig, dessen weißer Bart und weißes Haar ihn zehn Jahre älter aussehen ließen, nutzte unsere folgende kleine Denkpause und wandte sich Theo zu, der abermals nervös an seiner Zigarette zog. „Liebe Kollegen, ich hielt et für dienlich, wenn ihr uns erst mal berichtet, wat überhaupt passiert es, damit wir uns ALLE ein Gesamtbild machen können. Schließlich waren wir", – Wolle deutete mit dem Kopf auf Ralf, Nina und Andríkos –, „im Gegensatz zu den anderen

Anwesenden nicht mit vor Ort. Ralf und ich haben nur die Zeugen vernommen", sagte der Kaderkollege vom KK 33, das für die Bekämpfung der „Allgemeinen Rauschgiftkriminalität" zuständig war, und lächelte uns mit einem breiten Grinsen an.

Ich kannte den sympathischen Kollegen aus Stolberg schon eine ganze Weile. Schließlich hatte er nach seiner Ernennung zum Kommissar vor einigen Jahren ein kurzes Gastspiel in Erichs Kalker KK 1 gegeben, bevor er zum KK 52 versetzt worden und letztlich, vor wenigen Monaten, in besagtem KK 33 gelandet war. Er gehörte zu den zahlreichen Kollegen, die sich nach über zwanzig Jahren Wach- und Wechseldienst „auf der Straße" ein gewisses Maß an Zynismus zu eigen gemacht hatten. Dementsprechend gewöhnungsbedürftig war sein Humor. Er nickte Theo aufmunternd zu, der von unserem nächtlichen Einsatz und der Spusiarbeit berichtete. „Dario, du fährst gleich zur Rechtsmedizin und wirst der Obduktion beiwohnen. Den ED hab ich entsprechend informiert, ein Kollege kommt mit raus, um letzte Spuren an der Leiche zu sichern und die Kleidung des Toten sicherzustellen. Ich werde mich um die Untersuchungsanträge und die Aktenführung kümmern."

Dario nickte stumm, während Theo erneut sein Wort an uns richtete: „Ich würde vorschlagen, dass du, Pitter, mit Nina dein Glück gleich noch mal bei den Werles versuchst. Der Einsatz ist zwar bei den Kollegen der PI 5 noch offen, aber ich werde die entsprechend informieren. Klärt in diesem Zusammenhang mal bitte, ob unser Toter ein Handy besaß. War ja ohnehin seltsam, dass wir das im Rahmen der Spusimaßnahmen nicht gefunden haben."

Ich nickte und machte mir Notizen.

„Welchen MK-Namen hast du dir eigentlich überlegt?", wollte Ralf wissen.

Theo sah sich ratlos um und zuckte mit den Schultern. „Wie wär's mit ‚Altstadt'?", fragte er schließlich zögerlich und zog an seiner Zigarette, wodurch seine hohlen Wangen noch schwindsüchtiger aussahen.

„Klingt aber ’n bisschen einfallslos“, meinte Nina.

„Na, dann lass uns die MK doch ‚Fischer‘ nennen“, warf ich ein. „Schließlich war der Tote ja wohl Tänzer bei den Fescherjunge.“

„Ich fänd ‚Rotberg‘ besser. Als Abwandlung für den Straßennamen des Leichenfundorts Auf dem Rothenberg“, sagte Wolle.

„Ja, sehr gute Idee, Wolle! Das gefällt mir“, entgegnete Theo. „Ralf, Wolle, ihr hört euch bitte noch mal in der näheren Tatortumgebung um. Vielleicht hat irgendwer gestern Abend etwas Auffälliges beobachtet.“

Während Wolle einen Zug an seinem Zigarillo nahm, wofür er einen feindseligen Blick von dem selbsterklärten Raucherhasser Dario kassierte, sah sich Theo erneut in der Runde um.

„Andríkos: Du unterstützt Wolle und Ralf bei der Nachbarschaftsbefragung. Ach so: Du kommst jetzt zuerst sofort mit in mein Büro, klar?“

„Jau“, antwortete Andríkos nur knapp. Das roch nach Ärger und einem mächtigen Anschiss ...

„Nina, du hast den Chef eben gehört: Wir beide versuchen noch mal unser Glück bei der Adresse des Toten. Vielleicht sind seine Mitbewohner ja inzwischen zurück. Ich weiß, es ist eine Scheißaufgabe, den Angehörigen die Todesnachricht zu überbringen, aber wahrscheinlich hat der Theo recht: Du kannst das mit deinem weiblichen Einfühlungsvermögen besser als wir – auch, wenn du ziemlich übernächtigt wirkst ...“

Ninas Lächeln wirkte leicht gereizt. „Tja, hab halt gestern gefeiert. Ich konnte ja kaum damit rechnen, dass ich heute arbeiten muss. Aber egal.“

Ich schnappte mir Papiere und Schlüssel unseres silbernen Scorpio, holte aus dem Waffenfach die P6 und ging gemeinsam mit Nina in die Tiefgarage des PP, wo sich ein beachtlicher Fuhrpark mit größtenteils in die Jahre gekommenen Kompakt- und Mittelklassewagen befand.

Die Straßen waren an diesem verregneten Sonntag fast menschenleer. Nina und ich blieben stumm. Einzig die Scheibenwischer sorgten mit ihrem quietschenden Geräusch für Unterhaltung.

Nach gut zwanzig Minuten hatten wir den Altbaumburgweg in Bilderstöckchen erreicht. Während die Peripherie dieses Stadtteils am Rande des Stadtbezirks Nippes vor allem durch seine „filigranen“, städtebaulich ungeheuer beeindruckenden Plattenbauten bestach, standen im Zentrum des Vororts einige schmucke Einfamilienhäuser aus längst vergangenen Jahrzehnten. Die Leute, die hier wohnten, hatten es zu bescheidenem, kleinbürgerlichen Wohlstand gebracht. Vor dem weißen Einfamilienhaus mit der Nummer 54, das sich am Anfang der kleinen Einbahnstraße befand, die von betagten Reihenhäusern dominiert wurde, hielten wir an. Mein Herz schlug schneller. Ich hasste nichts so sehr, wie der Überbringer der schlimmsten aller Unglücksbotschaften zu sein: des Todes eines nahen und geliebten Angehörigen.

4. Kapitel: Hausbesuche

Haus von Dr. Richard Werle, Altbaumburgweg 54,
50739 Köln-Bilderstöckchen,
Sonntag, 2. März 2003, 10:23 Uhr

Schweren Herzens klingelte ich an der Haustür. Aus dem Hausflur konnten wir Schritte vernehmen. Eine korpulente Frau Anfang siebzig mit kurzen grauen Haaren, Goldrandbrille und geblümter Bluse öffnete die Tür und sah uns argwöhnisch an. „Ja bitte?"

„Frau Werle?"

„Ja, ich bin Ulla Werle. Was wünschen Sie?"

Ich zückte meinen grünen Polizei-Dienstausweis. „Mein Name ist Merzenich. Das ist meine Kollegin Ossendorf. Wir sind von der Kripo Köln. Dürften wir mal einen Moment reinkommen?"

Ich weiß nicht, ob Frau Werle in diesem Moment eine böse Vorahnung hatte, aber ihre Augen waren schreckgeweitet. Fast apathisch winkte sie uns durch den dunklen Flur in das Wohnzimmer am anderen Ende des Hauses. Im gesamten Haus herrschte ein miefiger Geruch. Die Einrichtung des Wohnzimmers musste in den Siebzigern als topmodern gegolten haben, jetzt wirkte sie bieder und altbacken. Eine große Bücherwand nahm eine der Wände vollständig in Beschlag, auf der grau-beigefarbenen Ledercouchgarnitur saß ein verdutzt blickender, weißhaariger Mittsiebziger über der „Welt am Sonntag", der jetzt wie in Zeitlupe aufstand. Regen prasselte an die Terrassentür.

Frau Werle stellte uns ihrem Mann Richard vor und nahm auf der Couch neben ihm Platz. Uns hatte sie die kleinere, gegenüberstehende Ledercouch angeboten, die bei jeder Bewegung knirschte. Dr. Werle griff erneut nach seiner Zeitung, die er jetzt sorgfältig faltete, bevor er sie wieder weglegte und uns durch seine kleine Lesebrille fragend anblickte. Im Gegensatz zu seiner Frau wirkte er ruhig, fast behäbig. Er hatte die Beine übereinander geschlagen und sah Nina und mich wortlos an. Nach einer peinlichen Minute des Schweigens sprach uns Dr. Werle mit fast pastoraler Ruhe an: „So, Sie sind also von der Polizei. Was können wir für Sie tun?“

Frau Werle packte ihren hageren Mann am Arm. „Kannst du dir das nicht denken, Richard? Es ist doch bestimmt etwas mit unserem Jungen“, sagte sie energisch. Wie auf unsere Unterstützung wartend, sah sie uns an.

„Ist Volker Werle Ihr Sohn?“, wollte Nina wissen. Dr. Richard Werle, der zuvor noch souverän und gelassen gewirkt hatte, beugte sich nun erschrocken vor und ergriff die auf seinem Arm ruhende Hand seiner Ehefrau. „Ja“, war alles, was er hervorbrachte.

Nina atmete tief ein, bevor sie sich zu dem verunsicherten Rentnerpaar vorbeugte. „Herr und Frau Werle, wir müssen Ihnen eine traurige Nachricht überbringen. Es tut mir leid, Ihnen mitteilen zu müssen, dass Ihr Sohn heute Nacht tot aufgefunden wurde.“

Frau Werle schlug die Hände vors Gesicht und schluchzte laut auf, Herr Werle nahm seine Frau in den Arm und sah uns fassungslos an. „Wie ist es passiert?“, fragte er mich mit Tränen in den Augen. Bevor ich antwortete, reichte ich den beiden eine Packung Papiertaschentücher. „Wir gehen von einem Verbrechen aus.“

Frau Werle schluchzte jetzt noch lauter, ihr Mann schüttelte wie in Trance den Kopf. „Mord?“, bemerkte er ungläubig. Ich nickte.

„Unser Sohn? Sie müssen sich irren! Nein, das kann nicht sein! Ihnen muss ein Fehler unterlaufen sein!“

Trotz der albtraumhaften Situation versuchte Dr. Werle die Fassung zu bewahren. Mit langsamen Bewegungen ergriff er die Tasse Kaffee, die vor ihm auf dem Couchtisch stand, und führte sie bedächtig zu seinem Mund. Nach einem kleinen Schluck hatte er sich allem Anschein nach wieder gefasst. Er sah uns auffordernd an. „Mord, sagen Sie?“

„Es tut mir sehr leid“, sagte ich und nickte, ohne hinzuzufügen, dass wir bislang „lediglich“ in einem Tötungsdelikt ermittelten. Den Unterschied einem juristischen Laien klarzumachen, der seinen Sohn betrauerte, erschien mir mehr als unangebracht.

Mehrere Minuten vergingen, bis ich abermals das Wort ergriff. „Tut mir leid, dass ich Sie das fragen muss: Hatte Ihr Sohn irgendwelche Feinde? Oder hat er sich mal verärgert über jemanden geäußert?“

„Unser Junge? Nein, er gehörte zu den wenigen Menschen, die von einer so positiven Aura umgeben sind, dass sie ihr Umfeld sofort in ihren Bann zu ziehen vermögen, wenn Sie verstehen, was ich meine?“

„Ich glaube schon, doch.“

Mehrere Augenblicke herrschte wieder eisiges Schweigen. Nina stand schließlich auf und führte die immer noch leise schluchzende Frau Werle ins Nebenzimmer, um sie zu trösten. Ich wusste nicht, ob ich Dr. Werle für seine dieser Situation widersprechende Ruhe beneiden oder bedauern sollte. Aber vielleicht war das ja auch nur Fassade. Ich konnte beobachten, wie er mehrmals heftig schluckte und sich sein Kehlkopf auf und ab bewegte. Seine Augen waren feucht. Trotz allem schien er einen Zusammenbruch zu vermeiden, indem er den Tod seines Sohnes rational zu betrachten versuchte. „Leider hatte er immer nur Pech“, sagte er leise.

„Wie meinen Sie das?“

„Nun, wie soll ich’s sagen? Unser Sohn hatte kein leichtes Leben. Zu meinem Bedauern hat er bei Ford eine Ausbildung zum Kfz-Schlosser absolviert und dort gearbeitet. Ich hingegen hätte mir nichts sehnlicher gewünscht, als dass Volker ebenfalls eine akademische Laufbahn einschlagen würde. Sehen Sie, ich selbst war über dreißig Jahre Deutsch- und Lateinlehrer. Mit meinem Gehalt als Oberstudienrat hätten Volker die nötigen finanziellen Mittel für eine erstklassige Hochschulausbildung zur Verfügung gestanden. Aber die ‚Büffelei‘, wie er das Studium geringschätzig nannte, interessierte ihn nicht. Er wollte um jeden Preis eine Handwerksausbildung absolvieren. Ich nahm das alles andere als wohlwollend ad notam, fand mich jedoch mit Volkers Entscheidung ab. Wie ich bereits erwähnte: Volker hat seinen Beruf sehr gerne ausgeübt. Nach einigen Jahren wurde ihm jedoch leider gekündigt – betriebsbedingt. Volker war fassungslos. Er fühlte sich verstoßen und ausgenutzt. Trotz allem resignierte er nicht. Er besuchte diverse Fortbildungskurse und Umschulungen. Wahrhaftig, ich habe ihn für seinen Ehrgeiz und sein Durchhaltevermögen mehr als bewundert. Eines Tages kam er freudestrahlend nach Hause, er hatte eine neue Stelle als Lkw-Fahrer bei einer Spedition in Pulheim angenommen. Die Talsohle seines jungen Lebens schien durchschritten. Dann stellte er uns vor zwei Jahren Britta vor, seiner neuen Freundin. Die beiden waren sehr glücklich miteinander und zogen schon bald zusammen. Insgeheim freuten wir uns auf eine mögliche Hochzeit und auf Nachwuchs. Meine Frau und ich hätten doch so gerne Enkel gehabt!" Dr. Werle blickte mich mit leerem, geistesabwesendem Blick an. „Anfang Dezember stand Volker dann aufgelöst vor unserer Tür. Die Spedition hatte ihm gekündigt – ein weiteres Mal betriebsbedingt. Das hat ihm die letzte Kraft geraubt. Und vor vier Wochen ist er dann wieder hier eingezogen. Britta hatte sich von ihm getrennt und damit all unsere Hoffnungen, die wir in die Beziehung der beiden investiert hatten, ad absurdum geführt. Das war ein schwerer Schlag für uns alle! Ich weiß bis heute nicht, warum sie sich von unserem Sohn getrennt hat. Wir haben dieses Thema totgeschwiegen, schließlich war es für den armen Jungen schlimm genug. Das Einzige, was ihm jetzt noch geblieben war, war sein Verein – und die Vorfreude auf Karneval. Mein Gott, was hatte der Junge doch für einen Spaß daran! Und noch nicht mal das war ihm vergönnt! Wie soll man das nur begreifen?"

„Ich kann Sie gut verstehen, Herr Doktor Werle. Hatte Ihr Sohn nach der Trennung noch Kontakt zu dieser Britta?"

„Das entzieht sich meiner Kenntnis. Sie müssten sie selbst fragen. Jedoch kann ich Ihnen gerne ihre Adresse geben."

„Das wäre sehr nützlich, danke. Jetzt mal eine andere Frage: Wissen Sie, wo sich Ihr Sohn gestern Abend aufgehalten hat? Hat er Ihnen irgendetwas über eine Verabredung gesagt?" Schließlich war es für den weiteren Verlauf unserer Ermittlungen wichtig, den Tagesablauf des Toten zu rekonstruieren.

Aber Dr. Werle zuckte die Achseln. „Auch diese Frage kann ich Ihnen leider nicht beantworten. Meine Frau und ich waren seit Freitag bei meiner Cousine an der Mosel. Wir sind eben erst wieder zurückgekehrt. Aber ich hege die Vermutung, dass er mit seinem Verein, den Niehler Fescherjunge, unterwegs war."

Ich nickte verständnisvoll. Damit hatten wir Gewissheit, dass Werle tatsächlich für diesen Veedelsverein tanzte. „Noch eine Sache: Hätten Sie etwas dagegen, wenn ich mich mal im Zimmer Ihres Sohnes umsehe? Vielleicht finden wir dort irgendeinen Hinweis auf ein mögliches Tatmotiv."

„Natürlich nicht! Wir werden Sie selbstverständlich nach all unseren Kräften unterstützen. Hauptsache, Sie finden denjenigen, der das unserem armen Volker angetan hat."

Ich nickte stumm.

Dr. Werle führte mich über die knarrende Holztreppe in den ersten Stock, wo sich das Zimmer des Opfers befand. Es wirkte beim besten Willen nicht so, als ob es einem Mann Mitte dreißig gehörte. Ich hätte es eher einem sport-, motorrad- und karnevalsbegeisterten Jugendlichen zugerechnet. An der Wand hingen mehrere Poster von Rennmaschinen, ein Bild der aktuellen FC-Mannschaft, ein Fanschal des gleichen Vereins und ein Gesellenbrief der Ford-Werke AG. Auf der Bettwäsche prangte der Geißbock. Über dem Schreibtisch an der Wand fristete eine ganze Kompanie von Karnevalsorden ein eher tristes Dasein. Daneben konnte ich zwei Gruppenbilder entdecken: Das erste zeigte die Fescherjunge vor dem Altstadtpanorama mit Dom, das zweite eine Gruppe von Indianern mit Kriegsbemalung und Blechinstrumenten. Ich deutete mit dem Zeigefinger auf das zweite Foto.

„Was ist das denn für eine seltsame Truppe?", fragte ich Dr. Werle, der hinter mir im Türrahmen stand.

„Das sind die Mauenheimer Rothäute. Bei dieser Gruppe

hat Volker im Spielmannszug gespielt, bevor er bei den Fescherjunge Tänzer wurde."

Als nächstes fiel mein Blick auf ein Porträtfoto auf dem Schreibtisch. Es zeigte eine hübsche blonde Frau, die in die Kamera lächelte. „Ist das Britta?", wollte ich wissen.

„Ja, ganz genau. Eine überdurchschnittlich attraktive junge Dame, nicht wahr?"

„Da möchte ich nicht widersprechen. Hatte Ihr Sohn vielleicht einen Kalender oder ein Tagebuch?"

Werle senior zuckte mit den Schultern. „Nicht, dass ich wüsste. Aber danach sollten Sie auch Britta fragen. Die meisten seiner persönlichen Gegenstände befinden sich noch bei ihr in der Wohnung. Er ist schließlich ‚Hals über Kopf' wieder bei uns eingezogen."

Ich schaute mich noch etwa zwanzig Minuten im Zimmer des Toten um. In seinem Kleiderschrank fand ich auch sein altes Indianerkostüm, das er während seiner Zeit bei den Mauenheimer Rothäuten getragen hatte. Irgendwann fiel dann mein Blick auf die Pinnwand aus Kork, an der ein Bild von Volker Werle Arm in Arm mit seiner Britta, die Bestellkarte eines Pizzataxis und ein mehrere geheftete DIN-A5-Seiten umfassendes Heftchen, das auf der ersten Seite in fetten Buchstaben die Überschrift *Niehler Fescherjunge – Auftrittsplan Session 2002/2003* trug, gepinnt waren. Neugierig nahm ich diesen Plan von der Korktafel und begann zu blättern. Mich interessierten vor allem mögliche Einträge für den 1. März 2003. Vielleicht fand ich ja dort einen Hinweis, wo beziehungsweise mit wem sich Volker Werle vor seinem Tod herumgetrieben hatte.

Meine Erwartungen wurden nicht enttäuscht. Laut Auftrittsplan waren für den Vortag mehrere Auftritte – vorrangig in Bierzelten und Pfarrsälen dörflich geprägter Kölner Stadtteile – vorgesehen gewesen. Den Abschluss sollte demnach ein Auftritt um zweiundzwanzig Uhr fünfzehn in einem Niehler Pfarrsaal bilden. Gleichzeitig sollte das auch der letzte Auftritt für die laufende Session sein. Ich steckte den Auftrittsplan, auf dem auch die Handynummer des Vereinsvorsitzenden, eines gewissen Rolf Bürrig, vermerkt war, in die Jackentasche. Wir sollten uns mit ihm dringend in Verbindung setzen. Ich suchte weiter. In der Nachttischschublade neben Werles Bett wurde ich abermals fündig. Ich entdeckte einen Collegeblock. Dieser war auf einem Großteil der Seiten mit Notizen vollgekritzelt. Es handelte sich dabei lediglich um Uhrzeiten mit Adressen und Namen. Der erste Eintrag datierte auf den 16. Dezember 2002 und endete mit einer Notiz vom vergangenen Mittwoch, also dem 26. Februar 2003. In Verbindung mit diesen Notizen tauchte immer wieder die Abkürzung *I.N.* auf, jedoch ohne nähere Erläuterungen. Ich zeigte dem erstaunten Dr. Werle meinen Fund.

„Diesen Notizblock habe ich noch nie gesehen. Worum es sich hierbei handelt, kann ich Ihnen leider nicht sagen."

„Sagt Ihnen die Abkürzung I.N. etwas?"

„Nein, auch diesbezüglich muss ich leider passen. Es tut mir außerordentlich leid. Aber vielleicht weiß Britta etwas darüber. Ich kann Ihnen leider nicht weiterhelfen, was ich sehr bedaure, Herr Kommissar."

„Hatte Ihr Sohn eigentlich ein Auto?", fragte ich den pensionierten Lehrer. Schließlich bewahren viele Leute die unmöglichsten Gegenstände in ihren fahrbaren Untersätzen auf. Vielleicht würde ich dort ja noch etwas Interessantes entdecken, das uns half, den Fall schnellstmöglich aufzuklären. Dr. Werle nickte zögerlich. „Ja, einen Ford Capri. Dieses viel zu schnelle Gefährt ist aber Gott sei Dank seit geraumer Zeit nicht mehr fahrbereit. Britta besitzt aber einen Pkw, den sie gemeinsam genutzt haben. Sie müssen wissen, dass Volker zu unserem größten Bedauern Zeit seines Lebens von Geschwindigkeit besessen war. So war er unter anderem ein leidenschaftlicher Motorradfahrer. Was mussten wir doch jedes Mal für Ängste ausstehen, wenn er auf seine Maschine stieg ... Ich kann Ihnen dieses Zweirad und diesen Sportboliden, die uns in den letzten Jahren so viel Nervenkraft gekostet haben, gerne zeigen."

„Warum nicht?", antwortete ich. Es konnte nicht schaden,

mir seinen alten Capri und die Maschine mal anzusehen. Unter Umständen hatte er in dem alten Sportcoupé ja Unterlagen oder an dem Motorrad Satteltaschen angebracht, in denen er weitere Gegenstände aufbewahrte, die uns bei der Suche nach dem Täter weiterhelfen könnten. So verließ ich mit Dr. Werle das Haus und ging mit ihm nach schräg gegenüber, wo sich – ein wenig von der Straße zurückversetzt – fünf in einer Reihe nebeneinander liegende Garagentore befanden. Dr. Werle ging zu dem ersten Tor. „Diese Garage hat Volker extra bei unseren Nachbarn, dem Ehepaar Röhrig, angemietet, um seinem zeit- und kostenintensiven Hobby nachzugehen."

Der belesene Vater unseres Toten öffnete das quietschende Tor. In der Mitte der aufgeräumten Garage stand ein getunter, schwarzer Ford Capri der letzten Baureihe, der inzwischen zu den seltenen Schönheiten auf den heimischen Straßen gehörte. Hinter diesem hübschen alten Sportcoupé, das keine Kennzeichen hatte, stand eine Kawasaki ZX-6R in leuchtend hellgrüner Lackierung. Das Motorrad, besser bekannt unter seinem Beinamen „Ninja", zählte zu den wahren „Höllenmaschinen", die einzig für den zweifelhaften Zweck gebaut wurden, Autobahnen und Landstraßen in Rennstrecken zu verwandeln. Ich sah mir die Ninja, die – wie für solche „Witwenmacher" auf zwei Rädern üblich – keine Satteltaschen hatte, den abgemeldeten Capri und den Raum genauestens an. Weitere Hinweise fand ich hier jedoch nicht mehr.

So ging ich mit Dr. Werle zurück ins Haus, nahm den Notizblock, für den ich ein Sicherstellungsverzeichnis ausfüllte, mit und ließ mir von ihm die Adresse von Britta, die mit Nachnamen Ziegler hieß, geben. Da fiel mir ein, worum uns Theo bei der Besprechung gebeten hatte. „Ach so, Herr Doktor Werle, eine Sache noch: Hatte Ihr Sohn ein Handy? Wir haben in seinen persönlichen Effekten keines finden können."

„Aber selbstverständlich! Das finde ich jetzt äußerst befremdlich. Schließlich hat er es ständig mit sich herumgetragen. Auch wenn er es nicht allzu oft nutzte. Ich werde Ihnen seine Nummer notieren", sagte er und bat mich, ihm erneut den Notizzettel auszuhändigen, auf den er kurz zuvor Britta Zieglers Anschrift geschrieben hatte.

Danach verabschiedeten wir uns von Werles trauernden Eltern, nachdem wir ihnen noch einmal unser Beileid ausgesprochen hatten. Immerhin konnten wir dem älteren Ehepaar noch ausreden, seinen toten Sohn sofort in der Rechtsmedizin aufzusuchen. Damit mussten sie warten, bis die Obduktionsuntersuchungen abgeschlossen waren und sie ihren Schmerz etwas besser verarbeitet hatten.

Wir waren kaum zur Türe heraus, da klingelte mein Handy. Ich erkannte die Nummer auf dem Display. „Hallo, Marcel, alles klar?"

„Das frag ich dich. Wo steckst du? Und wo ist Dario? Wir haben uns alle schon an der Severinstorburg getroffen, um den Zug zu sehen. Nur ihr zwei Jecken fehlt noch. Der Zug geht gleich los!"

Beschämt musste ich feststellen, dass ich Marcel noch gar nichts von meiner „Sonderschicht" erzählt hatte. Schließlich waren wir mit dem Rest unseres Vereins verabredet, um uns die Schull- und Veedelszöch anzuschauen. So berichtete ich ihm von dem mysteriösen Mordfall. Marcel drückte mir sein Bedauern aus, ich wünschte ihm und dem Rest der Truppe viel Spaß. Ich unterrichtete Theo telefonisch über unser nächstes Fahrziel und teilte ihm Volker Werles Handynummer mit. Er wollte sich so schnell wie möglich um einen richterlichen Beschluss zwecks Erhebung der Verkehrsdaten zu dem Mobilfunkanschluss unseres Opfers kümmern.

Unterwegs unterhielt ich mich mit Nina über den Auftrittsplan und den Collegeblock, den ich gefunden hatte. Wir beschlossen, Britta Ziegler nach den seltsamen Notizen zu befragen.

Um Viertel nach eins klingelten wir an der Haustür des Mehrfamilienhauses am Ivenshofweg, einer Straße am Ortsrand von Merkenich, ganz in der Nähe der Ford-Werke. Hinter den Hausfassaden konnte man den Sportplatz von Wacker Merkenich und den imposanten Schornstein des örtlichen Heizkraftwerks ausmachen. Keine allzu schöne Wohngegend. Wie zuvor im Altbaumburgweg herrschte auch hier Totenstille. Kein Hausbewohner ließ sich blicken. Ich hatte fast den Eindruck, als hätte Werles ehemaliges Umfeld von seinem Tod erfahren und würde nun in aller Stille trauern. Regen prasselte auf meine alte Lederjacke. Ein ungemütlicher Tag.

Wir klingelten ganze fünf Minuten, bis uns endlich aufgedrückt wurde. Im ersten Obergeschoss fanden wir eine Wohnungstür mit dem Messingschild *Ziegler + Werle.* Frau Ziegler schien es noch nicht für nötig befunden zu haben, das Schild nach Werles Auszug auszutauschen. Ich klopfte an. Nach einer Weile öffnete eine schlaftrunkene blonde Frau Anfang dreißig im rosafarbenen Bademantel und rieb sich die Augen. Sie hatte wenig Ähnlichkeit mit der freudestrahlenden Schönheit auf Werles Schreibtisch. Trotzdem konnte ich in ihr Britta Ziegler erkennen. Sie sah mit ihren dunklen Augenringen, dem aschfahlen Teint und der Vogelscheuchenfrisur ganz so aus, als ob sie eine durchzechte Nacht hinter sich hätte.

„Was ist?“, warf sie uns vorwurfsvoll entgegen. Ihre Schnapsfahne ließ mich kurz würgen. „Frau Ziegler?“

„Wer will das wissen?“

Ich zückte meinen Dienstausweis und hielt ihn ihr unter die Nase. „Die Kripo. Mein Name ist Merzenich, das ist meine Kollegin Ossendorf. Können wir kurz reinkommen?“

Britta Ziegler verdrehte die Augen. Ihre abweisende Art machte sie mir nicht gerade sympathisch.

„Hat das nicht Zeit bis morgen? Ich will pennen. Außerdem weiß ich nicht, was ihr von mir wollt“, sagte sie und griff sich mit der Hand an die Stirn. Sie schien einen mächtigen Kater zu haben.

„Es ist wirklich wichtig, Frau Ziegler. Bitte. Nur fünf Minuten.“ Nina hatte ihren warmherzigsten Blick aufgelegt, um die renitente Dame zu besänftigen.

„Oh Mann, wenn’s denn sein muss. Na gut. Bitte!“ Sie deutete mit dem Kopf ins Wohnungsinnere und verzog dabei angewidert den Mund.

Frau Ziegler wies uns den Weg ins Wohnzimmer. Hier musste in der vergangenen Nacht eine zügellose Orgie stattgefunden haben. Im gesamten Raum standen leere Bier- und Weinflaschen herum, auf dem Boden lagen ein zerknittertes Cowboykostüm, ein roter Ferrari-Overall und ein Stringtanga. Der Aschenbecher war randvoll mit Kippen.

„Nehmen Sie ruhig Platz. Das Chaos müssen Sie entschuldigen. Ich war gestern auf 'ner Party und hab danach noch hier ein bisschen weiter gefeiert." Sie ließ sich auf das Sofa sinken. „Also, was gibt's so Dringendes?"

Nina setzte sich neben sie und räusperte sich. „Wir müssen Ihnen leider mitteilen, dass Volker Werle heute Nacht tot aufgefunden wurde."

Abrupt schien Britta Ziegler aus ihrer Lethargie zu erwachen. Ihre Augen weiteten sich entsetzt. „Was? Das ist doch nicht Ihr Ernst, oder? Volker ist tot? Nein! Nein!"

In diesem Moment betrat ein schmerbäuchiger Mann mit fettigen schwarzen Haaren und Dreitagebart den Raum. Außer viel zu engen Boxershorts und einer prolligen Goldkette trug der Mann nichts. Seine Brust war bis zur Unappetitlichkeit behaart. „Was iste das für eine Krach, Amore mio?"

„Halt die Klappe, Francesco!", stieß Frau Ziegler völlig aufgelöst hervor

„Wie redest du mit mir? Was sind das für Leute?"

Ich ergriff das Wort: „Wir sind von der Kripo Köln. Mein Name ist Merzenich, das ist Frau Ossendorf."

„Polizei? Was Sie wollen? Ist es wegen Giovanni? Ich habe mit der Sache nixe zu tun. Ich habe ihm gesagt, dass er die Scheiße mit den Prepaidkarten und den Handys lassen soll. Madonna mia, ich gehe nicht in die Knast für diese Cretino! Ich habe doch nixe gemacht! Incredibile! Scheiße!"

Britta Ziegler stieß Nina unsanft beiseite, sprang wie von der Tarantel gestochen auf und trommelte wie eine Besessene auf die behaarte Brust des Italieners „Du Arschloch und deine windigen Geschäfte! Wie konnte ich mich nur auf dich einlassen!

Damit du's weißt: Die Bullen sind nicht wegen dir hier, du Idiot! Volker ist tot! So, und jetzt verpiss dich endlich!"

Francesco wusste anscheinend nicht so recht, wie ihm geschah. Er blickte mich eingeschüchtert an. „Sie sind also wirklich nicht wegen mir hier? Ist das wahr? Und Volker ist tot?"

Ich nickte. Der Italiener schlug hastig ein Kreuz, hob den roten Overall vom Boden auf und wollte sich aus dem Staub machen, woran ich ihn jedoch hinderte. Schließlich mussten wir seine Personalien aufnehmen. Wir würden einen Vermerk bezüglich der von ihm angedeuteten illegalen Geschäfte mit Handys und Prepaidkarten zu einem späteren Zeitpunkt an das zuständige Kommissariat weiterleiten. Jetzt aber ließen wir fünf gerade sein und ihn gehen. Wir hatten ohnehin genug damit zu tun, Frau Ziegler zu beruhigen. Sie hatte sich wieder auf ihrem Sofa niedergelassen und die Knie vor die Brust gezogen. Tränen liefen über ihre Wangen. Ihre Unterlippe zitterte. Nina legte der trauernden Frau eine Hand auf den Arm. „Frau Ziegler, soll ich Ihnen ein Glas Wasser holen? Oder kann ich Ihnen sonst irgendwie helfen? Pitter, vielleicht sollten wir lieber später nochmal wiederkommen."

„Nein, es geht schon." Britta Ziegler schüttelte wie in Trance den Kopf und starrte vor sich hin. „Wie ist es passiert?", fragte sie leise.

„Wir gehen von einem Verbrechen aus. Er ist mehreren Stichwunden erlegen," antwortete Nina. Frau Ziegler hob ruckartig den Kopf und bedachte uns mit einem entsetzten Blick. „Was soll das heißen? Etwa Mord?"

„Wir gehen zumindest von einem Tötungsdelikt aus, ja", entgegnete ich der fassungslosen Frau.

„Dieser Idiot! Wie konnte er sich auch nur auf diese Scheiße einlassen? Ich hab's ihm doch gesagt!"

Verdutzt schaute ich meine Kollegin an. „Was meinen Sie?"

Frau Ziegler schüttelte den Kopf. „Ach, das ist eine lange Geschichte."

„Wir haben Zeit. Wenn Sie wollen, dass wir den Tod Ihres

Exfreunds aufklären, sollten Sie uns alles erzählen, was Sie wissen. Also: Was meinten Sie damit?"

„Wissen Sie, der Volker war im Grunde genommen ein herzensguter Kerl. Aber er war halt ein Verlierer. Was er auch anpackte, es ging schief. Nichts kriegte er auf die Reihe. Er sagte immer, dass er es irgendwann weit bringen würde. Dann würde er mir auch jeden Wunsch erfüllen. Verstehen Sie mich nicht falsch: Ich habe diesen Mann von ganzem Herzen geliebt. Aber irgendwann hat's mir gereicht. Volker hat in seiner Traumwelt gelebt. Dabei hat er sich das Leben schön geredet. Und die Tatsachen verkannt."

„Wie meinen Sie das?"

„Sehen Sie, Volker hat zuletzt bei einer Spedition als Lkw-Fahrer gearbeitet. Er hat mir gesagt, dass sein Chef sehr zufrieden mit ihm sei und rechnete daher mit einer Gehaltserhöhung."

Britta Ziegler schlug sich mit der flachen Hand gegen die Stirn. „Das müssen Sie sich mal vorstellen! Er wollte schon eine Reise auf die Malediven buchen, so sehr hatte er mit dieser Gehaltserhöhung gerechnet. Und was ist passiert? Sein Chef hat ihn vor die Tür gesetzt. Volker war außer sich vor Wut. Ich konnte ihn nicht mehr von dieser idiotischen Idee abbringen, dass sein Chef Dreck am Stecken habe. Dauernd faselte Volker nur noch davon, dass dieser Nießen – so heißt der Spediteur –, sein Stammpersonal durch osteuropäische Billiglohnkräfte und Zeitarbeiter ersetzen wollte. Schwarz natürlich. Volker war von dieser Idee völlig besessen. Er hat Nießen Tag und Nacht verfolgt, ihm hinterherspioniert, um Beweise für seine Behauptung zu finden. Und jetzt ist er tot! Oh mein Gott!" Frau Ziegler schluchzte auf. Nina nahm sie in den Arm und beruhigte sie. Einige Minuten vergingen, bis sich Frau Ziegler wieder gefasst hatte. Ich kratzte mich am Kinn. Mein Blick fiel auf den Collegeblock, den ich immer noch verkrampft in der Hand hielt. So langsam glaubte ich zu wissen, um was für Notizen es sich handelte. Ich reichte Frau Ziegler den Block. „Schauen Sie sich den mal an. Aus den Notizen sind wir nicht schlau geworden. Auch der Vater von Herrn Werle konnte sich keinen Reim darauf machen. Haben die vielleicht etwas mit den Recherchen Ihres Exfreundes zu tun?"

Konzentriert blätterte Frau Ziegler den Block von der ersten bis zur letzten Seite durch. Sie schüttelte den Kopf. „Er hat ihn mir zwar nie gezeigt, aber oft genug davon erzählt, dass er Nießens Tagesablauf inzwischen wohl besser kenne als der selbst. Sie sehen ja selbst, er hat jeden Außentermin von Nießen genauestens protokolliert."

„Wissen Sie auch, was die Abkürzung I.N. heißt? Die ist uns auch noch in diesem Zusammenhang aufgefallen."

„Na ‚Ingo Nießen'. So heißt sein Chef mit vollem Namen."

„Wie kam Herr Werle denn überhaupt auf die Idee mit den Schwarzarbeitern?"

Frau Ziegler zuckte mit den Achseln. „Ja, zugegeben, so abwegig war die Vermutung noch nicht mal. Er hat wohl mal ein Gespräch zwischen Nießen und dessen Personalchef mitbekommen, dass Illegale aus Polen und Weißrussland extrem günstig und für das Unternehmen wirtschaftlicher seien als die deutschen Lagerarbeiter. Darüber hinaus kenne er den Besitzer einer Zeitarbeitsfirma, der geringfügig Beschäftigte vermittle, die er als Fahrer einsetzen könnte – auch über die vorgeschriebenen fünfzehn Wochenstunden hinaus. Das war ein paar Wochen vor Volkers Entlassung. Nach seinem Rausschmiss hat er dann eins und eins zusammengezählt und diesen Verdacht geäußert. Nur irgendwann hat er mich damit nur noch genervt. Volker interessierte sich für nichts anderes mehr, als seinen Chef ans Messer zu liefern. Er war kaum noch zuhause, war immer nur auf Beschattung. Wissen Sie, wie es ist, mit einem Besessenen zusammenzuleben? Unerträglich! Vor einem Monat ist mir der Kragen geplatzt und ich hab ihn vor die Tür gesetzt. Ich konnte es einfach nicht mehr aushalten."

Nina ergriff Britta Zieglers Arm. „Ich kann das sehr gut nachvollziehen, glauben Sie mir. Sie haben eben gesagt, dass er sich auf irgendetwas eingelassen habe. Was meinten Sie damit?"

Frau Ziegler nickte. „Ja, richtig. Ich denke, dass das in Zusammenhang mit der Spedition steht. Sehen Sie, wir hatten auch nach unserer Trennung Kontakt. Regelmäßig haben wir miteinander telefoniert. Schließlich rief er mich gestern Mittag völlig aufgedreht an. Er werde sich nun das holen, was ihm zustände. Dieser ‚Arsch' würde zahlen müssen und dann würde er mit mir dahin gehen, wohin ich wollte. Ich konnte mir zunächst keinen Reim darauf machen und habe einfach nur aufgelegt. Von diesen Sprüchen hatte ich ein für alle Mal genug. Glauben Sie mir, die hatte ich in den letzten Wochen und Monaten oft genug gehört. Nach dem nervtötenden Telefonat wollte ich einfach nur noch feiern. Die ganze Nacht hab ich mit Francesco durchgemacht. Ich wollte die Sache mit Volker doch endlich ein für alle Mal vergessen. Und jetzt erzählen Sie mir, dass er tot ist. Ich glaube, er hatte tatsächlich irgendetwas herausgefunden und seinen ehemaligen Chef mit dieser Schwarzarbeitergeschichte erpresst."

Ich war mit meinen Notizen kaum nachgekommen. Endlich hatten wir einen möglichen Anhaltspunkt. „Gut, Frau Ziegler. Damit haben Sie uns sehr weitergeholfen. Wissen Sie zufällig, wo dieser Herr Nießen wohnt?"

„Nein, tut mir leid. Irgendwo in Pulheim, nehme ich an. Mich hat das nie interessiert, wissen Sie? Jetzt mal eine andere Frage: Wissen Volkers Eltern schon Bescheid?"

Nina nickte.

„Die ganze Sache tut mir unendlich leid. Vielleicht hätte ich ihn doch vor dieser ganzen Scheiße bewahren können. Wäre ich nur bei ihm geblieben!"

„Machen Sie sich keine Vorwürfe. Sie können schließlich nichts dafür."

„Trotzdem. Ich werde mich um seine Eltern kümmern. Die werden mich jetzt brauchen. Ich war immerhin wie eine Tochter für sie. Wie haben's die beiden denn aufgefasst?"

Erneut ergriff Nina das Wort: „Wie Eltern so eine Nachricht halt auffassen. Ich glaube, es wäre wirklich gut, wenn Sie ihnen beistehen würden."

„Herr Doktor Werle meinte, dass die meisten persönlichen Unterlagen seines Sohnes noch bei Ihnen wären?"

„Das stimmt. Versicherungspolicen, Kontoauszüge, Rechnungen. Volker hat alles genauestens gesammelt und abgeheftet."

Ich nickte zustimmend. Schließlich musste Werle tatsächlich ein äußerst korrekter Mensch gewesen sein. Sonst hätte er sich nicht schon zwei Wochen nach seinem Auszug umgemeldet – wofür der Adressänderungsaufkleber in seinem Personalausweis ein Beweis war.

„Ich hab das alles in einen Umzugskarton gepackt. Er wollte es eigentlich in den nächsten Tagen abholen. Können Sie gerne mitnehmen."

„Das wäre sehr hilfreich."

Kurze Zeit später stand Frau Ziegler mit einem acht Aktenordner beinhaltenden Karton im Türrahmen. Wir händigten Frau Ziegler ein Sicherstellungsverzeichnis darüber aus. Nachdem wir uns durch einen Blick in ihren VW Polo davon überzeugt hatten, dass Werle dort keine persönlichen und unter Umständen beweisrelevanten Gegenstände hinterlassen hatte, verabschiedeten wir uns von der niedergeschlagenen Exfreundin des Opfers und verabredeten mit ihr einen Termin zur Fertigung ihres Zeugenprotokolls am nächsten Tag. Schließlich sollte sie erst mal Zeit haben, wieder zur Ruhe zu kommen und den Verlust zu verkraften. Zum Verbleib von Werles Handy konnte auch sie uns nichts sagen. Schließlich hatte er sie von jenem Handy aus am Vortag noch angerufen. Wie bereits Werles Vater sagte auch sie aus, dass er sein Handy ständig mit sich führte. Auch sie wollte den Toten so bald wie möglich noch einmal sehen. Am Wagen angelangt fragte Nina: „Was machen wir jetzt?"

„Zuerst ruf ich jetzt mal diesen Rolf Bürrig an. Das ist der Kommandant von Werles Karnevalsverein. Wenn er Zeit hat, fahren wir zu ihm und fragen ihn nach dem gestrigen Tagesablauf des Vereins. Das hab ich eben schon mit Theo telefonisch besprochen, bevor wir uns auf den Weg zu Frau Ziegler gemacht haben.

Vielleicht ist dem Bürrig ja was Außergewöhnliches aufgefallen. Dann fahren wir zurück ins Präsidium und fragen Dario, was die Obduktion ergeben hat. Dann sollten wir uns mal den Notizblock und die Unterlagen ansehen, die uns Frau Ziegler überlassen hat. Später sollten wir noch diesen Nießen aufsuchen. Mal sehen, was der zu der ganzen Sache sagt. Schließlich wurde er von Frau Ziegler schwer belastet."

„Guter Plan", stimmte Nina zu und machte es sich auf dem Beifahrersitz bequem. Ich wählte die auf dem Auftrittsplan angegebene Handynummer von Rolf Bürrig. „Der angerufene Teilnehmer ist vorübergehend nicht zu erreichen", verriet mir eine Frauenstimme. So beschlossen wir, ins Präsidium zurückzufahren.

Gegen Viertel vor drei parkten wir den alten Ford wieder in der Tiefgarage des Präsidiums und kehrten ins Büro zurück. Ich spürte, wie mein Magen knurrte, und bat Nina, für die MK „Rotberg" Pizza zu bestellen. Aus Thorstens und Marcos Büro, in dem sich momentan offenbar auch Figo aufhielt, obwohl den Kaderkräften eigene Büros, die so genannten Kaderräume, zur Verfügung standen, hörte ich lautes Gelächter. Nachdem Thorsten vor einigen Monaten in dieses Büro gezogen war, war aus dem „Chaos-Duo" Herberts und Werner, das sich regelmäßig in seinen Büros besuchte, ein „Chaos-Trio" geworden. Schließlich war Marco Dyck genauso vorlaut und witzig wie die beiden Kollegen.

Zeit, meinen Kumpels einen Besuch abzustatten. Im Büro der Kollegen herrschte heilloses Durcheinander. Die Schreibtische waren mit unzähligen Fotos bepflastert. Kriminalkommissar Marco Dyck, ein glatzköpfiger, rotwangiger und untersetzter Mittdreißiger aus Bergheim, erzählte seinem MK-Kollegen Thorsten und der Kaderkraft Figo gerade einen Witz – mit durchschlagendem Erfolg. Die beiden lachten sich halb schlapp. Ihr MK-Leiter Karl-Heinz und der zweite Kaderbeamte Hacki waren nicht zugegen. Deshalb also dieser Lärm.

„Na, ihr drei? Habt ja anscheinend viel zu tun, was?"

„Ey, der Pitter ist da! Wir haben schon eben vom Dario gehört, dass sie euch jetzt auch zum Arbeiten gekriegt haben. Haha!"

„Seid ihr mit euren Ermittlungen immer noch nicht fertig?"

Thorsten winkte ab. „Hör bloß auf! Hätte ich nur nicht diese schwachsinnige Idee gehabt, weiterzufahnden. Jetzt haben wir den Salat!"

„Was ist denn los, Herr Kollege?"

„Wir können nochmal ganz von vorne anfangen. Unser Hauptverdächtiger, dieser Björn Küppers, der ist ja tatsächlich vom Richter in U-Haft geschickt worden – und wurde gestern Abend wieder entlassen!"

„Echt? Na, aber wo ist das Problem? Ihr habt doch von Anfang an an seiner Schuld gezweifelt."

„Schon richtig, aber jetzt sind uns leider die Verdächtigen ausgegangen. Wenn man Dörings Umfeld so befragt, war er bei allen äußerst beliebt. Diese unreifen Gören aus seinem Verein sagen einstimmig, dass er ‚total supi drauf' war. Hast du mal versucht, Teenies als Zeugen zu befragen? Da wirst du jeck. So was Nerviges hab ich noch nie erlebt."

„Ey, Thorsten, war doch halb so wild. Ist doch alles easy, Mann!", warf Figo ein. Der Düsseldoofe machte eine abfällige Handbewegung.

„Jetzt sagt mir doch mal, was diesen Küppers letztendlich entlastet hat."

Wortlos griff Figo nach der Vortagsausgabe eines Boulevardblatts. Er schlug einen Bericht auf, der die gesamte Seite 3 in Beschlag nahm und der diverse Bilder von kostümierten Jecken zeigte.

Janz Kölle jeck – So feiern wir am Rhing

Köln. Auch dieses Jahr war Wieverfastelovend wieder einer der absoluten Sessionshöhepunkte. Tausende Jecke schunkelten begeistert, als am Donnerstag um 11:11 Uhr auf dem Alter Markt der Straßenkarneval 2003 offiziell eröffnet wurde. Lesen Sie hier, wie unsere Leser aus dem ganzen Rheinland diesen Tag in der Hauptstadt des Karnevals erlebten. Drei Mol „Kölle Alaaf"!

Was folgte, waren die besagten Bilder von Kostümierten mit angeblichen Originalzitaten der Abgelichteten. Figo deutete auf ein Bild, das zu fortgeschrittener Stunde vor dem Haupteingang des Hauptbahnhofs aufgenommen worden war. Es war das größte Bild und zeigte ein korpulentes, älteres Pärchen in Clownskostümen, das sich umarmte und freudestrahlend in die Kamera blickte. Unter dem Bild stand:

Margot und Hermann Reiferscheid aus Bad Münstereifel: „Wir kommen seit 30 Jahren jedes Jahr an Weiberfastnacht nach Köln und sind davon immer wieder aufs Neue begeistert. Schließlich haben wir uns an Karneval in Köln damals auch kennengelernt!"

„Ja und? Ein älteres Paar vor dem Hauptbahnhof. Toll. Was hat das mit dem Fall zu tun?"

Figo sah zu Thorsten und Marco. „Anfangs hab ich das auch gedacht, Pitter. Aber dann habe ich mir das Bild mal genauer angesehen. Wie du unschwer erkennen kannst, ist es auf der Uhr über dem Bahnhofseingang 23.51 Uhr. "

„Soweit kann ich dir folgen, Kollege."

„Gut. Und dann schau mal auf den Mann, der rechts neben diesem Hermann Reiferscheid steht. Etwas im Hintergrund versetzt."

Ich kniff meine Augen zusammen. Thorsten bemerkte, dass ich große Mühe hatte, etwas zu erkennen, und reichte mir eine Lupe. Jetzt konnte ich am rechten Bildrand unmittelbar vor der Eingangshalle deutlich das aus dem Bahnhofsinneren beleuchtete Gesicht eines jungen Mannes in weißer Matrosenuniform erkennen, der sich eine Zigarette anzündete. „Ist das etwa dieser Küppers?"

„Du hast es erfasst, Pitter. Wenn du dich dran erinnern kannst, was wir dir am Freitag erzählt haben ..."

„Aber selbstverständlich!"

„ ...wirst du dich auch noch dran erinnern, dass Küppers von einem anonymen Anrufer berichtet hat, der ihn gegen null Uhr am Hauptbahnhof treffen wollte. Ich hab gestern diesen Zufallsfund in der Zeitung gemacht und direkt dort angerufen. Die haben mir den vermuteten Zeitpunkt der Aufnahme bestätigt und mir in Windeseile einen vergrößerten Abzug des Bildes geschickt. Darauf war Küppers dann richtig gut zu erkennen. Er hat also tatsächlich die Wahrheit gesagt und somit ein wasserdichtes Alibi für den Tatzeitpunkt."

„Gute Arbeit, Thorsten. Respekt! Aber ihr habt eben gesagt, dass euch langsam die Verdächtigen ausgehen. Hatte Döring denn bis auf diesen Küppers niemanden, der richtig sauer auf ihn war?" Ich hatte es kaum ausgesprochen, da fiel mir die Szene im Kristallsaal wieder ein, als Döring von einer Frau angegriffen worden war. Was war da nochmal? Genau, im Vorfeld hatte Marcel doch Dario und mir auch von dieser Geschichte erzählt. Irgendwas mit einem Tanzmariechen, das jetzt querschnittsgelähmt war. Ich erzählte meinen Kollegen umgehend von dem Trainingsunfall und von dem Vorfall vergangenen Dienstag im Kristallsaal. Thorsten winkte ab. Auch Marco schüttelte den Kopf. „Mensch Pitter, das wissen wir doch schon alles. Diese geschwätzigen Teenager haben in epischer Breite von dem Vorfall berichtet. Und auch von dem Unfall vor einem guten halben Jahr. Es ist richtig, Karin Wegberg – so heißt die Mutter des verunglückten Tanzmariechens, deren Auftritt du im Kristallsaal live miterlebt hast –, hat seitdem versucht, Döring zur Rechenschaft zu ziehen. Nachdem feststand, dass Küppers als Täter nicht in Frage kommt, haben wir Frau Wegberg heute Morgen aufgesucht und vernommen. Aber auch sie hat für die Tatzeit ein Alibi. Sie war in Iserlohn, hat dort ihre Tochter im Reha-Zentrum besucht. Frau Wegberg hat im Hotel Sauerländer Hof übernachtet und ist erst gestern Abend zurückgekehrt. Wir haben heute Vormittag die Kreispolizeibehörde Lüdenscheid um Unterstützung gebeten. Zwei Kollegen des Iserlohner KK 11 haben daraufhin das Hotel aufgesucht, eine Mitarbeiterin hat Frau Wegbergs Angaben bestätigt."

„Ich verstehe. Ist aber auch ein verflixter Fall, den ihr da habt."

„Na ja, eurer ist ja auch nicht besser, wenn man den Dario so hört."

„Da hast du wohl recht. Was ist das eigentlich für eine Unzahl an Bildern, die hier über das ganze Büro verteilt rumfliegen?"

„Tja, die hat alle der Wirt vom ‚Jan' am Tatabend gemacht. Über zweihundert, über den ganzen Abend verteilt. Jetzt hoffen wir, irgendeinen Hinweis darauf zu entdecken."

„Wo sind eure beiden Mitstreiter?"

„Hacki ist Essen holen. Und der Karl-Heinz turnt irgendwo im Haus rum."

„Gut, Leute, dann will ich euch mal nicht weiter stören. Ich muss mich jetzt um unseren eigenen Fall kümmern. Viel Spaß noch!"

„Dir auch, Mann!"

Ich ging in mein Büro, in dem Dario konzentriert vor seinem PC-Bildschirm saß und einen Vermerk schrieb. Mit einem kräftigen Rums ließ ich den Umzugskarton, den mir Britta Ziegler ausgehändigt hatte, auf den Boden fallen. Dario schreckte hoch.

„Mensch, bist du jeck? Ich hab mich tierisch erschreckt! Ist ja schön, dass du auch nochmal wiederkommst."

„Hat ein bisschen länger gedauert, ich weiß. Dafür haben wir schon einiges rausgefunden." Doch bevor ich erzählen konnte, kam Theo in unser Büro. Dario umriss zunächst kurz den Verlauf der Obduktion. „Das, was Dr. Pfeiffer bereits am Tatort geäußert hat, hat sich bestätigt. Laut Aussage der beiden Obduzenten erlag Werle seinen insgesamt fünf Stichverletzungen im linken seitlichen Rückenbereich, etwas oberhalb des dritten Lendenwirbels. Seine linke Niere wurde geschädigt, was zu schweren inneren Blutungen geführt hat, woran unser Opfer letztendlich verstorben ist. Und was den mutmaßlichen Todeszeitpunkt angeht: Nach ihren Feststellungen war Werle vermutlich höchstens eine bis zwei Stunden tot, als er gefunden wurde. Also ergibt sich grob der Zeitraum zwischen 23 bis 1 Uhr. Aber wie immer alles ohne hundertprozentige Gewähr. Ihr eingehender Bericht wird uns noch zugehen. Ich schreibe gerade einen Vermerk zu der Obduktion. So, jetzt bist du aber dran, Pitter."

Ich berichtete von den Besuchen bei Werles Eltern und seiner Exfreundin, zeigte meinen Kollegen den Notizblock und gab Britta Zieglers Verdacht wieder.

„Scheint ja echt 'ne Spur zu sein", bemerkte Theo. „Seltsam erscheint mir die Sache mit dem Handy. Ich habe mit Doktor Müller gesprochen, der hat eben beim Haftrichter einen Beschluss zur Erhebung der Verkehrsdaten erwirkt. Darum kümmerst du dich, Dario!"

Dario nickte, merkte aber an: „Die Netzanbieter sind ja eh erst wieder am nächsten Werktag zu erreichen. Wie heißt der Spediteur noch gleich, den Werle beschattet hat? Vielleicht finden wir zu dem ja was im Netz."

„Gute Idee, Dario. Also, der Kerl heißt Ingo Nießen und lebt angeblich irgendwo in Pulheim."

Dario und ich gingen zum Internetrechner. Keine Minute später hatte er die professionell gestaltete Seite des Spediteurs Ingo Nießen geöffnet. Es war jedoch keine Firmenseite, sie zeigte vielmehr Privatfotos des Unternehmers im Kreise seiner kleinen, jungen Familie. Eines dieser Bilder, das einen Mann Mitte dreißig mit exakt gekämmtem Mittelscheitel, Polohemd und Bundfaltenhose zeigte, der seine Frau und seine Tochter an der Hand hielt sowie seinen Sohn auf den Schultern trug, war mit folgendem Text versehen:

Ingo Nießen mit seiner Frau Claudia und seinen beiden Kindern Franziska und Michael. „Neben dem Wohl meiner Familie ist mir nur eine Sache wichtig: Dass es den Menschen im Erftkreis und im Land gut geht. Deshalb vertrete ich als Kreistagsabgeordneter Ihre Interessen in Bergheim und werde bei der nächsten Landtagswahl kandidieren. Helfen Sie mir, damit ich Ihren Bedürfnissen und Anliegen in Düsseldorf Gehör verschaffen kann. Ich bin jederzeit für Anregungen und Kritik dankbar. Und vergessen Sie nicht: Die nächste Landtagswahl ist im Mai 2005!

Herzlichst

Ihr Ingo Nießen

Die Links auf dieser Wahlwerbe-Homepage verwiesen unter anderem auf den CDU-Landesverband von Nordrhein-Westfalen. Na super! Wir hatten es also mit einem dieser Möchtegern-Volksvertreter zu tun, die Fürsorge fürs Volk vorgaukelten, um ihre persönliche Macht und ihren Reichtum zu mehren. Obwohl ich Nießen zu diesem Zeitpunkt noch nicht persönlich kannte, konnte ich ihn mir nur allzu gut vorstellen. Leute wie dieser Nießen, die dem „dummen" Wahlvolk mithilfe der medienwirksamen Zurschaustellung ihrer eigenen Familie eine heile Welt vorspielten, hatten mir schon vor Jahren den Glauben an eine seriöse Politik geraubt. „Na, Dario, was sagen wir denn dazu? Da haben wir's ja mit 'nem ganz tollen Typen zu tun, was?"

Dario winkte ab. „Hör mir bloß auf mit solchen Heinis. Die kann ich auf den Tod nicht leiden!"

Dario rief die ebenfalls als Link aufgeführte Homepage der Spedition Nießen KG - Internationale Transporte auf. Auch wenn es um sein Unternehmen ging, verstand es Nießen offensichtlich, die Leute einzulullen:

Eine Erfolgsgeschichte, die seit mehr als 40 Jahren andauert: Wir sind Ihr kompetenter Partner bei Frachtlieferungen, auch bis in die entlegensten Winkel Europas. Mit unserer Flotte von zehn modernen Lastzügen liefern wir Ihre Waren in die ganze Welt. Pünktlich und zuverlässig.

Die Spedition Nießen KG – Ihr Fuhrunternehmen für alle Fälle

Ein Bild in Großaufnahme zeigte Nießen lächelnd Arm in Arm mit seinem Vater, dem Firmengründer, und einem Dutzend seiner Mitarbeiter vor drei parallel geparkten Actros-Zugmaschinen mit hochgerecktem rechtem Daumen. Wenn man diesem Bild Glauben schenken wollte, musste das Betriebsklima in dieser Spedition der Himmel auf Erden sein. Es stand in krassem Gegensatz zu Werles Verdächtigungen. Aber wem sollten wir glauben? Einem toten Tagträumer, der nach bescheidenem Reichtum für seine Freundin und sich strebte, oder einem Vorzeige-Familienvater und -Unternehmer, der sich als männliche Neuauflage von Mutter Teresa präsentierte? Mir war jedenfalls klar, wessen Version ich favorisierte ...

Nach unserer Rückkehr ins Büro stießen wir auf Andríkos, der ziemlich kleinlaut wirkte und zwischenzeitlich vorzeitig von der Nachbarschaftsbefragung zurückgekehrt war. Bis jetzt hatten er, Ralf und Wolle niemanden angetroffen, der etwas Auffälliges gesehen oder gehört hatte. Er wurde nun dazu verdonnert, nachzusehen, ob Nießen bereits polizeilich in Erscheinung getreten war. Ich selbst schrieb einen Vermerk zu Frau Zieglers äußerst interessanten Angaben und wollte den Collegeblock des Toten, in dem er seine Observationsergebnisse notiert hatte, genauer unter die Lupe nehmen. Wenige Minuten später kam Nina mit fünf duftenden Pizzakartons zur Tür herein. Ausgehungert fiel ich über meine Pizza Prosciutto her.

„Dieser Nießen ist polizeilich noch nicht in Erscheinung getreten“, sagte Andríkos, während er sein Stück Pizza mampfte und Nina, die zu seinem Leidwesen auf seiner langen Liste weiblicher Eroberungen fehlte, anstrahlte.

Die Zeit verging wie im Flug. Inzwischen war es halb vier. Nina sollte mit Andríkos die uns von Britta Ziegler überlassenen Unterlagen unseres Toten durchsehen, während sich Dario weiter um den Vermerk zur Obduktion kümmerte. Wolle und Ralf waren noch nicht von der Nachbarschaftsbefragung zurückgekehrt. Ich befasste mich derweil endlich mit Werles Aufzeichnungen. Er hatte tatsächlich akribisch genau jeden Schritt von „I.N." verfolgt und aufgelistet: Treffen mit Firmen, die offenbar zu Nießens Kundenstamm zählten, Geschäftsessen, private Termine, ja sogar Friseur- und Autowerkstattbesuche. Alles war mit Datum, Uhrzeit, Dauer des Aufenthalts sowie Namen und Adressen der Gesprächspartner notiert. Werle wäre sicherlich ein guter Kriminalbeamter gewesen. Beim Durchblättern der Seiten fiel mir auf, dass ein Kontakt fast wöchentlich auftauchte und jeweils mit einem dicken roten Ausrufungszeichen markiert und unterstrichen war. Laut Werles Eintrag handelte es sich dabei um einen gewissen Frank Scheffler von der Firma FS time solutions GmbH am Kaiser-Wilhelm-Ring. Der erste Kontakt zwischen Nießen und Scheffler datierte auf den 18. Dezember, also zwei Tage nach Werles Observationsbeginn. Neben dem roten Ausrufezeichen trug dieser Eintrag noch den Vermerk *ZEITARBEITSFIRMA*.

Nach Werles Aufzeichnungen hatte sich Nießen an diesem Tag von 11.15 Uhr bis 12.03 Uhr in den Büroräumen der FS time solutions GmbH aufgehalten. Alle anderen gezählten acht Termine, die Nießen in Schefflers Büro hatte, dauerten ebenfalls eine gute Dreiviertelstunde. Jetzt hatte mich doch die Neugier gepackt. Ich spürte instinktiv, dass Werle tatsächlich einer großen Sache auf der Spur gewesen war.

So ging ich abermals in unser hauseigenes Internetcafé, und fand den wenig aussagekräftigen Internetauftritt der Zeitarbeitsfirma FS time solutions GmbH. Lapidare Floskeln, die die Vorzüge der Zeitarbeit und eine mehr als gute Bezahlung anpriesen, gepaart mit einigen Bildern von freudestrahlenden Zeitarbeitern, die im Auftrag der Firma interessante Tätigkeiten ausübten – vom Zirkus-Tierpfleger bis zum Fahrer des Chauffeurdienstes eines Luxushotels – das war's. Bei Interesse wurde man an eine E-Mail-Adresse und eine Servicehotline verwiesen. Ich druckte mir die Seite aus und forschte weiter. Lange dauerte es nicht, bis ich abermals fündig wurde. Unter der Adresse „www.die-ausgebeuteten.de" hatten sich ehemalige Mitarbeiter der Zeitarbeitsfirma von Frank Scheffler zu Wort gemeldet. Es war ein Forum, das einem die Sprache verschlug. Ein Forenmitglied berichtete von unmenschlichen Arbeitsbedingungen bei der Entleihfirma, einem Reinigungsunternehmen, ein weiteres von Erpressungsversuchen des Geschäftsführers Scheffler, der auf Beschwerden bezüglich der Arbeitsbedingungen bei den ausleihenden Unternehmen nur antwortete, dass arbeitswillige Ausländer sich nicht so „memmenhaft" anstellen würden. Wem die Arbeit nicht passe, solle doch „gefälligst verschwinden". Weiterhin war von Unterbezahlung und Schikanen Schefflers die Rede. Und von „armen Teufeln aus Jugoslawien und der Türkei", die in letzter Zeit vermehrt für die Firma arbeiten würden und die kaum ein Wort Deutsch könnten. Wut kochte in mir hoch. Wenn sich die Anschuldigungen der Angestellten tatsächlich als wahr herausstellten und Nießen mit diesem Scheffler zusammenarbeitete, würde ich diesen feinen Herren gewaltig den Arsch aufreißen. Ich ging zurück ins Büro. Um meine Suche zu vervollständigen, rief ich die Startseite von INPOL auf. Ich wollte wissen, ob gegen Scheffler vielleicht schon mal Ermittlungen geführt worden waren. Aber an diesem Punkt wurde meinem Jagdinstinkt leider ein empfindlicher Dämpfer verpasst. Wenn man unserem in die Jahre gekommenen DV-System Vertrauen schenken konnte, war Schefflers Weste so blütenweiß, als käme sie auf direktem Weg aus der Reinigung. Nur, dass das nichts zu bedeuten hatte. Schließlich war längst nicht jeder Kriminelle in der Datenbank erfasst, sondern nur die, die bereits polizeilich in Erscheinung getreten waren. Darüber hinaus wurden laufende Ermittlungsverfahren vor ihrem Abschluss gar nicht in INPOL eingestellt. Ich lehnte mich ein wenig resigniert zurück und beobachtete Dario, der wie besessen auf seine Tastatur hämmerte.

„Und, hast du was gefunden?“, fragte er neugierig, ohne den Blick vom Bildschirm abzuwenden. So umriss ich grob die Erkenntnisse zu Schefflers Zeitarbeitsfirma, worüber ich auch Theo sofort in Kenntnis setzte.

„Das ist ja alles schön und gut, aber es bringt uns momentan kein Stück weiter“, sagte unser MK-Leiter entnervt und verließ unser Büro. Ich beschloss, Rolf Bürrig abermals anzurufen. Aber auch diesmal verriet mir die monotone Frauenstimme, dass der Tanzkorpskommandant vorübergehend nicht zu sprechen sei.

Inzwischen waren auch Wolle und Ralf von der Nachbarschaftsbefragung zurückgekehrt und standen bei uns im Türrahmen.

„Und was gibt's Neues?“, wollte Ralf wissen, während sich Wolle einen Zigarillo anzündete.

Ich berichtete ihnen von den neuesten Erkenntnissen.

„Du hast doch eben wat von möglichen Unregelmäßigkeiten im Zusammenhang mit dieser Spedition und der Zeitarbeitsfirma gesagt. Jetzt fällt et mir wieder ein: Der Roland Hauser, 'n alter Kollege vom KK 52, hat die letztens erwähnt, als ich mit ihm in der Kantine essen war. Ich ruf den am besten direkt an,“ sagte Wolle und griff nach seinem Handy. Ich war etwas verwirrt. Wer um alles in der Welt war dieser Hauser? Von dem hatte ich noch nie was gehört. Und was hatte das KK 52 mit Schwarzarbeit zu tun? Ich wusste nur, dass die bei Verstößen gegen das Ausländergesetz tätig wurden. Wolle musste gemerkt haben, dass ich ziemlich ratlos war. „Also, Roland ist einer der Ermittler des KK 52. Den musst du doch kennen. Der Kerl mit den langen Haaren, der immer so ausgeflippte Klamotten trägt. Zugegeben, der ist, was seine Umgangsformen und seine fast linksradikale politische Einstellung angeht, mehr als gewöhnungsbedürftig. Trotz allem – oder gerade deshalb – ist er ein sehr guter und engagierter Ermittler.“

So langsam konnte ich mir denken, wen Wolle meinte. Der Mann, der vor meinem geistigen Auge auftauchte, war tatsächlich ein Exot im Präsidium.

„Das KK 52 ist unter anderem zuständig für Verstöße

gegen das Arbeitnehmerüberlassungsgesetz, kurz AÜG, das die Rahmenbedingungen für die Zeitarbeit vorgibt.“

Ich wusste bis dato gar nicht, dass es ein solches Gesetz gab, geschweige denn, dass sich bei uns ein Kommissariat damit beschäftigte. Wolle tippte eifrig eine Nummer in sein Handy ein. Nach einigen Sekunden meldete sich jemand am anderen Ende der Leitung.

„Ja, Tach Roland, Wolle hier. Stör ich dich, du schöner Prinz? ... Ja, wenn du Zeit hättest ... Et jeht sich um die FS time solutions ... Ja, jenau ... Im Präsidium, ja ... Im Büro vom Pitter Merzenich vom KK 11 ... In ’ner halben Stunde? Großartig! Vielen Dank!“

Sprach’s und legte auf. Der fleißige Kriminalkommissar blickte uns zufrieden an. „So, dat hätten mir auch geregelt. Roland kommt in einer halben Stunde vorbei. Hoffentlich kann der uns nähere Infos geben“, sagte der Kollege aus Stolberg und nahm einen langen Zug an seinem Zigarillo, wofür ihn Dario mit einem feindseligen Blick strafte. Ich bat Dario, Kaffee zu kochen und begab mich mit Theo, den ich über Wolles Anruf bei Hauser informierte, in Ninas und Andrikos’ Büro, in dem sich meine armen Kollegen durch Werles Privatakten wühlten.

„Habt ihr schon irgendwas Interessantes gefunden?“, wollte Theo wissen.

Verzweifelt schüttelten sie den Kopf. „Nichts, Theo. Nur Kontoauszüge, Versicherungspolicen und Leistungsbescheide vom Arbeitsamt. Nicht wirklich relevant.“

Theo nickte. „Wir schicken euch den Ralf zur Unterstützung.“

5. Kapitel: Die Aalglatten

Polizeipräsidium Köln, GS, ZKB, KG 1, KK 11, MK 3,
Walter-Pauli-Ring 2–4, 51103 Köln-Kalk,
Sonntag, 2. März 2003, 16:35 Uhr

Während sich Nina, Andríkos und Ralf weiterhin durch Werles Unterlagen wühlten, machten Dario, Theo und ich es uns in unserem Büro bei einer Tasse Kaffee gemütlich. Kurz nach halb fünf betrat in Begleitung Wolles ein wahrer Paradiesvogel in Menschengestalt den Raum: zu einem Pferdeschwanz gebundene, graublonde Haare, schlaksige Figur, furchiges Gesicht, kleine Nikkelbrille, Dreitagebart, Ohrring, das farbenfrohe Hawaiihemd fast bis zum Bauchnabel offen, Lederband mit dem spitzen Eckzahn eines wilden Tieres um den stoppelbärtigen Hals, enganliegende Röhrenjeans, Cowboystiefel und schwarze Biker-Lederjacke. In der Realität sah der Mann noch schillernder aus, als ich ihn in Erinnerung hatte. Kriminalhauptkommissar Roland Hauser, der eher dem Erscheinungsbild eines alternden Rockers oder eines Sympathisanten der linksautonomen Hausbesetzerszene als einem Kriminalbeamten entsprach, stürmte auf uns zu und schüttelte jedem von uns für meinen Geschmack etwas zu kraftstrotzend die Hand. Ich war Hauser schon des Öfteren über den Weg gelaufen, hatte aber bis jetzt nicht gewusst, wer sich hinter dieser unorthodoxen Fassade verbarg. Hauser setzte sich und streckte die Beine weit von sich. Umständlich holte er aus seiner Jackentasche ein Päckchen Tabak und begann, eine Zigarette zu drehen.

„So, ich hab euch den Kollegen gebracht, ich unterstütze die anderen jetzt bei der Durchsicht der Unterlagen. Bin im Kaderraum 2“, sagte Wolle und zog die Tür hinter sich zu.

„Der Wolle hat gesagt, ihr wollt mich sprechen? Es soll um diese FS time solutions gehen?“ Der Aschenbechergestank, den Hauser dabei durch seinen schmallippigen Mund ausstieß, hätte jedem militanten Nichtraucher die Tränen in die Augen getrieben. Während er ohne hinsehen zu müssen den Tabak in einem kleinen Papierblättchen rollte und knetete, blickte er sich selbstsicher im Raum um.

„Ja, Kollege, wir ermitteln hier in einem Tötungsdelikt", klärte Theo ihn auf.

Nach etwa zehn Minuten hatte er Roland Hauser, der eher daran interessiert schien, mit seinen gelbverfärbten Fingerspitzen die letzten überhängenden Krümel Tabak aus seiner krummen Zigarette zu zupfen, von Volker Werles Tod und dessen Verdacht, dass sein ehemaliger Chef Schwarzarbeiter beschäftigte, erzählt.

Das Ende seines Vortrags quittierte Hauser nur mit einem wortlosen, verächtlichen Stirnrunzeln. Er blickte sich langsam in der Runde um. Selten habe ich einen Menschen getroffen, den ich so schlecht wie diesen desinteressiert wirkenden Kollegen einschätzen konnte. Mit einer langsamen Handbewegung führte er den Zigarettenstummel Richtung Mund und griff nach seinem billigen Einwegfeuerzeug, was Dario, der zum bereits oben erwähnten Kreis der militanten Nichtraucher zählte, abrupt aufspringen ließ.

„Das ist ein Nichtraucherbüro!", sagte er energisch. Aber Hauser schien Darios Einwand nicht im Geringsten zu interessieren. Er musterte ihn abfällig von oben bis unten und zündete sich die Zigarette an. Trotz des starken Regens riss Dario wutentbrannt beide Fensterflügel auf und ließ sich schmollend in seinen Bürosessel fallen. Theo schaute mich an und verdrehte die Augen. Ich stand auf, riss ihm die übel stinkende Kippe aus dem Mund und warf sie aus dem Fenster. „Hey, wenn du nur gekommen bist, um vor deinen Kollegen das Arschloch raushängen zu lassen, kannst du direkt wieder abhauen, klar? Und geraucht wird in diesem Büro auch nicht!"

Hauser schien es nicht gewohnt zu sein, dass ihm jemand die Meinung sagte. So blickte er mich mit großen Augen an. Sein Mund stand immer noch weit offen. „Hey, Mann, bleib mal locker, war ja nicht so gemeint! Sorry, ey! Was seid ihr denn hier für 'n Spießerhaufen?"

Hauser schüttelte den Kopf, während ich einen anerkennenden Blick von Theo erhaschte. Endlich konnten wir mit der Besprechung fortfahren.

„So, also was sagt dir denn die Firma FS time solutions GmbH jetzt genau? Den Namen Frank Scheffler hast du ja dann auch schon mal gehört? Wir haben nämlich den Verdacht, dass Werles ehemaliger Chef Schwarzarbeiter von dieser Firma bezieht."

Hauser horchte auf. Dann lehnte er sich überlegen lächelnd zurück und legte seine Cowboystiefel auf meinen Schreibtisch. Um nicht noch mehr böses Blut zu säen, bemühte ich mich, über diesen neuerlichen Fauxpas hinwegzusehen, auch wenn es mir schwerfiel. Mit einem kurzen Kopfschütteln ergriff er nun das Wort. „Tja, diese Scheißfirma bereitet mir schon seit mehreren Monaten verdammte Kopfschmerzen. Und Scheffler, dieses Arschloch – das ist ein ganz gerissener Hund."

„Kannst du das mal etwas näher erläutern?", forderte Theo ungehalten.

„Kann ich hier erst mal 'nen Kaffee kriegen, oder was?"

Ich nickte Dario kurz zu. Der hätte Hauser am liebsten den Hals rumgedreht. Brummend verschwand er aus dem Büro und kam keine Minute später mit einem Becher Kaffee zurück, den er Hauser wortlos in die Hand drückte.

„Also: Jetzt hast du ja alles, was du wolltest. Was hat es denn jetzt mit der FS time solutions GmbH auf sich?"

Hauser sah mich herausfordernd an und nippte an seinem Kaffee. „Okay, Mann. Also, seit etwa einem halben Jahr ermittle ich jetzt schon gegen die FS und diverse Unternehmen, die sich von eben dieser Zeitarbeitsfirma Arbeitskräfte ausgeliehen haben. Dabei werd ich von den Kollegen der AMI vom Arbeitsamt und der BillBZ – das ist die Schwarzarbeitsbekämpfung vom Zoll – unterstützt."

Dario, der immer alles genau wissen wollte und der sich allmählich wieder beruhigt hatte, hakte nach: „Wie ist es denn überhaupt zu diesen Ermittlungen gekommen?"

Hauser sah Dario feindselig an. „Wollt ihr den ganzen Scheiß wirklich wissen?"

Dario, Theo und ich nickten.

„Oh Mann, dann sitzen wir ja morgen früh noch hier! Na ja, müsst ihr wissen. Also, im Endeffekt kam das durch Hinweise von ehemaligen Zeitarbeitern dieser FS, die aus der Firma regelrecht rausgeekelt wurden. Anfangs haben wir die zumeist anonymen Anrufe nicht ernst genommen. Gerade im Bezug auf Schwarzarbeit gibt es häufig Arschlöcher, die unliebsame Chefs, Kollegen, Nachbarn oder Bekannte bei uns ‚anschwärzen' und der illegalen Beschäftigung bezichtigen. Meine Kollegen und ich haben diesen vereinzelten Tipps folglich keine besondere Bedeutung beigemessen und sie als Spinnereien abgetan. Irgendwann häuften sich die Anzeigen gegen einige entleihende Unternehmen und die FS jedoch. Die Anzeigensteller – allesamt ehemalige FS-Angestellte – berichteten von zum Teil menschenunwürdigen Arbeitsbedingungen bei den Entleihfirmen. In neun Stunden Arbeit vielleicht gerade mal zehn Minuten Pause. Darüber hinaus gibt es Berichte, wonach Toilettengänge der Zeitarbeiter von Schefflers sogenannten ‚Ablaufoptimierern' genauestens protokolliert wurden. Wenn jemand länger als fünf Minuten auf der Toilette war, hätten diese Kettenhunde regelrechte Verhöre durchgeführt. Sie wollten von den Arbeitern wissen, warum sie so lange auf dem Klo waren und ob das nicht auch schneller ginge. Zeit sei schließlich Geld. Solche elenden Kapitalistenärsche!"

Fassungslos schüttelte ich den Kopf. Ich erinnerte mich an das Internetforum, in dem ehemalige FS-Mitarbeiter ähnliche Missstände angeprangert hatten. So erzählte ich Hauser von dieser Internetseite. Doch auch mit dieser Neuigkeit konnte ich ihn nicht aus der Reserve locken.

„Dieses Forum ist uns wohlbekannt, Mann. Wir sind doch nicht blöd! Schlimme Sache, nicht? Mich wundert nur, dass Schefflers Anwälte bislang noch nicht gerichtlich gegen das Forum vorgegangen sind."

Theo kam auf einen anderen Aspekt zu sprechen, der auch mich sehr interessierte: „Du erwähntest gerade diese Ablaufoptimierer. Wen oder was genau muss ich mir darunter vorstellen?"

„Na, wie ich schon gesagt habe: Das sind Kettenhunde. Oder, wenn du diesen Begriff vorziehst, Aufseher. Diese Idioten sind Angestellte der FS time solutions, die in unregelmäßigen Abständen oder auch aufgrund von Beschwerden der Entleihunternehmer die Arbeitsstätten der Zeitarbeiter in den betreffenden Firmen aufsuchen, um zu sehen, ob die armen Schweine ihre Arbeit auch zur Zufriedenheit der dortigen Bonzen erledigen oder ob sie tatsächlich so schlampig arbeiten, wie einige Entleiher behaupten. Die Geschäftsführung der FS rechtfertigt diese Vorgehensweise mit der ‚Steigerung der Kundenzufriedenheit' und dadurch ‚verbesserter Auftragslage'. Ein blanker Hohn! Rosa Luxemburg und Karl Marx würden sich bei solchen Ausbeutereien glatt im Grab rumdrehen!"

Niemand von uns hatte die geringste Lust, mit Hauser über die Errungenschaften der Altsozialisten für die Arbeiterschaft zu diskutieren. Wir hatten hier ein Tötungsdelikt aufzuklären und saßen nicht in irgendeiner politischen Talkrunde.

Dario meldete sich wieder zu Wort. „Das ist doch alles hochgradig illegal!"

„Ich stimme dir zwar zu, Kollege, das Problem ist nur die Beweislage. Wie sollen wir Scheffler und den Drecksäuen von Entleihern ihre Methoden nachweisen? Nur auf der Grundlage der Aussagen der frustrierten, entlassenen Arbeiter? Ich sagte doch schon: Dieser Scheffler ist gewieft! Wir haben uns über ihn natürlich schlaugemacht. Zu seinem Freundeskreis zählen hochkarätige Anwälte, Politiker, ja sogar ein Staatsanwalt, also diese ganze Riege von Systemtreuen. Von den Entleihern können wir auch keine Hilfe erwarten. Die tolerieren doch die Vorgehensweise der FS und beuten die Zeitarbeiter selbst aus. Wenn Scheffler auspacken würde, wären sie mit dran. Nein, wir haben große Probleme, da etwas zu machen. Leider!"

Eine Weile herrschte betretenes Schweigen. Dann ergriff Hauser, der langsam in Rage geriet, erneut das Wort: „Die Geschichte geht aber noch weiter: Wenn sich die Leiharbeiter bei den Chefs der ausleihenden Firmen über die unmenschlichen Arbeitsbedingungen beschwert haben, wurden sie stets mit dem Hinweis, dass sie ja keine ‚regulären' Arbeitnehmer der ausleihenden Firma seien, an ihre eigene Geschäftsführung, also an Frank Scheffler und seine geldgierige Alte, diese aufgetakelte Michaela Gronau-Scheffler, verwiesen. Dazu muss man wissen, dass nach diesem beschissenen AÜG zwischen dem Entleiher, also dem, der sich die Arbeitskraft ausleiht, und dem Leiharbeitnehmer quasi keine arbeitsrechtlichen Beziehungen bestehen. Der Leiharbeiter ist Angestellter beim Verleiher und wird dem Entleiher lediglich zur Verrichtung der Arbeit zur Verfügung gestellt. Einem möglichen Missbrauch sind mit diesem Gesetz trotz der darin genannten Vorgaben und Pflichten leider Tür und Tor geöffnet."

Theo räusperte sich. „Haben sich denn einige der Zeitarbeiter bei Scheffler darüber beschwert?"

„Tja, Mann, genau diese Leute zählen ja nun zu unseren Hinweisgebern: Die mutigen Zeitarbeiter, die tatsächlich diesen Schritt gewagt haben, wurden vor die Tür gesetzt. Mit der Zeit wurden das immer mehr. Es gibt Aussagen, dass inzwischen mehr als fünfzig Prozent der ursprünglichen Belegschaft das Arbeitsverhältnis gekündigt wurde. Scheffler hat nach Zeugenaussagen des Öfteren betont, dass er von diesen ‚Faulenzern' die Schnauze voll habe und zukünftig auf geringfügig Beschäftigte, die eh nur auf 325-Euro-Basis arbeiten, zurückgreifen wolle. Klar: Die armen Schweine halten die Fresse und sind froh, wenn sie für diesen Hungerlohn malochen können. Die meisten von denen sagen auch nix, wenn sie die gesetzlich vorgeschriebene Höchstgrenze von fünfzehn Wochenarbeitsstunden überschreiten. Für viele ist das doch nach langer Zeit der Arbeitslosigkeit ein Schritt zurück ins Arbeitsleben – was viele dieser skrupellosen Kapitalisten ausnutzen!"

Ich schüttelte den Kopf. „Wie kann man nur so menschenverachtend mit den armen Leuten umgehen?"

„Kollege, so läuft's heute aber leider, auch in anderen Unternehmen und anderen Branchen. In Zeiten hoher Arbeitslosigkeit sind die Arbeitnehmer erpressbar geworden. Wer nicht funktioniert, fliegt kurzerhand raus. Es gibt genügend andere, die auf der Straße stehen und händeringend Arbeit suchen. Du kannst dir sicher sein, dass Scheffler und seine Kunden keine Einzelfälle sind."

„Aber machen denn die Gewerkschaften nichts dagegen?", hakte Dario nach. Hauser winkte ab. „Ach, hör mir doch mit denen auf! Die meisten Arbeitnehmer bei diesen Zeitarbeitsfirmen sind doch gar nicht gewerkschaftlich organisiert. Und außerdem: In diesen wirtschaftlich schwierigen Zeiten sind die doch eh nur wie ein zahnloser Tiger. Die sind doch froh, wenn sie es irgendwie schaffen, sich bei den Arbeitgebern einzuschleimen, um wenigstens einen Bruchteil der Arbeitsplätze ihrer Mitglieder zu erhalten. Das kannste echt vergessen."

„Wie Pitter dir ja eben gesagt hat, glaubte unser Geschädigter, dass dieser Spediteur Osteuropäer und geringfügig Beschäftigte von einer Zeitarbeitsfirma – also vermutlich von der FS time solutions – anwerben wollte beziehungsweise angeworben hat. Wie ist dazu deine Meinung?", wollte Theo wissen. Hauser hob beschwichtigend die Hände. „Moment, Moment, Mann, genau darauf wollte ich ja hinaus. Den zwischenzeitlich entlassenen Zeitarbeitern fiel nämlich zum Ende ihrer ‚aktiven' Zeit auf, dass fast nur noch besagte geringfügig Beschäftigte neu eingestellt wurden. Sie arbeiteten gemeinsam mit den Angestellten, die sich einen Hungerlohn zu ihrem Arbeitslosengeld hinzuverdienten, in Putzkolonnen oder am Fließband. Als sich die Festangestellten dann über die unmenschlichen Arbeitsbedingungen beschwerten und entlassen wurden, zählten sie eins und eins zusammen. Sie waren sich sicher, dass etwas in der Firma nicht stimmte, was letztendlich dann auch den Ausschlag gab, uns zu kontaktieren. Einige ehemalige Angestellte der FS wollten der Geschäftsführung und den Entleihern im Hinblick auf die Schikanen gar Methode unterstellen. Sie äußerten die Vermutung, dass sie absichtlich drangsaliert wurden, um sie durch die genügsameren Minijobber zu ersetzen. So, wie wir inzwischen diesen Scheffler und seine Geschäftspraktiken einschätzen, würde das noch nicht mal jeglicher Logik entbehren."

Hauser blickte sich in der Runde um. „Also, ich könnte mir sehr gut vorstellen, dass euer Toter mit seinem Verdacht richtig lag. Mir ist der Name dieser Spedition jedoch bislang noch nicht untergekommen."

Ich warf eine neue Frage in den Raum: „Eines würde mich ja doch noch interessieren: Wenn ich Schwarzarbeiter beschäftigen wollte – wieso sollte ich sie mir überhaupt von einer Zeitarbeitsfirma ausleihen? Man findet doch an jeder Straßenecke genügend Leute, die für ein paar Euro bar auf die Hand arbeiten würden. Ich finde das ziemlich umständlich."

Hausers Augen funkelten. „Das kann man so nicht sagen. Wie ich vorhin bereits gesagt habe, bestehen zwischen dem Entleiher und dem Leiharbeiter im Endeffekt keine arbeitsrechtlichen Beziehungen. Das heißt, dass der Entleiher auch keinen Lohn zahlen muss. Schließlich ist der Arbeitnehmer Angestellter des Verleihers, der dessen komplette Lohnzahlung übernimmt. Es ist also weitaus günstiger, dem Verleiher eine ‚Leihgebühr' zu entrichten als den Arbeiter komplett selbst zu entlohnen. Wenn der Verleiher wiederum diese Minijobber beschäftigt, spart er Lohnnebenkosten ein, was sich letztendlich auch auf diese Leihgebühr auswirkt. Der Verleiher hat ja schließlich nicht so viele Kosten für den Arbeiter zu tragen.

Wenn ein Unternehmer in eigener Regie Schwarzarbeiter einstellen würde, müsste er immer noch mehr Geld ausgeben als auf diesem Wege. Und wenn's ganz schief laufen würde – sprich, wir die Arbeiter kontrollierten –, könnte er immer noch den Unwissenden spielen und alle Schuld auf den Verleiher schieben und behaupten, die Arbeiter mit bestem Wissen und Gewissen ausgeliehen zu haben und von den ‚dunklen Machenschaften' des Verleihers nichts zu wissen. Eigentlich 'ne perfekte Sache! Nur, dass diese Ausreden seitens der Entleiher in Bezug auf Leiharbeiter der FS time solutions bislang gar nicht nötig waren. Wir sind den Hinweisen der Anzeigensteller natürlich nachgegangen und haben einige der Entleihfirmen überprüft. Aber die FS-Leiharbeiter, die wir dort vorfanden, hatten allesamt korrekte Papiere: Sozialversicherungsausweis, wenn nötig auch eine Arbeitserlaubnis und den ganzen übrigen Kram. Offiziell arbeiteten sie pro Woche auch weniger als fünfzehn Stunden. Gerade bei einer Spedition ist das aber utopisch. Diese Leiharbeiter auf Minijobbasis könnte man dann ja nur auf Kurzstrecken einsetzen, was sich wohl für keinen Spediteur lohnen würde. Aber wie gesagt: Wenn es um die FS time solutions geht, beißen wir uns regelrecht die Zähne aus. Es ist wie verhext. Als wenn der 'nen Informanten irgendwo sitzen hätte, der die Firmenüberprüfungen vorher verrät."

„Was ist mit den Osteuropäern, die Nießen angeblich illegalerweise in seinem Lager arbeiten lässt? Könnte er die nicht als Fahrer einsetzen?", fragte ich.

Hauser schüttelte den Kopf. „Nein. Viel zu gefährlich. Wenn auch nur ein einziger Unfall passieren würde, bekämen die Behörden Wind davon. Das kannste vergessen. Dann lieber 'nen deutschen Minijobber einsetzen, bei dem das nicht so auffällt. Die Polen, Weißrussen und Ukrainer sind da für die Arbeit in 'nem Speditionslager, wo sie kein Außenstehender sieht, besser geeignet. Die muss er sich übrigens selbst suchen, da die nie die Erlaubnis bekämen, für 'ne Zeitarbeitsfirma zu arbeiten. Aber dank des Arbeiterstrichs nichts leichter als das ..."

Dario, Theo und ich schauten uns niedergeschlagen an. Dass gewissenlose Geschäftemacher die Not ihrer Mitmenschen ausnutzten und sie wie ein Stück Vieh an andere verkauften, verursachte mir Übelkeit. Ich verspürte große Lust, diesen Scheffler und seinen Freund Nießen am nächsten Baum aufzuknüpfen.

„Ich denke, wir sollten so schnell wie möglich mit diesem Herrn Nießen sprechen," beschloss Theo. Hauser schaute uns skeptisch an. „Macht bloß keinen Scheiß, Leute! Ich will dieses Arschloch auch noch für seine Schweinereien drankriegen!"

„Keine Angst, Kollege, wir werden deine laufenden Ermittlungen schon nicht in Gefahr bringen. Aber wir haben hier ein Tötungsdelikt aufzuklären!"

Der Kollege des KK 52 winkte verächtlich ab. Er sprang auf und verließ grußlos den Raum.

„Was ist das denn für 'n Arsch?", ärgerte sich Dario. Aber Theo hob beschwichtigend die Hände. „Du hast Wolle doch gehört. Der Typ ist zwar 'n Vollidiot, aber ein berufliches Ass." Er stand auf. „Gut, Männer, was sitzt ihr hier noch rum? Wissen wir, wo dieser Nießen wohnt?"

Dario nickte.

„Gut. Pitter, du fährst mit Andríkos. Dario, du wirst hier gebraucht."

Wir informierten Nina über unseren Außeneinsatz. Andríkos – der sichtlich erleichtert war, dass wir ihn vom Aktenwälzen befreit hatten – und ich machten uns auf den Weg nach Pulheim.

Es dämmerte bereits, als wir um zehn nach fünf losfuhren. Andríkos hatte es sich auf dem Beifahrersitz bequem gemacht und schrieb einer seiner unzähligen Freundinnen eine SMS, während ich den Wagen durch die verregnete Stadt lenkte und verträumt den kostümierten Jecken nachschaute, die den Straßenrand säumten. Wie gerne hätte ich jetzt mitgefeiert! Ganz Köln schien wie von einer riesigen, bunten Armee besetzt, die meine Heimatstadt unter heiterem Gegröle und mithilfe von mehreren Tonnen Konfetti erobert hatte. Ich hatte dieses Spiel zwar seit meiner frühesten Kindheit alljährlich miterlebt, jedoch zog es mich jedes Jahr aufs Neue in seinen Bann. Wer diese besondere, ausgelassene Stimmung an Karneval noch nicht miterlebt hatte, würde mich sicherlich nicht verstehen können. Auch wenn dieses Fest immer mehr kommerzialisiert wurde und gewiss mehr als nur eine unschöne Seite hatte, würde es für mich das Fest bleiben, das die kölsche Mentalität am eindrucksvollsten und schönsten repräsentierte.

Wir brauchten eine Dreiviertelstunde bis Pulheim-Sinnersdorf, wo sich Nießens Meldeadresse befand. Schließlich waren auch an diesem Tag im kompletten Kölner Stadtgebiet Umzüge unterwegs, ganz zu schweigen von den berühmten Schull- und Veedelszöch, die fast die Größe des Rosenmontagszuges erreichten und bei den Karnevalisten immer beliebter wurden. So fuhren wir einige Um- und Schleichwege.

Gegen sechs erreichten wir unser Ziel, den Ortsrand des alten Bauerndorfs Sinnersdorf, das heute zur Stadt Pulheim gehörte. Die Siedlung von sieben Häusern, die vor uns lag, zählte zu den architektonischen „Schmankerln“ des Rheinlands. Es waren die sogenannten „Stelzenhäuser“, eine Siedlung aus den späten Sechzigern. Sie bestand aus pilzähnlichen Bungalows, die auf Stelzen erbaut waren. Diese futuristisch anmutende Bauweise wurde vor allem durch die mehreckige Form der Gebäude, große, schräg stehende Fenster und spitz zulaufende Dächer bewirkt. Wahre Meisterwerke ihres Erbauers, die auch nach fast vierzig Jahren nichts von ihrer Einzigartigkeit eingebüßt hatten. Wir parkten vor dem Stelzenhaus mit der uns als Nießens Wohnanschrift bekannten Hausnummer und klingelten. Eine unscheinbare Frau kam uns aus dem Hausinneren entgegen. Sie hatte die brünetten Haare hochgesteckt und sah uns durch ihre spießige Brille an, die wie ihre karierte Hose und der roséfarbene Pulli in krassem Gegensatz zu ihrem geschätzten jungen Alter von etwa fünfunddreißig stand.

Auch, wenn ich mich jetzt wie ein unverbesserlicher Macho anhören sollte: Diese Frau, die ich aufgrund des Fotos von Nießens Homepage als dessen Ehefrau wiedererkannte, wirkte wie der Prototyp des klischeebehafteten Hausmütterchens. Claudia Nießens Augen blickten traurig und leer. Missmutig fragte sie, was wir wünschten. Ich zückte meinen Dienstausweis. „Merzenich ist mein Name, Kripo Köln. Das ist mein Kollege Vikelas. Wir möchten gerne mit Ingo Nießen sprechen. Das ist doch Ihr Mann, oder?“

Ihre Augenlider zuckten angsterfüllt für den Bruchteil einer Sekunde. „Worum geht es denn?“ Ich setzte ein versöhnliches Lächeln auf. „Es ist nichts Schlimmes, wir möchten mit Ihrem Mann nur als Zeuge in einem Ermittlungsverfahren sprechen“, sagte ich, um die sichtlich besorgte Frau nicht weiter zu beunruhigen. Man konnte ihr ansehen, dass ihr ein Stein vom Herzen fiel.

„Ach so. Mein Mann ist nicht da. Der ist im Festzelt in Stommeln, da ist jetzt eine große Karnevalsparty. Er ist im Vorstand der KG, die das alles organisiert."

Wir ließen uns den Weg nach Stommeln beschreiben und fuhren durch das flache, fruchtbare Land in den Pulheimer Stadtteil, der für seine weithin sichtbare Windmühle bekannt war.

Im Ortszentrum konnten wir auf dem großen Dorfanger ein großes Bierzelt ausmachen, aus dem lautstarke Basstöne bis auf die Straße drangen. Einige Jugendliche, kostümiert mit KEC- und FC-Trikots, hatten sich am Rande des Festzeltes vor dem hässlichen, von Backsteinsäulen getragenen Häuschen, das die öffentliche Toilette beherbergte, mit Bierflaschen in der Hand versammelt. Unzählige Kostümierte pilgerten Richtung Zelteingang, die Straße war mit allerlei leeren Pralinenschachteln, Kölschflaschen, zertrampelten Kamellen und achtlos weggeworfenen Strüßjer gepflastert. Ich sah einen buntgeschmückten Traktor mit ebensolchem Anhänger, einem prächtigen Wagen, der die aktuelle Tagespolitik thematisierte und der sich gemütlich tuckernd auf den Heimweg machte. Auf dem Wagen stand eine übergroße Papp-Nachbildung des Bundeskanzlers Gerhard Schröder, der den beiden fröhlich lachenden und winkenden Pappfiguren vor ihm, Hänneschen und Bärbelchen, die letzten Euro-Scheine aus den Taschen zog. Darunter stand in kindlich-geschwungenen Buchstaben: *Es et Jeld och fott – Fastelovend mäht uns keiner kapott!*

Eine kleine Blaskapelle in Funkenuniformen stimmte schunkelnd den brandneuen Karnevalschlager der Höhner, „Viva Colonia", an. Hier war gerade ein großer Umzug zu Ende gegangen. Überall hörte man lachende und singende Jecken. Ich beneidete die Stommeler um ihre ausgelassene Fröhlichkeit und musste unwillkürlich an Marcel, Erich, Hartmut und meine übrigen Vereinskameraden denken, die sich einen ebenso heiteren Tag gönnen konnten, während Andrikos und ich einen raffgierigen Volksvertreter aufsuchen mussten, um ihn zum Ableben eines ehemaligen Mitarbeiters zu befragen.

So folgten Andríkos und ich den Menschenmassen zum Eingang des Festzelts, wo drei schwarz gekleidete „Gorillas" Einlasskontrollen machten. Es hätte aufgrund des enormen Andrangs wenig Sinn gehabt, wenn wir uns in der Schlange vorgedrängelt hätten, also warteten wir, bis wir nach etwa fünf Minuten an der Reihe waren. Einer der anabolikageschädigten Typen mit Bürstenhaarschnitt, Bomberjacke und Knopf des Funkgeräts im Ohr schaute uns überheblich lächelnd an. „Wat habt ihr zwei denn für Scheißklamotten an? Also, so kommt ihr Ottos hier nicht rein! Macht 'nen Abgang und lasst die anderen Leute durch!"

Hinter uns hörten wir die Menge schadenfroh grölen. Ich zog meinen Dienstausweis und hielt ihn dem verblüfft schauenden Hohlkopf unter die Nase. „Halt einfach den Rand und mach Platz, kapiert?"

Der Türsteher und seine beiden Kollegen starrten mich mit offenem Mund an. Sie waren es gewohnt, jedem ihre „Machtposition" zu demonstrieren. Ich verabscheute diese Branche schon seit meiner Jugend.

„Ey, du hast den Kopp wohl auch nur, damit's nicht in den Hals regnet, was?", sagte jetzt Andríkos und machte einen Satz auf den Türsteher zu. „Hast wohl nicht kapiert, was mein Kollege eben gesagt hat?" Er packte den Muskelprotz am Arm und schob ihn zur Seite. Den beiden anderen Security-Heinis, die sich uns anfangs noch in einem Anflug von Verärgerung in den Weg stellen wollten, schaute ich einfach nur starr in die Augen. Sie wichen zurück. Es war eine späte Rache für all die Demütigungen, die ich als Jugendlicher seitens dieser Türsteherbande hatte ertragen müssen.

Schweigend gingen wir nun in den Vorraum des Festzelts, in dem sich die Garderobe befand.

Am Eingang zum Hauptraum saßen zwei freundlich wirkende ältere Herren im blauen Smoking mit gelbem Kragen und mit Narrenkappe hinter einem Tisch mit einer geöffneten Geldkassette. Es war die Tageskasse. Ich zeigte den beiden verdutzt blickenden Männern meinen Dienstausweis. „Entschuldigen Sie, wir sind auf der Suche nach Herrn Nießen."

„Der ist am anderen Ende des Festzelts, an der Bühne."

Einer der beiden deutete zu dem bühnenartigen Podest, auf dem sich eine professionelle DJ-Anlage befand. Ich ließ meinen Blick durch die Menschenmassen schweifen und entdeckte dort einen Stehtisch, an dem mehrere Männer in blauen Smokings mit gelbem Kragen standen, wie sie auch die beiden Männer an der Kasse trugen. Wir bedankten uns, zeigten dem Kartenkontrolleur am Saaleingang unsere Dienstausweise und betraten den großen Festraum. Es strömten immer mehr Kostümierte in den Raum, der langsam aber sicher brechend voll wurde. Es roch nach Schweiß und Bier, die Luft war stickig und schwül. Im ganzen Raum verteilt standen Stehtische. Auf der rechten Seite des Zeltes war der Ausschank, bestehend aus einer mehrere Meter langen Theke. Wir bahnten uns einen Weg zu der Gruppe meist älterer Männer in blauen Smokings und Narrenkappen, die sich bei einem Glas Kölsch angeregt unterhielten. Der DJ hatte mittlerweile den Hit „Denn wenn et Trömmelche jeiht" der Räuber aufgelegt. Wir traten an den Stehtisch. Ich erhob die Stimme – was in diesem Fall von Vorteil war, da man dank des erhöhten Geräuschpegels in diesem Zelt so gut wie nichts verstand. „Entschuldigen Sie, meine Herren. Wir möchten gerne Herrn Ingo Nießen sprechen!"

Mit einer Mischung aus Verwunderung und Entnervtheit wurden wir von zwölf Augen unter die Lupe genommen. Einer der sechs Männer, dessen Smoking seinen voluminösen Bauch fast bis zum Platzen umspannte, musterte uns besonders kritisch. Ich erkannte in ihm auf Anhieb Nießen senior, der auf dem Gruppenbild der Speditionshomepage Arm in Arm neben seinem Sohn gestanden hatte.

„Was wollen Sie von meinem Sohn? Ich denke nicht, dass er jetzt Zeit für Sie hat!"

Der Rest der Truppe unterdrückte ein spöttisches Lachen. Diese Männer schienen mir zu der Art Karnevalsfunktionäre zu gehören, die das gesamte „Event" mit ihrer ekligen, überheblichen Art in den Schmutz zogen. Andríkos kam mir bei der Antwort zuvor: „Die Zeit wird er sich wohl nehmen müssen. Mein

Name ist Vikelas, das ist mein Kollege Merzenich. Kripo Köln!“

Nießen senior blickte seine Kumpels hilfesuchend an. Der Jüngste am Tisch befreite ihn aus der unangenehmen Situation und schaute uns durch seine randlose Designerbrille durchdringend an. „Also, mein Freund Ingo ist vor ein paar Minuten zum Seitenausgang raus.“ Er deutete auf den kleinen Ausgang rechts vor dem Stand des DJ. „Wenn Sie wollen, helfe ich Ihnen beim Suchen.“

„Das wäre sehr freundlich von Ihnen.“

So machten wir uns zu dritt im Gänsemarsch durch die kleine Zeltplanentür auf den Weg und standen wieder im Freien. Nieselregen prasselte auf meine Lederjacke. Vor uns erblickte ich einen elfenbeinfarbenen Transit des Malteser-Hilfsdienstes. Von den Sanitätern war jedoch weit und breit nichts zu sehen, dieser Teil des Zeltplatzes wirkte wie ausgestorben. Unser Helfer blickte sich in alle Richtungen um. Hinter dem Wagen ertönten plötzlich lautstarke Stimmen.

„Nimm deine Finger da weg! Hey, hast du nicht gehört? Ich hab keinen Bock mehr auf dich, du Schwein! Ich sag alles dem Frank, wenn du nicht sofort aufhörst!“

„Aber Süße, warum machst du denn jetzt so ’nen Aufstand? Dir hat’s doch gestern Abend noch gefallen? Jetzt hab dich nicht so!“

„Hör auf!“ Die Frauenstimme klang immer zorniger.

Unser Begleiter erstarrte. Er wirkte, als hätte er einen Geist gesehen. Wie von der Tarantel gestochen lief er in die Richtung, aus der die Stimmen kamen. Wir taten es ihm gleich und fanden – an den uralten Transit gelehnt – das streitende Pärchen. Die dunkelblaue Bluse der attraktiven Blondine, die als US-Polizistin verkleidet war, war aufgeknöpft und gab den Blick auf ihren schwarzen Spitzen-BH frei. Ihr schwarzer Ledermini war bis zum ebenfalls spitzenverzierten oberen Abschluss ihrer halterlosen Strümpfe hochgezogen. Ihre schwarze Wimperntusche war tränenverschmiert. Vor ihr stand ein lüstern blickender Mann, der den blauen Smoking und die Narrenkappe der großen ortsansässigen Karnevalsgesellschaft trug. Als er uns drei erblickte, weiteten sich seine Augen voller Entsetzen. Die Frau zog züchtig ihren Minirock herunter und knöpfte eilig ihre Bluse wieder zu. Sie schluchzte heftig und wollte unserem Begleiter, der aussah, als würde er jeden Moment explodieren, in die Arme fallen. Er wehrte sie jedoch mit einem heftigen Stoß ab, so dass sie gegen die Heckklappe des Wagens taumelte. Er stürmte auf seinen Vereinskameraden zu und packte ihn am Kragen. „Was soll das hier? Kannst du mir das mal erklären, du Arschloch?" Ohne eine Antwort abzuwarten, wandte er sich an die heulende Blondine. „Und was sagst du dazu, Michaela? Poppst du etwa mit diesem Wichser?"

„Aber Frank, ich ..."

„Halt bloß dein Maul! Das hättet ihr Schweine nicht machen sollen! Ich mach euch fertig!"

Er hatte es kaum ausgesprochen, da versetzte er seinem vor Angst zitternden Kontrahenten schon einen kräftigen Stoß und ließ seine Faust auf dessen Nase krachen. Der Mann, den ich aufgrund der Fotos im Internet als Ingo Nießen wiedererkannte, stürzte auf den Asphalt in eine Wasserpfütze und blieb stöhnend liegen. Aus seiner Nase lief Blut. Ich konnte unseren Begleiter, den Nießen eben Frank genannt hatte, gerade noch zurückhalten, bevor er Nießen einen Tritt in die Rippen versetzte. Es kostete Andríkos und mich viel Mühe und Kraft, den vor Wut schäumenden Frank zurückzuhalten. Ich konnte mir so langsam denken, mit wem ich es hier neben Ingo Nießen zu tun hatte. Wenn ich recht haben sollte, könnte dieser Zwischenfall für unsere weiteren Ermittlungen äußerst dienlich sein ...

Nachdem sich die Gemüter ein wenig beruhigt hatten, gingen wir zusammen mit dem mit den Nerven völlig fertigen Ingo Nießen, seiner Geliebten, die sich uns – meinen Erwartungen entsprechend – als Michaela Gronau-Scheffler vorgestellt hatte, und ihrem Ehemann Frank Scheffler, der seinem Freund soeben eindrucksvoll die Kraft seiner Fäuste demonstriert hatte, auf die andere Seite des Dorfplatzes, wo wir den alten Dienstwagen geparkt hatten. Wir wollten die drei Streithähne zur nächstgelegenen Polizeidienststelle bringen, um sie dort in Ruhe zu vernehmen.

Während Andríkos über die Bergheimer Leitstelle die Kollegen der Polizeiwache Pulheim um Unterstützung bat, flehte Nießen mich an, dieses Gespräch an einem neutralen Ort führen zu können. Er wurde mir von Minute zu Minute unsympathischer – ich musste unablässig an seine arme Ehefrau denken. Selbst in dieser prekären Situation dachte das Riesenarschloch noch an seinen „guten" Ruf und seine politische Karriere. Selten bin ich einem derart gewissenlosen Menschen wie diesem Möchtegern-Politiker begegnet. Da es sowohl Andríkos als auch mir widerstrebte, ihm auch nur den kleinsten Gefallen zu tun, kamen wir seinem Wunsch nicht nach und warteten auf das Eintreffen der Pulheimer Kollegen, was sich allerdings hinzog.

Die Wartezeit „versüßte" uns Scheffler mit einem unerwarteten Geständnis. Er machte uns unmissverständlich klar, dass es für ihn nun keinen Grund mehr gebe, auf irgendwen oder irgendwas Rücksicht nehmen zu müssen. Obwohl wir bislang keinen Grund für die bevorstehende Befragung genannt hatten, ging Scheffler davon aus, dass wir wegen der dunklen Geschäfte seiner Zeitarbeitsfirma mit Nießen gekommen seien. Ich glaubte, meinen Ohren nicht zu trauen, als ich hörte, wie Scheffler lautstark reinen Tisch mit den Geschäftsbeziehungen zu seinem bisherigen Freund Nießen machte. Auch wenn Frau Gronau-Scheffler kleinlaut versuchte, ihren Mann an der Preisgabe der illegalen Geschäftspraktiken der FS time solutions GmbH zu hindern, plauderte ihr gekränkter Ehegatte munter drauf los. Er bestätigte sämtliche Verdachtsmomente, die die ehemaligen FS-Mitarbeiter in ihrem Internetforum und auch Kollege Hauser in unserer Besprechung am Nachmittag vorgebracht hatten. Zwangsläufig musste Nießen mit anhören, wie sein Freund sein Lebenswerk wie ein Kartenhaus zum Einsturz brachte. Vom Verleih der ausgebeuteten Minijobber, die als Lkw-Fahrer weit mehr als fünfzehn Stunden pro Woche für die Spedition Nießen schuften mussten, war ebenso die Rede wie von den unmenschlichen Arbeitsbedingungen in dieser Spedition und den Osteuropäern, die sich Nießen auf dem Arbeiterstrich für die harte Arbeit in seinem Lager suchte.

Ich schüttelte nur den Kopf. Wir hatten jetzt die Bestätigung für Hausers Vermutungen. Der unkonventionelle Kollege würde sich sicherlich über Scheffiers Aussage, die diesen mit in den Abgrund reißen würde, freuen. Aber das kümmerte ihn im Moment wenig: Sein einziger Gedanke war, Rache an Nießen zu nehmen. Frau Gronau-Scheffler war einem Zusammenbruch nahe. Sie schluchzte aus voller Brust, was ihr Noch-Gatte nur mit einem giftigen Blick kommentierte.

Nach geschlagenen fünfzehn Minuten trafen die Pulheimer Kollegen ein. Ein korpulenter älterer Hauptkommissar stieg beschwerlich vom Beifahrersitz des silber-grünen VW Passats mit Bergheimer Kennzeichen aus. Der ebenfalls ziemlich untersetzte Kommissar Mitte vierzig, der den Wagen gelenkt hatte, folgte seinem Chef, dessen Kopf vor Anstrengung rot angelaufen war.

„Ihr seid doch bestimmt die Kollegen aus Köln, oder?", fragte der Polizeihauptkommissar, der sicht- und hörbar nach Luft rang. Ich bestätigte seine Vermutung und stellte uns vor.

Der dickliche Uniformierte nickte. „Ich bin der DGL der Anton-Tour bei der Polizeiwache Pulheim – Erwin Reufels ist mein Name. Das ist mein Kollege Udo Röttgen."

Polizeikommissar Röttgen nickte freundlich, während sich Reufels' Miene bei Nießens Anblick sichtlich verdüsterte. „Mensch, Ingo, was machst du denn hier?", fragte er erstaunt und öffnete den Reißverschluss seines grünen Dienstanoraks.

Nießen, der offensichtlich ein Duzfreund des Dienstgruppenleiters war, zuckte resigniert mit den Schultern. „Tja, Erwin, das wüsste ich auch mal gerne."

„Was soll das, Kollegen? Wollt ihr etwa den Herrn Nießen vernehmen? Das ist einer unserer verdientesten Mitbürger!"

„Mag ja sein, aber trotz allem müssen wir ihn jetzt befragen. Oder gibt's da irgendwelche Probleme?", wollte ich wissen und sah den Kollegen durchdringend an. Dieser schaute sich eingeschüchtert um. Er warf Nießen einen entschuldigenden Blick zu und setzte ein versöhnliches Lächeln auf.

„Nein, natürlich nicht. Na gut, dann lasst uns mal fahren. Tut mir leid, Ingo. Aber da kann ich nix machen." Nießen grinste aufgesetzt zurück. „Schon klar. Ihr Beamten tut ja nur eure Pflicht", bemerkte er sarkastisch.

Nachdem Röttgen die beiden hinteren Türen des Streifenwagens geöffnet hatte (wobei ich mich fragte, warum er die Schefflers derart zuvorkommend behandelte), nahm das Ehepaar – vom gegenseitigen Anblick angewidert – im Fond des Wagens Platz. Derweil ließ sich Nießen auf der Rückbank unseres Scorpio nieder, bevor wir „Ville 13/22", dem nagelneuen Wagen der Pulheimer Kollegen, folgten. Etwa zehn Minuten später waren wir in der Johannisstraße im Stadtzentrum angekommen. Vor uns lag ein backsteinrotes Bürogebäude aus den Achtzigern mit einer Front aus großen Fenstern. Es handelte sich um die Polizeiwache Pulheim, eine der Dienststellen der für den Erftkreis zuständigen Kreispolizeibehörde Bergheim. Im Gänsemarsch betraten wir das Gebäude. Die diensthabenden Kollegen staunten nicht schlecht, als sie den stadtbekannten CDU-Kreistagsabgeordneten erblickten, der von uns flankiert wurde. Sofort setzte unter den Beamten das Getuschel ein. Erwin Reufels führte Nießen und mich in sein Büro, nachdem er gemeinsam mit Andríkos Herrn Scheffler und Frau Gronau-Scheffler getrennt voneinander in weitere Schreibräume gebracht hatte.

Ich nahm auf Reufels' bequemem Drehstuhl hinter dem Schreibtisch Platz. Nießen saß mir gegenüber und biss sich aufgeregt auf die Lippen.

„Kann ich euch was zu trinken bringen?", fragte der Dienstgruppenleiter. Während ich verneinte, verlangte Nießen ein Glas Mineralwasser. Reufels nickte eifrig und verließ übereilt die nüchterne Amtsstube.

Mein Gegenüber wirkte wie ein Feldmarschall, der kurz vor der Kapitulation stand. Er starrte mit leerem Blick auf den grauen

Teppichboden. Der Hauptkommissar kehrte zurück und brachte Nießen eine Plastikflasche Sprudel mit einem Glas.

„Wenn was ist, ruft mich einfach“, sagte Reufels und verließ abermals eilig das Büro. Ihm war die ganze Sache sichtbar peinlich. Nießen leerte das Wasserglas in einem Zug und löste die Schleife seiner Fliege. Schweißperlen standen ihm auf der Stirn. Er fischte mit hektischen Bewegungen eine Zigarettenschachtel aus der Innentasche seines blauen Smokings und zündete sich zittrig eine Zigarette an. Nach einem kräftigen Zug, dem ein langgezogener Seufzer folgte, blies er den blauen Qualm in Richtung der an der Decke hängenden Leuchtstoffröhre. Mit fast mitleiderregendem Dackelblick schaute er mich hilfesuchend an. „Herr Kommissar, Sie haben ja selbst gehört, was Herr Scheffler eben gesagt hat. Dem habe ich nichts hinzuzufügen.“

Ich nickte und blickte das Häufchen Elend, das mir gegenüber saß, kalt an. Mitleid konnte ich mit ihm nun wirklich nicht empfinden. Ich rief mir die Bilder seines Internetauftritts ins Gedächtnis zurück, auf denen er seinen Wählern ein heiles Familienbild vorgaukelte und versprach, sich für ihre Interessen einzusetzen. Angesichts seiner Machenschaften ein blanker Hohn für die Menschen, die diesen verlogenen Phrasen vertrauten. Ich hätte am liebsten dort weitergemacht, womit Scheffler auf dem Festzeltplatz aufgehört hatte ...

Ich öffnete im PC die Datei mit dem Vernehmungsvordruck und belehrte ihn. Aber Nießen schien jetzt alles egal zu sein. Gleichgültig winkte er ab. Also begann ich mit der Vernehmung: „Herr Nießen, weswegen wir eigentlich gekommen sind, hat nur am Rande mit Ihren dubiosen Geschäften zu tun. Was sagt Ihnen der Name Volker Werle?“

„Ach, der Werle, das ist eigentlich ein netter Kerl. Ich hab ihm übel mitgespielt. Wie dem Großteil meiner Belegschaft. Das muss ich zugeben.“

Ich nickte und hämmerte auf die Tastatur des Computers.

„Was ist denn mit ihm?“, wollte Nießen wissen.

„Herr Werle wurde heute Nacht in der Kölner Altstadt tot

aufgefunden. Wir gehen von Fremdverschulden aus. Im Rahmen dieses Ermittlungsverfahrens äußerte seine Exfreundin den Verdacht, dass Sie etwas mit dem Tötungsdelikt zu tun haben könnten."

Nießen nahm einen kräftigen Schluck aus der Wasserflasche, die durch seinen festen Griff zerbeult wurde, und blickte mich noch entgeisterter an als zuvor. „Was? Werle ist tot? Das ist doch nicht Ihr Ernst? Oh Gott!" Er hielt sich schwer atmend die Hand vor den Mund. Einige Minuten vergingen, bis er sich wieder beruhigt hatte. Dann schüttelte er den Kopf. „Entschuldigen Sie, aber das ist mir gerade auf den Magen geschlagen. Wie kommt denn seine Exfreundin auf die absurde Idee, dass ich etwas mit dem Mord zu tun haben könnte?"

Ich erzählte dem niedergeschlagenen Ehebrecher und Ausbeuter von den aufgefundenen Observationsunterlagen und den seltsamen Andeutungen von einer möglichen Erpressung, die Werle am Tag zuvor seiner Ex gegenüber gemacht hatte. Energisch winkte Nießen ab.

„Bei allem Respekt, Herr Merzenich – zugegeben, ich entspreche nicht dem perfekten Bild, das die Öffentlichkeit von mir hat. Ich räume auch die von Herrn Scheffler beschriebenen Geschäftspraktiken ein. Aber Mord – nein, das lasse ich mir nicht anhängen! Ich wusste weder, dass Werle mich auf Schritt und Tritt beschattet, noch von irgendwelchen Erpressungsversuchen! Da haben Sie sich weiß Gott den Falschen ausgesucht!"

Mit entschlossenem Blick sah Nießen mich an. Dann nahm er erneut einen kräftigen Schluck aus der Flasche. Ich lehnte mich zurück. Auch wenn es mir nicht wirklich in den Kram passte: Aus irgendeinem Grund glaubte ich Nießen. Doch ich wollte auf Nummer sicher gehen. „Gut, Herr Nießen, wenn Sie nichts mit der Sache zu tun haben, können Sie mir ja sicherlich sagen, wo Sie sich zwischen 23 und 1 Uhr heute Nacht aufgehalten haben."

Ein flüchtiges Lächeln zeichnete sich auf Nießens Zügen ab. „Ist das der Tatzeitraum?"

„So sieht's aus, ja."

„Dann kann ich nicht der Mörder sein! Ich war mit meinen Vereinskameraden – inklusive meinem Freund Scheffler – auf einer Karnevalsparty in Hürth. Bis etwa halb zwei. Danach habe ich mich mit Schefflers Frau in einem Hotel in Ehrenfeld getroffen."

„Haben Sie dafür irgendwelche Belege oder Nachweise?"

„Also, was die Sitzung angeht, können Sie alle meine Freunde aus dem Vereinsvorstand – zu dem im Übrigen auch mein Vater gehört – fragen. Ich denke doch, dass das Beweis genug ist, oder?"

Nachdem ich den Rest von Nießens Aussage eingetippt und sie ausgedruckt hatte, ließ ich sie von ihm durchlesen und unterschreiben. Danach besuchte ich meinen Kollegen in einem der Schreibräume, wo er gerade Herrn Scheffler vernahm. Andrı́kos sagte mir, dass Frau Gronau-Scheffler, deren Aussage er bereits aufgenommen hatte, wie eine wahre „Unschuld vom Lande" von nichts wisse, was Volker Werle betraf. Sie hatte aber immerhin eingeräumt, Nießen in der vergangenen Nacht in dem Ehrenfelder Hotel getroffen zu haben. Ich fragte Scheffler, ob er Nießens Angaben bestätigen könne. Widerwillig räumte er ein, dass Nießen mit ihm und seinen Vereinskameraden bis etwa halb zwei Uhr nachts der Karnevalsparty der Prinzen-Garde Alt-Hürth in der Aula des Goldenberg Berufskollegs des Erftkreises an der dortigen Duffesbachstraße beigewohnt hatte. Falls diese Aussage der Wahrheit entsprechen sollte, käme Nießen aufgrund der räumlichen Entfernung zwischen dem Veranstaltungsort und dem Fund- beziehungsweise Tatort als Täter nicht in Frage. Andrı́kos druckte das Protokoll aus, das Scheffler kurz überflog und unterschrieb.

Ich fuhr umgehend mit Andrı́kos, der es immer noch nicht für nötig befunden hatte, sich bei mir zu entschuldigen, zurück zum Stommelner Festzelt. Diesmal wichen die Türsteher bei unserem Anblick erschrocken zurück. Abermals schlug mir beim Betreten des überfüllten Zeltes große Hitze entgegen. Wir mussten uns durch die Menschenmassen drängeln, bevor wir die Honoratioren um Nießen senior wiederfanden.

„Oh, die Herren von der Polizei. Wen von uns wollen Sie denn diesmal zum Verhör abführen? Was Sie da meinem Sohn angetan haben, wird noch ein Nachspiel haben!“, drohte mir der Vater des Spediteurs und hob warnend den Zeigefinger. Ich fragte mich, woher er so schnell von der Vernehmung seines Sohnes erfahren hatte.

„Wir haben nur eine kurze Frage an Sie alle“, sagte ich kurz angebunden und schaute mich in der unübersehbar feindselig gestimmten Runde des Festausschusses um. „Können Sie uns sagen, wo sich Herr Nießen gestern Abend beziehungsweise heute Nacht aufgehalten hat? Ich muss Sie an dieser Stelle darauf hinweisen, dass Sie als mögliche Zeugen ...“

„Warum haben Sie das denn nicht gleich gefragt?“, schnauzte mich der alte Nießen an. „Wir waren alle zusammen auf einer Karnevalsparty in Hürth. Im Goldenberg Berufskolleg. Mann, Mann, Mann, mit einer einfachen Frage hätten Sie uns allen diesen peinlichen Auftritt ersparen können! Wir waren alle zusammen unterwegs. Bis etwa ein Uhr.“

„Nein, Paul, es war schon halb zwei durch. Dann sind wir erst zurückgefahren“, meldete sich einer der jüngeren, aber nicht minder schnöseligen Smokingträger zu Wort.

„Genau so war es“, pflichtete ein anderer ihm bei.

Uns blieb nichts anderes übrig, als Nießens Vereinskameraden zur Protokollierung ihrer Aussagen vorzuladen. Da sowohl uns als auch ihnen daran gelegen war, die Sache so schnell wie möglich zu erledigen, erklärten sie sich bereit, unverzüglich zur Wache nach Pulheim mitzukommen. Gott sei Dank schienen sie überhaupt nicht angetrunken, so dass sie auch tatsächlich vernehmungsfähig waren. Wir informierten die Pulheimer Kollegen, die uns einen Streifenwagen schickten. Im Konvoi fuhren wir wieder zur dortigen Dienststelle, wo wir die Personalien der fünf Vereinskameraden und ihre Aussagen aufnahmen, was nicht allzu lange dauerte, da wir uns ja auf die Alibibestätigung konzentrieren konnten.

Ingo Nießen war wohl tatsächlich mit den anderen in Hürth gewesen – falls sie nicht alle zu seinen Gunsten logen. Aber wenn die Geschichte nicht stimmen sollte, wäre doch zumindest Scheffler in seiner Wut von Nießens Version abgewichen und hätte gegen seinen Nebenbuhler ausgesagt. So konnten wir nur unverrichteter Dinge abrücken. Die Vereinskameraden wollten sich ein Taxi rufen, um zum Festzelt zurückzufahren. Wir waren mit unseren Ermittlungen keinen Schritt weitergekommen.

Was nun? Schweigend saßen wir in dem alten Scorpio und hingen unseren Gedanken nach. Ich schaute auf die Uhr: 21.59 Uhr. Draußen war es bereits lange dunkel. Der Sprühregen verzierte die Windschutzscheibe mit unzähligen kleinen, feinen Tropfen.

„Was sollen wir jetzt machen?", fragte Andríkos niedergeschlagen. „Unser bislang einziger Verdächtiger war's ja wohl doch nicht. Und jetzt?"

„Gute Frage. Ich glaube, als nächstes sollten wir endlich mal mit Rolf Bürrig, dem Kommandanten der Niehler Fescherjunge, reden. Vielleicht weiß der ja was. Ich werd nochmal versuchen, den zu erreichen", sagte ich.

„Mach das, Pitter", stimmte mein Kollege zu. So holte ich mein Handy aus der Jackentasche, informierte Theo über mein Vorhaben und wählte dann Bürrigs Handynummer. Diesmal schien ich Glück zu haben. Die nervig-monotone Frauenstimme, die mir im Laufe des Tages bereits mehrfach verkündet hatte, dass Bürrig nicht zu erreichen war, hatte ich glücklicherweise nicht mehr am Apparat. Stattdessen meldete sich nach etwa einer halben Minute eine verrauchte Männerstimme. Ich konnte den Mann kaum verstehen, da im Hintergrund ein ziemlicher Geräuschpegel herrschte. Dafür konnte ich das Lied „Buenos Dias, Mathias" von den Paveiern erkennen.

„Jo, Rolf Bürrig he. Wat es denn?"

Ich musste regelrecht brüllen, damit mich Herr Bürrig bei dem Lärm im Hintergrund überhaupt verstehen konnte. „'n Abend Herr Bürrig. Merzenich ist mein Name von der Kripo

Köln. Hätten Sie vielleicht Zeit? Ich möchte mit Ihnen über Volker Werle reden!"

„Üvver wä?", schrie Bürrig in sein Telefon.

„Volker Werle!"

„Jo. Dann kutt doch vörbei. Mer sin all en d'r Fescherstuff am Niehler Damm en Niehl."

„Vielen Dank! Wir sind schon auf dem Weg!"

6. Kapitel: Die Niehler Fescherjunge

*Hotel-Restaurant Niehler Fischerstube, Niehler Damm 179,
50735 Köln-Niehl,
Sonntag, 2. März 2003, 22:34 Uhr*

Ich parkte den Ford am Fahrbahnrand des Niehler Damms, einer Straße am Rheinufer des alten Ortskerns von Niehl, dessen Bausubstanz auf eine ehemals dörfliche Prägung schließen ließ. Dieser Teil von Niehl war nicht weit von den Ford-Werken und dem Hafen entfernt. Wir stiegen aus und gingen die paar Meter zu dem hell erleuchteten, beige-grau gehaltenen Gasthof, dessen Erdgeschossbereich braun verklinkert war.

Aus dem Innern des Lokals drang das Lied „Denn mir sin kölsche Mädcher“ vom Fussich Julche. Der Außeneinsatz machte sich langsam bemerkbar. Seit unserem Aufbruch aus dem PP waren über fünf Stunden vergangen. In dieser Zeit war einiges passiert. Ich spürte die Müdigkeit in allen Gliedern. Ich wäre am liebsten in mein Bett gefallen und hätte ausgeschlafen. Die Gewissheit, aufgrund des unbefriedigenden bisherigen Ermittlungsergebnisses auch an Rosenmontag arbeiten zu müssen, trieb mich regelrecht in Depressionen. Kaum hatte ich die Eingangstür des Lokals aufgestoßen, neben der eine kleine Messingtafel mit der Aufschrift Stammquartier der KG Niehler Fescherjunge e.V. hing, fiel mir ein, dass ich Maria versprochen hatte, sie anzurufen. In der ganzen Hektik hatte ich das vergessen. Ich beschloss, ihr später eine SMS zu schreiben. So leid es mir tat – der Fall hatte Vorrang.

Aus dem Gastraum schlug mir stickige, schwüle Luft entgegen. Die Fenster waren durch die Hitze beschlagen. Zahlreiche Kostümierte versperrten mir schunkelnd den Weg. Ich kam mir wie Indiana Jones vor, der sich mit einer Machete durch das Dickicht des Urwalds kämpfen musste. Im Lautsprecher erklang abermals „Viva Colonia“. Vor diesem Hit war man in der Session 2003 nirgendwo sicher.

Ein zu grell geschminktes Cowgirl in meinem Alter schlang die Arme um mich und zog mich ganz nah an sich heran. „Na, Süßer, bist du auch allein hier? Soll ich dir mal zeigen, was ich unter meinem Rock habe?“ Dabei schleckte sie mir das Ohr ab. Eigentlich ein verführerisches Angebot – wenn ich nicht im Dienst gewesen wäre und die freizügige Frau nicht so nach Aschenbecher und Alkohol gestunken hätte. Ein wenig angewidert löste ich mich aus ihrer besitzergreifenden Umklammerung. „Heute nicht, Baby, ich hab Migräne“, erwiderte ich und setzte meinen Weg fort. Aus dem Augenwinkel konnte ich erkennen, dass sie jetzt Andríkos ansprach, bei dem sie mehr Glück zu haben schien. Ich konnte sehen, wie er ihr seine Handynummer auf einen Bierdeckel schrieb. Endlich konnte ich mich zur Theke durchkämpfen. Hinter dem Tresen bemühte sich ein bierbäuchiger Mittfünfziger mit FC-Trikot und Clownsmütze hektisch, mehrere Gläser gleichzeitig mit Kölsch zu füllen. Ich schrie ihn regelrecht an, damit er mich zumindest ansatzweise verstehen konnte: „Entschuldigung, ich ...“

Unwirsch fuhr mir der Wirt ins Wort: „Jetzt nicht. Du siehst doch, dass ich beschäftigt bin, oder?“

„Ich wollte nur wissen, wo Herr Bürrig zu finden ist!“ Stumm nickte er und wies mit einem Blick an das Ende des engen, schlauchförmigen Raumes, wo ein Durchgang mit einem Rundbogen auszumachen war. Ich schaute zu Andríkos, der es ebenfalls geschafft hatte, sich zur Theke vorzuarbeiten und deutete in die Richtung, die mir der unfreundliche Gastwirt gezeigt hatte. Dann versuchte ich verzweifelt, mir den Weg zu dem Rundbogen freizukämpfen. Ein schier unmögliches Unterfangen. In dem Gastraum waren mindestens doppelt so viele Leute wie zu regulären Geschäftszeiten. Irgendwann – ich weiß heute beim besten Willen nicht mehr, wie lange es dauerte – hatte ich mich zu dem Durchgang mit dem Rundbogen durchgeschlagen. Ohne die Hilfe meiner Ellenbogen hätte ich mindestens doppelt so lange für die Strecke gebraucht. Vor mir lag ein großer, gemütlicher Raum mit zwei langen Holztischreihen zur linken und rechten Seite. Es schien der Festsaal des Gasthauses zu sein. Bilder von der Kölner Altstadt und diversen Dampfern der Köln-Düsseldorfer säumten die Wände ebenso wie unzählige Karnevalsorden und Ehrenurkunden. Dieser Raum war vom Gedränge des Hauptgastraumes verschont geblieben. Nur gut zwanzig Mann und eine Frau hatten es sich hier gemütlich gemacht. Ich genoss es, nicht mehr von allen Seiten angerempelt zu werden. Alle Blicke der hier Anwesenden, die ausnahmslos die Vereinstracht der Fescherjunge trugen, ruhten auf Andríkos und mir. Ein Mann jenseits der sechzig mit roter Nase, weißem Vollbart und Goldrandbrille, der wie ein Klon des früheren „Käpt'n Iglo“ aussah, stand auf und sprach uns an: „Wat wullt Ehr?“ Vor ihm standen ein volles Glas Kölsch und eine Flasche Bommerlunder. Ich zückte meinen Dienstausweis. „Merzenich, Kripo Köln.“

„Mer han doch evve metenander telefoneet, oder? Ich bin dä Rolf Bürrig“, entgegnete der ältere Herr und streckte mir seine rechte Hand entgegen.

„Sehr erfreut. Das ist mein Kollege Vikelas.“ Ein Raunen ging durch die Reihen der anwesenden Fescherjunge. Obwohl es auch hier relativ laut war, erreichte der Lärm in diesem Raum bei Weitem nicht den Geräuschpegel des Gastraums. Im Hintergrund lief „Superjeile Zick“ von Brings. Aufmerksam verfolgten die Fescherjunge die nun folgende Konversation zwischen ihrem Kommandanten und uns Kripobeamten.

„Ehr hatt am Tilefon jesaat, dat Ehr met mer üvver dä Volker Werle spreche wullt. Wo steck dä denn? Mer han dä hück om Zoch he en Niehl vermess. Mer wore he all verafred.“

Hilflos blickte ich meinen Kollegen an. Dankenswerterweise trat Andríkos vor und nahm mir die unliebsame Aufgabe ab. „Es tut mir außerordentlich leid, Ihnen mitteilen zu müssen, dass Herr Werle heute Nacht tot aufgefunden worden ist.“

Das Raunen unter Werles Vereinskameraden nahm nun an Lautstärke zu. Das Tanzmariechen stieß einen spitzen Schrei aus und begann zu schluchzen. Bürrig ließ sich auf den Holzstuhl fallen und nahm einen kräftigen Schluck Kölsch. „Dat es doch nit wohr, oder?", brachte er mit zitternder Stimme hervor.

Ich blickte mich im Saal um. Jeder der Anwesenden reagierte anders auf die Todesnachricht. Einige saßen apathisch am Tisch, andere schluchzten leise vor sich hin. Einer der Fescherjunge schüttelte unentwegt fassungslos den Kopf, während zwei Angehörige der Tanzgruppe versuchten, das Tanzmariechen zu trösten. Bürrig hatte sich wieder gefasst. Mit Tränen in den Augen fragte er uns, wie Volker Werle zu Tode gekommen sei. Nun war es an mir, diese Frage zu beantworten. „Wir gehen von einem Tötungsdelikt aus."

Schlagartig verstummten die Stimmen im Raum. Die Gruppe sah uns entgeistert an. Das Tanzmariechen schluchzte nun noch lauter. Ein älterer Tänzer mit gezwirbeltem Schnurrbart nahm sie in den Arm und streichelte ihr tröstend über den Kopf. Bürrig starrte uns mit offenem Mund an und rief dann entgeistert: „Mord? Dat es doch ene Wetz, oder? Nä, dat kann nit sin! Nit dä leeve Volker!" Bürrig sackte in sich zusammen und schenkte sich ein Glas Bommerlunder ein, das er in einem Zug leerte.

„So leid es uns in dieser Situation auch tut, aber wir müssen Ihnen ein paar Fragen stellen. Ist Ihnen in Bezug auf Volker Werle in den letzten Tagen – insbesondere gestern Abend – irgendetwas Ungewöhnliches aufgefallen?", wollte Andríkos wissen. „Jeder von Ihnen kommt als potenzieller Zeuge infrage." Er belehrte die Anwesenden über ihre Rechte und Pflichten als Zeugen. Aber der Großteil der Fescherjunge schien ihn gar nicht wahrzunehmen. Sie waren mit ihrer Trauer beschäftigt. Nur ein Vereinsangehöriger schien Andríkos' Frage mitbekommen zu haben. Der etwa 17-jährige, schlaksige Junge mit dicken Aknepickeln im Gesicht hob wie ein Schuljunge den Arm und wandte sich an Andríkos: „Also, wenn Sie so fragen – mir ist schon was aufgefallen. Das war aber nicht gestern, sondern an Weiberfastnacht. Da waren wir nach unserem letzten Auftritt noch mit allen unterwegs. Und da hat der Volker in der Kneipe die ganze Zeit versucht, so 'nen Typen anzuquatschen. Der schien da aber gar keinen Bock drauf zu haben. Hat sich voll aufgeregt und ihm den Stinkefinger gezeigt und so.

Nachher hat der den Volker sogar am Kragen gepackt und wollte dem eine reinhauen. War voll die krasse Aktion von dem Typen."

Der Junge setzte sich wieder. Stolz über seine eigene Beobachtung blickte er sich im Raum um. Bürrig nahm einen Schluck Kölsch und schüttelte den Kopf. „Es üch dat och opjefalle? Also ich han nix jesinn."

Damit gab er einem etwa 25-jährigen, äußerst korpulenten Vereinsmitglied das Stichwort. „Doch, doch, Rolf, der Mike hat schon recht. Jetzt fällt's mir wieder ein. Ich hab auch gesehen, wie dieser Typ dem Volker an den Kragen wollte. Ich wollte sogar noch eingreifen, aber Volker meinte, dass alles in Ordnung sei."

„Als wenn du feiger Dickarsch irgendwo dazwischengehen würdest. Du schreist doch schon nach deiner Mama, wenn du nur 'nen Furz quer sitzen hast", entgegnete ihm darauf ein Mann um die dreißig mit schwarzen Haaren, Schnäuzer, sonnenbankgebräunter Haut und dicker Goldkette um den Hals, was für verhaltenes Gelächter unter den Vereinskameraden sorgte. Diese Fescherjunge schienen ja einen netten Umgangston untereinander zu pflegen.

„Lieber feige und dick als klein und doof", erwiderte der Dicke und verschränkte die Arme vor der Brust wie ein trotziges Kind. Der Sonnenbank-Proll sprang wie elektrisiert auf, wobei er sein noch volles Glas Kölsch umstieß, dessen köstlicher Inhalt sich nunmehr auf die abgenutzte Holztischplatte ergoss. Dabei konnte man sehen, dass es sich tatsächlich um einen wahrhaftigen „Giftzwerg" handelte, der höchstens einsfünfundsechzig groß war. „Mario, ich sag's dir nur ein Mal: Treib's nicht zu weit, sonst kriegste eins in deine blöde Fresse, klar?"

Der dicke Mario sah sich nun hilfesuchend im Raum um und machte sich auf seinem Stuhl immer kleiner.

„Wor dat jetz wirklich nüdich, Ralf? Dä ärme Volker es duud un du määs he esu ene Opstand. Dat es nit nett vun dir!", ermahnte Rolf Bürrig den kleinen Wüterich, was dieser nur mit einem ausgestreckten Mittelfinger quittierte. Jetzt mischte sich das Tanzmariechen in das Gespräch ein: „Du bist doch echt das allerletzte Arschloch, Ralf! Schämst du dich eigentlich gar nicht? Der arme Volker ist tot! Also halt gefälligst den Ball flach!“

„Volker hier, Volker da. Ich kann’s langsam echt nicht mehr hören! Der Typ war der größte Versager, der rumgelaufen ist. Aber ihr fandet das Weichei ja alle klasse“, sagte Ralf und zeigte der kompletten Truppe einen Vogel. Das Tanzmariechen schrie Ralf nun an: „Ja, das war er auch! Ein ganz toller Typ. Ich hab jedenfalls sehr gerne mit ihm getanzt. Du warst doch von Anfang an nur neidisch auf ihn!“

„Ich? Neidisch? Auf diesen Idioten? Dass ich nicht lache. Worauf sollte ich bitteschön neidisch sein? Dass er seinen Job verloren hat? Dass seine Alte ihn vor die Tür gesetzt hat? Glaubste ja wohl selbst nicht!“

Der dicke Mario hatte sich nun wieder gesammelt. Er nahm allen Mut zusammen und fauchte seinen Kontrahenten an: „Natürlich warst du neidisch. Weil du’s nicht gepackt hast, Tanzoffizier zu werden. Den Posten wolltest du doch schon, als das noch unser Dietmar war. Und als der dann vor zwei Jahren aus Altersgründen aufgehört hat, hat der Vorstand den Volker genommen, obwohl der im Gegensatz zu dir noch keine zehn Jahre im Verein war, sondern gerade erst angefangen hatte. So sieht’s doch aus.“

„Et wor richtich, dä Volker zom Danzoffizeer ze maache. Dä hätt et dropjehat“, sagte Rolf Bürrig und schaute die vor ihm stehende Flasche Bommerlunder fast ein wenig verliebt an. Jetzt gab’s für den ohnehin wütenden Ralf kein Halten mehr. Erneut sprang er von seinem Stuhl auf. Dabei rempelte er seinen Nachbarn so stark an, dass sich dieser das Glas Kölsch gegen die Zähne schlug und aufschrie.

„Was war das? Richtig? Ich glaub, ich spinn! Dieser Hirni konnte doch keinen Schritt geradeaus tanzen. Ach, leckt mich doch alle am Arsch!“ Sprach’s, setzte sich wieder hin und trank das volle Glas Kölsch seines verdutzten Sitznachbarn auf ex.

Aber Mario wollte noch nicht aufhören. Er provozierte Ralf weiter: „Wo warst du eigentlich gestern Abend, Ralf? Bist ja ziemlich schnell abgehauen ...“ Er bedachte den immer wütender werdenden Ralf mit einem süffisanten Lächeln und wandte sich an uns: „Wissen Sie, wir hatten gestern um Viertel nach zehn den letzten Auftritt hier in Niehl und sind dann alle gemeinsam hier in die Fischerstube gegangen, um den Tag gemütlich ausklingen zu lassen. Aber Volker hat sich schon so gegen zwölf verabschiedet. Er hatte sich einen Funkmietwagen gerufen, das habe ich mitbekommen. Er saß neben mir, als er da angerufen hat. Bei Auto-Blitz. Und kurz darauf ist Ralf auch gegangen."

Uns wurde an diesem Abend wirklich einiges geboten. Zuerst lautstarker Streit, Vereinsmeierei und nun auch noch eine indirekte Mordbezichtigung. Wenn sich diese Aussage bewahrheiten sollte, konnten wir durch diese Angaben immerhin den mutmaßlichen Tatzeitpunkt ein wenig eingrenzen. Auch, wenn wir uns bislang wie neutrale Beobachter zurückgehalten hatten, war jetzt der Punkt erreicht, erneut in das Gespräch einzugreifen. So wandte ich mich an diesen Ralf: „Haben Sie dazu irgendetwas zu sagen, Herr ..."

„Otterbein", klärte mich der siegessichere Mario auf.

Aber Ralf Otterbein dachte gar nicht daran, mir zu antworten. Er sprang nunmehr zum dritten Mal auf und wollte sich auf Mario stürzen, der drei Plätze weiter saß. „Ich stopf dir dein dreckiges Maul, du fette Qualle!", tobte er und hob die Fäuste. Otterbeins Tischnachbarn packten ihn jedoch an den Schultern und setzten ihn unsanft wieder hin.

Langsam wurde ich ungehalten. „Also, Herr Otterbein. Beantworten Sie mir bitte meine Frage. Stimmt es, dass Sie heute Nacht kurz nach Werle dieses Lokal verlassen haben?"

Ralf Otterbein schien sich geschlagen zu geben. Mit gesenktem Kopf sagte er kleinlaut: „Ja."

„Und weiter?", wollte Andrikos wissen.

„Nichts weiter. Hab mir 'n Taxi genommen und bin heimgefahren. Nach Nippes. Hab früher hier in Niehl gewohnt, aber die Bude in der Hartwichstraße war Susis und meine Wohnung. Und die hab ich ja vor 'n paar Wochen rausgeschmissen, diese Schlampe!"

Das nahm ich Otterbein nicht ab. Sonst hätte er nicht so beschämt auf den Boden geguckt.

„Herr Otterbein, sind Sie sicher, dass Sie uns hier die Wahrheit sagen?"

Trotz des relativ schummrigen Lichts meinte ich zu erkennen, dass Otterbeins Gesicht rot anlief. Von seiner prolligen Aufsässigkeit war nicht ein Hauch übrig geblieben. Stammelnd antwortete er: „J-ja m-m-mein G-Gott, i-ich war im Puff in der Hornstraße. Seit ich mich von der Susi getrennt hab, hat sich halt einiges an Druck aufgebaut, Sie verstehen? Ist doch wohl kein Verbrechen, oder?"

Ich hörte, wie sein dicker Widersacher Mario prustend einen Lachanfall unterdrückte. Heute kann ich beim besten Willen nicht mehr sagen, ob Andríkos' folgende Frage tatsächlich ernst gemeint war, oder ob er diesen Sonnenbank-Fuzzi bewusst dem Spott seiner Vereinskameraden preisgeben wollte. Jedenfalls fragte er mit seinem unschuldigsten Gesichtsausdruck: „Gibt's dafür Zeugen?", worauf ein Großteil der Fescherjunge seine Trauer um Volker Werles Ableben kurzzeitig vergaß und laut drauflos grölte. Das Tanzmariechen verließ angewidert den Raum, Rolf Bürrig schüttelte nur ungläubig den Kopf und leerte sein Glas Kölsch in einem Zug, wobei ein Großteil des Gerstensafts durch seinen Bart das Kinn hinunter rann. Ralf Otterbein musterte Andríkos feindselig. Noch während der Rest der Truppe lachte, sagte er meinem Kollegen, dass er sich an den Namen der Prostituierten, mit der er den jungen Morgen verbracht hatte, nicht erinnern könne. „Dafür war ich viel zu besoffen. Das war auf jeden Fall so 'ne Schlitzaugen-Tussi von einer der unteren Etagen. Keine Ahnung. Als ich fertig war, bin ich dann zu Fuß heim."

„Sonst noch was?", fragte Andríkos.

„Nein. Obwohl – wenn Sie so fragen ... Ich hatte mir 'n Taxi gerufen, das mich zum ‚Pascha' fahren sollte. Meinen alten Schulfreund José hier aus Niehl. Der hat 'n eigenes Taxi. Der hatte auch Zeit. Zehn Minuten nach meinem Anruf hat der mich hier vorne auf dem Niehler Damm abgeholt. José Álvarez heißt der mit vollem Namen. Wohnt an der Sebastianstraße." Die ganze Situation war Otterbein verständlicherweise mehr als peinlich. Aus irgendeinem Grund glaubte ich ihm. Wenn er wirklich etwas mit Volker Werles Ableben zu tun gehabt hätte, hätte er sich sicherlich ein anderes, nicht ganz so peinliches Alibi wie den Besuch eines stadtbekannten Puffs besorgt. Außerdem erschien es mir weit hergeholt, dass jemand zum Mörder wurde, nur weil ein anderer ihm den Posten als Tanzoffizier vor der Nase weggeschnappt hatte. Nein, Ralf Otterbein passte nicht so recht ins Täterprofil. Da erschien die Sache mit dem Unbekannten, den Volker Werle an Weiberfastnacht mehrmals versucht hatte, anzusprechen, erfolgversprechender. Die illustre Runde hatte sich zwischenzeitlich wieder beruhigt; man hörte nur noch vereinzelte Witze über Otterbeins Ausflug in den Puff.

Andríkos hatte gemerkt, dass ich auf das Thema mit dem Unbekannten von Weiberfastnacht zurückkommen wollte und wandte sich erneut an Mike: „Sie sind eben in Ihren Ausführungen unterbrochen worden. Also, Herr Werle hat versucht, diesen Fremden anzusprechen. Aber der wollte nicht mit ihm reden und hat ihn sogar am Kragen gepackt. Das habe ich doch soweit richtig verstanden, oder?"

Mike nickte stumm. Andríkos bohrte weiter nach: „Was ist dann passiert?"

Der Junge, der sichtlich stolz war, dass uns seine Beobachtung von Weiberfastnacht so sehr interessierte, überschlug sich bei seiner Antwort fast: „Ja, also, so viel ist dann nicht mehr passiert. Dieser Typ ist irgendwann gegangen. Kurz darauf auch der Volker. Nach ein paar Minuten ist er dann zurückgekommen. Obwohl – jetzt, wo ich mich erinnere ... Ey, voll komisch war der Volker, als er wiedergekommen ist. So verstört, wissen Sie? Ja, also so richtig lange ist er dann auch nicht mehr geblieben. Der hat sich ein paar Minuten später verabschiedet und ist dann ab nach Hause. Und dann – ja, und dann sind ja auch schon die Bullen – äh, ich meine die Polizisten – und die Sanitäter gekommen."

Andríkos und ich schauten uns verblüfft an. Mein Kollege

reagierte schneller als ich. „Wie? An dem Abend kamen Kollegen von uns in der Kneipe vorbei? Was war denn da passiert?"

Rolf Bürrig hatte erneut einen Schluck Bommerlunder getrunken. So gestärkt nahm er dem Jugendlichen die Antwort auf unsere Frage ab: „Na, do em ‚Jan' es doch dä Klaus-Dieter ömjebraat woode! Ich mein, dä Här Döring. Ene nette Käl! Ich kenn dä allt en paar Johr. Schlemm Saach!"

Das durfte doch nicht wahr sein! Unser Toter war am Tattag in der Kneipe gewesen, in der der Döring getötet aufgefunden worden war. War das etwa ein Zufall? Ich konnte es mir jedenfalls kaum vorstellen. So was gab's doch sonst nur in drittklassigen Hollywoodstreifen.

„Sie wollen uns jetzt allen Ernstes sagen, dass Sie im ‚Jan' waren, als da der Klaus-Dieter Döring getötet worden ist?"

Der dicke Mario antwortete: „Ja, das war richtig spannend. Ihre Kollegen haben von uns allen die Personalien aufgenommen. Hat ziemlich lange gedauert. Da hatten wir einmal die Chance, an Weiberfastnacht ins ‚Jan' zu kommen, weil uns ein Bekannter vom Rolf, der im Senat vom Reiter-Korps ist, eingeladen hatte, und dann so was ..."

„Aber wenn ich Sie richtig verstanden habe, haben dieser Unbekannte und Herr Werle das Lokal vor dem Eintreffen der Polizei verlassen?", wollte Andríkos wissen.

„Ja, Mann. Da hat der Volker echt Glück gehabt. So lange, wie das gedauert hat ...", antwortete Mike.

„Hat Herr Werle Ihnen gegenüber im Nachhinein noch mal etwas in Bezug auf das Zusammentreffen mit dem Unbekannten gesagt?"

Mike schüttelte eifrig den Kopf. „Gesagt hat er nix mehr dazu. Hat auch keiner nach gefragt. Ich hab Ihren Kollegen aber auch von mir aus nix davon gesagt, als die uns an dem Abend im ‚Jan' befragt haben. Sorry, aber das hatte ja mit dem Mord wohl nix zu tun, ne?", fragte er, als ob er sich dadurch Gewissheit verschaffen wollte, den Beamten am Tatort keine relevante Beobachtung verschwiegen zu haben. „Aber, ey, der Volker war seit dem

Abend voll komisch. So voll neben der Spur. Halt so in Gedanken und abwesend und so."

Das Tanzmariechen, das zwischenzeitlich wieder in den Raum zurückgekehrt war, pflichtete dem Teenager bei: „Ja, Mike, da hast du recht. Der Volker war seit Weiberfastnacht total unkonzentriert. Gestern Abend im Pfarrsaal hätte er mich bei einer Hebefigur fast auf die Bühne fallen lassen. Das ist ihm sonst noch nie passiert."

Der ältere Vereinskamerad mit dem Zwirbelschnäuzer meldete sich nun erstmals zu Wort: „Und jetzt, wo ihr's sagt: Mir ist er bei den letzten Auftritten ein paar Mal auf die Füße getreten. Sonst hat er immer die anderen Tänzer angemotzt, wenn die das aus Versehen mal bei ihm gemacht haben. Der war wirklich vollkommen neben der Spur seit Donnerstag."

Die Sache wurde immer interessanter. Vielleicht war dieser Fremde der Schlüssel zur Lösung des Falls. Ich wandte mich an den Jugendlichen: „Wissen Sie noch, wie dieser Unbekannte im ‚Jan' aussah?"

Mike lächelte überlegen. „Na klar, ey. Der hatte so voll das krasse Indianerkostüm an. Mit allem Drum und Dran. Und voll fett mit Kriegsbemalung im Gesicht. Und so Federn aufm Kopp wie aus 'nem richtigen Western. Sah echt klasse aus."

Der dicke Mario bestätigte Mikes Aussage: „Ja, genau. War ein total tolles Kostüm! Das hatte in dem Laden sonst keiner an."

Mir fielen das Bild in Volker Werles Zimmer und die Aussage seines Vaters ein. Bevor er bei den Fescherjunge als Tänzer angefangen hatte, war er ja Mitglied bei den Mauenheimer Rothäuten gewesen. Wir sollten uns dringend mit diesem Verein in Verbindung setzen und diesen Unbekannten, der Volker Werle an dem Abend im „Jan" so unwirsch abserviert hatte, vernehmen. Ich schaute auf die Uhr: 23.14 Uhr. Eigentlich wurde es Zeit, ins Präsidium zurückzufahren. Doch wir mussten noch die Zeugenaussagen von Mario und Mike aufnehmen, aufgrund der herrschenden Lautstärke aber nicht in dieser Kneipe. Und da wir bereits genug zu tun hatten, wollte ich sie nicht auch noch für den nächsten Tag vorladen. Da Mario Hansmann – so hieß der „wohlgenährte“ der beiden Zeugen – laut eigener Aussage sowieso relativ alkoholabstinent lebte und daher für seine Vereinskameraden gerne den Chauffeur spielte, erklärte er sich kurzerhand bereit, uns mit seinem Wagen zum Präsidium zu folgen und den jungen Zeugen Mike Hettich mitzunehmen. Die Personalien der anderen hatten wir zwischenzeitlich aufgenommen, bei Bedarf würden wir uns bei ihnen melden. Da Ralf Otterbein der einzige Anwesende mit einem möglichen Tatmotiv war, baten wir auch ihn, uns zu begleiten. Widerwillig erklärte er sich bereit, bei seinem verhassten Vereinskameraden mitzufahren.

Während sich Andríkos um die Vernehmungen Hansmanns und Otterbeins kümmerte, nahm ich Mike Hettichs Aussage auf. Gegen halb eins verabschiedeten wir uns von Werles drei Vereinskameraden. Ich konnte hören, wie Andríkos laut gähnte und musste schmunzeln. Die Damenwelt hatte ihm in der vergangenen Nacht wohl zu viel abverlangt ...

7. Kapitel: Auf Indianerjagd

Polizeipräsidium Köln, GS, ZKB, KG 1, KK 11, MK 3,
Walter-Pauli-Ring 2–4, 51103 Köln-Kalk,
Montag, 3. März 2003, 00:53 Uhr

Andrikos hatte sich auf den Heimweg gemacht. Unser MK-Leiter hatte zwischenzeitlich offiziell den Feierabend verkündet, woraufhin auch Dario, Nina, Wolle und Ralf gegangen waren. Sie wollten zuhause ein paar Stunden schlafen und Punkt halb acht wieder im Büro sein.

Die Feier bei Marcel am vergangenen Abend und die inzwischen fast dreiundzwanzig Stunden Dienst hatten auch bei mir ihre Spuren hinterlassen. Ich war hundemüde. Aber ans Schlafen konnte ich nicht mal denken. Schließlich wollte ich noch einen Vermerk hinsichtlich Herrn Nießens Alibi und dessen (wenn auch vorläufige und nicht förmlich protokollierte) Bestätigung durch seine Vereinskameraden fertigen. Darüber hinaus hatte ich mir vorgenommen, die der MK „Thiebold" überlassenen Bilder des Gastwirtes vom „Jan" nach Fotos, die den Unbekannten im Indianerkostüm zeigten, zu durchforsten. Trotz dieses Entschlusses überlegte ich einen Moment, mich dieser zeitintensiven Aufgabe erst am nächsten Morgen zu widmen und jetzt erst mal auf ein oder zwei Kölsch in meine Stammkneipe, das „Kalker Eck" meines alten Kumpels Alfons, einzukehren, um danach seelenruhig einzuschlafen. Aber diesen Gedanken verwarf ich genauso schnell wieder, wie er mir in den Sinn gekommen war. Stattdessen trat ich hinaus auf den menschenleeren, notbeleuchteten Flur. Es wäre die ideale Szenerie für einen Horrorfilm gewesen, schließlich war ich jetzt weit und breit der Einzige in diesem Teil des Präsidiums. Nachdem ich meine P6 im Waffenfach eingeschlossen und den Vermerk zu Papier gebracht hatte, betrat ich das dunkle Büro meiner beiden Kollegen Thorsten und Marco. Auch sie hatten sich „vom Acker gemacht". Nachdem ich den Lichtschalter betätigt hatte und die grellen Neonröhren an der Decke nach kurzem Flackern den Raum nun hell erleuchteten, bereute ich meine Entscheidung, mich in der kommenden Nacht den Bildern widmen zu wollen. Die Schreibtische waren mit Stapeln von Bildern übersät, ganz zu schweigen von den großformatigen Aufnahmen, die meine Kollegen scheinbar wahllos an jede erdenkliche freie Stelle ihrer Bürowände gepinnt hatten. Ich fragte mich, wie ich in diesem heillosen Chaos auch nur ein Bild finden sollte, auf dem der unbekannte Indianer abgebildet war. Es kostete mich große Überwindung, mit meiner Suche zu beginnen. Die Bilder, die der Wirt des „Jan" am Abend des vergangenen Donnerstags gemacht hatte, zeigten ausnahmslos ausgelassene, fröhliche Karnevalisten. Nichts an diesen Bildern deutete darauf hin, dass das Gasthaus nur Stunden später zum Schauplatz eines heimtückischen Mordes werden sollte. So entdeckte ich Bilder von schunkelnden Mitgliedern des Reiter-Korps, ein Angehöriger der Prinzen-Garde tanzte mit einem Altstädter „Stippeföttche". Zwei weitere Mitglieder des Reiter-Korps Jan von Werth in ihren historischen, musketierähnlichen Uniformen mit schweren, ledernen Reitstiefeln führten mit ihren gezogenen Säbeln einen Tanz vor. Wie bereits gesagt, eigentlich war der Keller des „Jan", das Kasino, an Weiberfastnacht für die Mitglieder dieses traditionsreichen Reiter-Korps reserviert. Aber diesmal hatten sie ja anlässlich ihres Jubiläums eine Ausnahme gemacht. So waren auch die Fidelen Rheinschiffer und ihr Kommandant Klaus-Dieter Döring auf mehreren Aufnahmen verewigt. Ganz so wie vergangenen Dienstag hatte sich die Truppe um den Kommandanten versammelt. Döring wirkte auf den Bildern irgendwie gequält, sein Lächeln war steif und gestellt. Auf einem weiteren Foto war ein Offizier der Nippeser Bürgerwehr, deren Mitglieder aufgrund ihrer orangefarbenen Uniformröcke auch liebevoll „Appelsinefunke" genannt wurden, abgebildet, der mit einem vollen Glas Kölsch in der Hand fröhlich in die Kamera lächelte. Ein Tänzer der Helligen Knäächte un Mägde hatte seine Tanzpartnerin hochgehoben und hielt sie strahlend in die Kamera.

Je mehr Bilder ich betrachtete, umso trauriger war ich, dass uns an diesem Abend der Eintritt in den Karnevalisten-Treffpunkt verwehrt geblieben war. In dem Laden musste eine tolle Stimmung geherrscht haben. Irgendwann fand ich dann auch Bilder der Fescherjunge. Ich erkannte unseren Hinweisgeber Mike, der den alternden Tanzkommandanten Rolf Bürrig umarmte und mit ihm anstieß. Ein weiteres Bild zeigte das Tanzmariechen der Fescherjunge zusammen mit dem dicken Mario. Neben ihm stand der Puffbesucher Ralf Otterbein und schnitt seinem „verhassten" Vereinskameraden Grimassen. Die beiden schienen sich wirklich nicht grün zu sein. Ich suchte weiter. Meine Augenlider wurden immer schwerer.

Und dann auf einmal – Bingo! Neben zwei schunkelnden Mitgliedern des Reiter-Korps, die das Hauptmotiv des Bildes waren, befand sich am rechten Bildrand Volker Werle. Er stand etwas abseits im Hintergrund. Er hatte sich nach links gewandt, sein Mund stand offen, als würde er gerade mit jemandem reden. Nur mit wem, konnte man leider nicht erkennen, da die beiden fröhlichen Herren mit ihren Musketieruniformen und den Federbüschen an ihren Hüten den Hintergrund verdeckten. Ich konnte hinter dem Hut eines der beiden Karnevalisten jedoch mehrere Federspitzen ausmachen, die an den Kopfschmuck eines Indianers erinnerten. Aber das sollte in dieser Nacht nicht mein einziges Fundstück bleiben. Einige Fotos weiter wurde ich erneut fündig: Das Bild zeigte zwei „Appelsinefunke", die gerade eine Zwei-Mann-Polonaise bildeten. Und im linken Bildhintergrund stand er in voller Größe – der unbekannte Indianer. Sowohl Mike als auch Mario hatten mit ihrer Beschreibung des Kostüms wahrhaftig nicht übertrieben. Das Kostüm, bestehend aus einem beigefarbenen Anzug mit allerlei bunten Stickereien und Fransen, langhaariger, schwarzer Perücke, einem Kopfschmuck aus mehreren großen Federn am Hinterkopf und aufwändiger Kriegsbemalung im Gesicht sah äußerst originalgetreu aus. Als sei der Unbekannte auf direktem Weg aus einem US-amerikanischen Indianerreservat angereist. Ich erinnerte mich abermals an das Bild in Werles Zimmer und stellte fest, dass die darauf abgebildeten

Mauenheimer Rothäute das gleiche Kostüm wie dieser Unbekannte aus dem „Jan" trugen. Noch insgesamt drei weitere Bilder, die den kölschen Indianer im Hintergrund zeigten, konnte ich in dieser Nacht in dem Fotochaos entdecken. Alle Bilder hatten eines gemeinsam: Der Mann, der dank seiner Kriegsbemalung und der mangelnden Bildschärfe für eine Identifizierung unkenntlich war, schaute hochkonzentriert, ganz so, als würde er jemanden beobachten. Von karnevalistischem Frohsinn war in seinen Gesichtszügen keine Spur. Trotz des Kostüms wirkte er an diesem Ort der Ausgelassenheit deplatziert. Wahrscheinlich war dieses abweisende Äußere auch der Grund, weshalb der Jan-Wirt keine Großaufnahme von ihm gemacht hatte. Dieses Motiv hätte sich eigentlich wegen des prachtvollen Kostüms gelohnt.

Ich suchte noch nach weiteren Aufnahmen des Indianers, fand aber keine mehr. So packte ich meine Ausbeute, brachte sie in mein Büro und verließ den einer alten Geisterstadt im Wilden Westen ähnelnden Flur des KK 11. Ein Blick auf meine Armbanduhr zeigte mir, dass es bereits 2.37 Uhr war. Ich hatte fast drei Stunden die Bilder durchstöbert! Dabei kam es mir vor, als hätte ich gerade mal eine halbe Stunde gesucht. Wie in Trance verließ ich das Präsidium und ging zu Fuß nach Hause. Ich musste dringend ein wenig schlafen, duschen und frische Klamotten anziehen. Mein grauer Rollkragenpulli war durchgeschwitzt und stank nach Zigarettenqualm. Als ich mich um Viertel nach drei ins Bett legte, schlief ich keine Minute später ein ...

Die Menschenmenge jubelte mir freudestrahlend zu, als ich auf meinem prächtigen Wagen durch die Severinstorburg rollte und den maskierten Jecken, die begeistert „D'r Prinz kütt!" riefen, tonnenweise Kamelle und Strüßjer zuwarf. Ich hatte hoch oben auf dem liebevoll geschmückten Wagen die Hälfte der Severinstraße passiert, als mich ein schrilles Geräusch aufschrecken ließ. Ich öffnete die Augen und musste feststellen, dass ich nur im Traum Prinz Karneval gewesen war. Stattdessen lag ich in meiner dunklen Wohnung in der Bertramstraße und fragte mich, warum dieser schöne Traum ein so jähes Ende haben musste. Ein Blick auf meinen Wecker verriet mir, dass es Viertel vor sieben war. Damit hatte ich gerade mal dreieinhalb Stunden geschlafen. Nicht besonders viel, aber gerade genug, um den bevorstehenden Ermittlungstag zumindest halbwegs zu überstehen. Missmutig ging ich unter die Dusche. Schließlich war heute der Tag, den jeder echte Karnevalist als DEN Höhepunkt der Session betrachtete: Rosenmontag. Obwohl es anstrengend sein musste, die sechs Kilometer quer durch die Kölner Innenstadt mit zwei umgehängten Stoffbeuteln, die randvoll mit Kamelle, Pralinenschachteln und Strüßjer gefüllt waren, zu Fuß zu gehen, war es einer meiner größten Wünsche, auch einmal das Bad in der jubelnden Menge zu genießen. Einen Vorgeschmack darauf hatte mir bislang der Ehrenfelder Dienstagszug vermittelt, an dem wir Kuletschhöt jedes Jahr teilnahmen. Es ist schwer, diese einzigartige Stimmung jemandem zu beschreiben, der dieses Spektakel noch nie live miterlebt hat. Und dieses Mal würden Marcel, Hartmut, Erich und die anderen Vereinsmitglieder der Löstijen Kuletschhöt ohne Dario und mich aufbrechen müssen, um mit den anderen Jecken am Zugrand den Zugteilnehmern zuzujubeln und Kamelle zu fangen.

Entsprechend demotiviert stieg ich in meinen alten 3er, startete den Motor und brauste zum Polizeipräsidium. Als ich um halb acht im Büro ankam, besserte sich meine Laune durch den Duft frisch aufgebrühten Kaffees spürbar. Als ich dann meine sechs Mitstreiter – Nina, Dario, Theo, Andríkos, Wolle und Ralf – beim Vorbereiten des Frühstückstisches im Besprechungsraum sah und mir Ralf darüber hinaus erklärte, er habe frische Brötchen und Aufschnitt gekauft, damit wir uns alle für den anstrengenden Tag stärken könnten, wurde dieser positive Effekt noch verstärkt. Wir saßen etwa eine halbe Stunde in dem großen Raum. Die drei Brötchen mit Schinken und Käse sowie der starke Kaffee ließen mich meine trüben Gedanken vollends vergessen und taten meinem angeschlagenen Körper gut.

Ich erzählte den Kollegen von meinem nächtlichen Bilderfund und reichte die fünf Aufnahmen in der Gruppe herum.

„Gute Arbeit, Pitter. Verdammt gute Arbeit“, sagte Theo und zündete sich eine Zigarette an, was Dario mit einem giftigen Bick quittierte.

Die sechs stimmten mir dahingehend zu, dass wir uns dringend um die Mauenheimer Rothäute und den merkwürdigen Unbekannten kümmern mussten.

„Der Micha hat ja gestern richtig Druck gemacht, dass wir den Fall schnellstmöglich aufklären sollen. Zuerst hab ich gedacht, der will uns einfach nur Feuer unterm Hintern machen. Aber er scheint recht zu haben. Die Presse spielt völlig verrückt. Hier, seht selbst“, sagte Theo und legte zwei Zeitungen auf den Tisch, die er aus einer Aktenmappe fischte.

„Der blanke Wahnsinn“, ergänzte unser MK-Leiter empört.

KÖLN: ANGST VOR „JUPP THE RIPPER“

Todesfalle Karneval

VON HANNES LÜSSEM UND MATTHIAS BRANDES (FOTOS)

ZWEITER MORD IN DER ALTSTADT INNERHALB WENIGER TAGE

„Dieses Arschloch!“, schrie ich auf. „Wie kommt der auf so ’ne Scheiße? ‚Jupp the Ripper‘ – der hat sie doch nicht alle!“

Theo nickte. „Ich habe mir diesen Schund nicht durchgelesen. Aber dieser Lüssem bringt wohl den Mord im ‚Jan’ und diesen Fall miteinander in Verbindung und möchte die Tat gerne einem Serientäter in die Schuhe schieben. Genau wie seine Kollegin von einem gewissen anderen Boulevard-Blatt, diese Gaby Möltgen. Ihre Schlagzeile ist noch geschmackloser“, sagte er und deutete auf die zweite Zeitung auf dem Tisch.

Schon zweiter Karnevals-Mord

Irrer Serienkiller in Köln?

MÖRDER ALAAF!

Von Gaby Möltgen

„Ist das krank!“, meinte Nina kopfschüttelnd.

„Die Artikel selbst braucht man wahrscheinlich gar nicht erst zu lesen. Diese Überschriften reichen schon völlig aus. Man sollte diese beiden Schmierfinken echt mal dem Presserat melden. Dabei habe ich der Pressestelle doch fundierte Informationen zu dem Fall an die Hand gegeben, auf die die Schreiberlinge zurückgreifen können“, sagte Theo.

„Diese Idioten werden sich doch nie ändern“, warf ich ein.

„Vermutlich hast du recht“, entgegnete Theo resigniert. „Aber kommen wir zurück zu unseren Ermittlungen. Wir sollten auf jeden Fall auch mit Otterbein auf Nummer sicher gehen und uns im ‚Pascha’ umhören. Andríkos, das ist doch eine Aufgabe für dich. Schnapp dir den Ralf und sieh zu, was du da vor Ort über Otterbeins angeblichen Puffbesuch in Erfahrung bringen kannst.“ Das führte zu allgemeinem Gelächter.

„Nix lieber als das, Chef“, entgegnete Andríkos mit lüsternem Blick.

„Setz dich auch mit diesem Taxifahrer José in Verbindung. Laut Otterbeins Aussage hat der ihn ja zum ‚Pascha' kutschiert. Wolle, du setzt dich mit diesem Funkmietwagenservice Auto-Blitz in Verbindung. Wenn sich diese Sache bewahrheiten sollte, können wir den Tatzeitpunkt immerhin eingrenzen. Frag auch nach irgendwelchen Auffälligkeiten in Werles Verhalten dem Fahrer gegenüber. Vielleicht bringt uns das ja endlich mal ein Stück weiter."

Ich setzte mich an den Internetrechner und versuchte, eine Kontaktadresse oder -nummer der Rothäute in Erfahrung zu bringen. Zunächst wurden meine Erwartungen enttäuscht. Entgegen dem Trend besaßen die Mauenheimer Rothäute keine eigene Homepage. So forschte ich in der Online-Version des Kölner Telefonbuchs weiter – und wurde fündig. Die Kontaktnummer, die dort verzeichnet war, gehörte einem gewissen Hermann-Josef Reichert aus der Etzelstraße in Mauenheim. Ich druckte mir den Telefonbucheintrag aus und wählte die dort angegebene Nummer. Nach zweimaligem Klingeln meldete sich eine ungehalten klingende Stimme: „Reichert."

„Guten Morgen. Spreche ich mit Hermann-Josef Reichert?"

„Ja. Wer will dat wissen? Fassen Se sich kurz!"

Na, das schien ja ein äußerst angenehmer Zeitgenosse zu sein. „Merzenich ist mein Name, Kripo Köln. Ich möchte mit Ihnen über Ihr ehemaliges Vereinsmitglied Volker Werle sprechen. Hätten Sie Zeit?"

„Spinnen Sie, oder wat? Haben Se mal auf die Uhr geguckt? Ich muss zum Zoch. Wenn wir noch gute Plätze am Severinstor kriegen wollen, müssen wir uns beeilen. Mein ganzer Verein wartet schon auf mich. Und überhaupt: Wat hab ich noch mit dem Werle zu tun?"

Es schien, als müsste ich schwere Geschütze auffahren, wenn ich Reichert zur Zusammenarbeit bewegen wollte. „Herr Werle ist in der Nacht von Samstag auf gestern getötet worden!"

„Wat? Dat gibt et doch nit! Es ja schlimm! Aber wie sollte ich Ihnen da helfen können?"

„Es gibt da noch ein paar Punkte, weswegen ich noch einige Fragen speziell an Sie hätte. Sie sind doch im Vereinsvorstand, oder?"

„Ja, ich bin der Vorsitzende. – Na gut. Meinetwegen. Dann kommen Se halt vorbei. Aber schnell, wenn et geht."

Reichert wollte mir noch eine Wegbeschreibung zu seiner Wohnanschrift in der Etzelstraße geben. Aber das war nicht nötig. Im Laufe der Zeit war ich aufgrund meines Berufs in alle erdenklichen Winkel von Köln gekommen. Und außerdem war ich in meinem „ersten Berufsleben" zwei Jahre im Nippeser Bezirk als Streifenbeamter unterwegs gewesen und hatte diese Gegend wie meine Westentasche kennengelernt. Auch die Etzelstraße, die alte, kleinbürgerliche Eigenheime beherbergte und unmittelbar an der Bahnlinie nach Neuss und Düsseldorf lag. Wie alle Straßen in dieser Gegend war sie nach einem Helden der Nibelungensage benannt. Ich informierte Theo über den Außentermin, der mich aufforderte, Dario mitzunehmen, und sich wieder dem Papierkram widmete.

Wir schnappten uns unsere Dienstwaffen und machten uns zu zweit auf den Weg. Unterwegs sagte Dario kein Wort. Er gähnte ununterbrochen, mehrmals fielen ihm die Augen zu. Beate hatte ihn wohl in der vergangenen Nacht nicht wirklich in Ruhe schlafen lassen ...

Wir passierten die Zoobrücke, fuhren über die Innere Kanalstraße, bogen rechts in die Neusser Straße und fuhren weiter unter der Gürtelhochbahn hindurch, bevor wir links in die Bergstraße abbogen. Nachdem wir die Kempener Straße überquert hatten und nunmehr im Nibelungenviertel waren, bogen wir rechts in die kleine Etzelstraße.

Die kleinen Einfamilienhäuschen wurden nur durch einen schmalen Asphaltweg vom gegenüberliegenden Bahndamm getrennt. Ich fand auf Anhieb das kleine, alte, rostbraun verklinkerte Haus der Reicherts. Wir parkten den Dienstwagen am Straßenrand, öffneten das niedrige Gartentor und gingen über den gepflasterten Vorgartenweg zur Haustür. Ich hörte, wie hinter uns eine S-Bahn Richtung Neuss über die Schienen des Bahndamms rauschte. Wir klingelten. Keine Minute später öffnete ein dicklicher Mann um die sechzig die verglaste Tür. Der Mann, der das gleiche beigefarbene Indianerkostüm wie unser Unbekannter trug, hatte sich bis zum grauen Haaransatz mit rot-brauner Farbe geschminkt. An der Stirn konnte man einen schmalen Streifen seiner eigentlich kalkweißen Hautfarbe ausmachen. Seine Wangen waren mit einer aufwändigen, bunten Kriegsbemalung verziert. Zu dem positiven Eindruck, den die Kostümierung in ihrer Gesamtheit vermittelte, passte die kleine Nickelbrille, die auf der Nasenspitze des Mannes ruhte, absolut nicht. Der Mann winkte uns hektisch und unwirsch ins Hausinnere. Er wirkte gestresst. Ich glaubte, mich in einem Karnevalsmuseum wiederzufinden. An allen Wänden hingen unzählige Karnevalsorden der verschiedensten Gesellschaften und Vereine. Daneben gerahmte Autogrammkarten von karnevalistischen Lokalgrößen wie den Bläck Fööss, den Höhnern, den Paveiern, King Size Dick und Marie Luise Nikuta.

Wir bogen vom Hausflur in die kleine Küche ab, in der eine korpulente Frau in Reicherts Alter damit beschäftigt war, das Geschirr abzuwaschen. Herr Reichert stellte sie uns als seine Frau Gertrud vor.

„Also, was wollen Sie von mir wissen?“, fragte er, während wir zu dritt an dem kleinen Küchentisch Platz nahmen.

„Wie ich schon am Telefon erwähnte: Ihr ehemaliges Vereinsmitglied Volker Werle wurde in der Nacht von Samstag auf Sonntag getötet.“

Herr Reichert schüttelte stumm den Kopf und schaute gedankenverloren auf den Tisch. „Der Volker. War so ’n netter Kerl. Nä, dat hat er nit verdient.“ Wie alle anderen Personen, die unser Opfer kannten – außer Ralf Otterbein vielleicht –, hielt auch Herr Reichert große Stücke auf Volker Werle. Auch wenn er zugab, ihm nie so ganz verziehen zu haben, dass er die Mauenheimer Rothäute verlassen hatte.

„Obwohl er fast zehn Jahre dabei war, meinte er vor etwa zwei Jahren, sich verändern zu müssen. Er wollte unbedingt tanzen. Dabei konnte niemand so gut Trompete spielen wie er. Wir hatten richtige Probleme, einen guten Ersatzmann zu finden. Also, der Volker war in unserem Verein mehr als gut angesehen. Eine der Stützen unserer Truppe. Wer weiß – noch ein, zwei Jahre und ich hätte ihn vielleicht als meinen Nachfolger vorgeschlagen. Aber nein – der Herr wollte ja zu diesem drittklassigen Tanzverein, diesen Niehler Fescherjunge. Dabei haben viele bei uns im Verein zu ihm aufgeschaut. Ich hab's nie verstanden. Ehrlich nicht."

Er schüttelte den Kopf. „Aber Se sind bestimmt nit gekommen, um sich hier irgendwelche Lobeshymnen über den Volker anzuhören, oder?"

„Nein, gewiss nicht."

Ich berichtete Herrn Reichert von dem Unbekannten im Kostüm der Mauenheimer Rothäute, dem Volker Werle an Weiberfastnacht im „Jan" begegnet war und der jegliche Konversation mit ihm abgelehnt hatte. Und dass dieser Unbekannte für den Fortgang unserer Ermittlungen von äußerster Wichtigkeit sei. Nachdem ich mit meinen Ausführungen fertig war, zeigte ich ihm noch die fünf Bilder, die den unbekannten Indianer im „Jan" zeigten. Reichert schüttelte nur den Kopf. „Nä, beim besten Willen nit, Herr Kommissar. Dat könnte jeder aus unserem Verein sein. Also, ich erkenn den zumindest nit. Dafür sin die Bilder zu unscharf. Erkennst du den, Trudi?", fragte er und zeigte die Bilder seiner Frau, die gerade ein Kölschglas auf Hochglanz polierte.

„Keine Ahnung, Hermann. Ich weiß et auch nit." Damit hatte sie ihren Beitrag zur Konversation vorerst beendet und widmete sich wieder dem Polieren ihrer Trinkgefäße.

Aber Dario wollte sich so schnell nicht geschlagen geben. „Wo waren Sie denn mit Ihrer Truppe abends an Weiberfastnacht? Könnte es nicht sein, dass jemand aus Ihrem Verein allein ins ‚Jan' gegangen ist?"

Aber Reichert winkte energisch ab. „Also, Herr Kommissar, dat kann ich beschwören: Von meinen Jungs und Mädels war dat keiner. Mit Jan von Werth haben wir doch nix am Hut! Wir waren alle zusammen im Alt Mauenheim an der Bergstraße, unserem Stammlokal. Ist doch so, oder Trudi?"

„Ja, Hermann, dat stimmt. Ich war ja selbst dabei. Also von uns war keiner im Jan."

„Aber Sie stimmen uns doch zu, dass das Ihr Vereinskostüm ist, oder?"

Ich hielt Herrn Reichert die Bilder des Unbekannten unter die Nase. Er rückte die kleine Brille auf seiner Nase zurecht und blickte konzentriert auf die Hochglanzaufnahmen. Nach einer Minute des Schweigens sagte er: „Ja, das stimmt. Ist eindeutig unser Kostüm. Nicht wahr, Trudi?" Seine arme Ehefrau musste erneut ihre Polierarbeit unterbrechen. „Ja, Hermann, das ist eindeutig eines unserer Kostüme."

„Hat außer Ihren aktiven Vereinsmitgliedern noch jemand Zugang zu Ihrer ‚Tracht'?", wollte Dario wissen. Reichert blickte seine Frau kurz an, deren ganzes Interesse wieder dem streifenfreien Glanz ihrer Sion-Stangen galt. Der nächste Blick galt seiner Armbanduhr – es war inzwischen 9.47 Uhr. Er seufzte resigniert.

„Ich weiß, Herr Reichert, Sie wollen zum Rosenmontagszug. Mein Kollege hier und ich sind auch in 'nem Karnevalsverein und müssen uns den Zoch heute leider auch entgehen lassen. Es ist wirklich wichtig", versuchte ich, den Mauenheimer „Indianerhäuptling" zu besänftigen. Reichert hob verzweifelt die Augenbrauen. „Ja, klar, ich weiß. Um auf die Frage Ihres Kollegen zurückzukommen: Diese Kostüme sind für uns maßgeschneidert worden. Außer uns hat die keiner. Dat versichere ich Ihnen."

Zum ersten Mal seit unserer Ankunft meldete sich Trudi ungefragt zu Wort: „Hermann, dat stimmt nit so ganz. Was ist denn mit den ganzen Ehemaligen, die bei uns im Verein aufgehört haben?"

„Ja richtig, da hast du recht." Dann wandte er sich wieder uns zu. „Wie gesagt: Unsere Kostüme sind maßgeschneidert. Wenn jemand aus dem Verein austritt, kann er das Kostüm folglich behalten. Da hab ich gar nicht mehr dran gedacht."

„Also könnte es demnach möglich sein, dass Werle an diesem Abend ein ehemaliges Mitglied Ihres Vereins gesehen hat?“, hakte Dario nach.

„Theoretisch schon. Aber wenn Sie so fragen – die meisten ausgeschiedenen Mitglieder sind ältere Herrschaften. Die müssten heute alle so um die siebzig sein. Von denen wird sich abends keiner mehr im ‚Jan' rumtreiben.“

„Aber sie könnten ja ihre Kostüme verkauft oder verliehen haben.“

Die einzige Möglichkeit, die ich in diesem Augenblick sah, war, alle ehemaligen Vereinsmitglieder der Mauenheimer Rothäute, die zu Werles aktiver Zeit noch im Verein gewesen waren und die er daher gut kannte, aufzusuchen und nach dem Verbleib ihrer Kostüme beziehungsweise ihren Alibis für den Abend im „Jan“ und den Tatzeitraum zu fragen. Obwohl ich ehrlich gesagt nicht wusste, wie wir diesen Plan mit unseren begrenzten Personalressourcen realisieren sollten. Ungeachtet dessen setzte ich umgehend meinen Kollegen Dario und Herrn Reichert von diesem Vorhaben in Kenntnis. Reichert pustete schwerfällig Luft durch seine aufgeblähten Backen aus. „Meine Herren, da haben Se sich aber einiges vorgenommen. Aber wissen Sie was? Meine Frau betreut den Verein schon seit der Gründung, sie ist quasi die ‚Vereinsmutter‘ und kennt alle aktiven und ehemaligen Mitglieder persönlich. Wenn Sie genügend Zeit mitgebracht haben, wird sie Ihnen sicherlich eine Liste erstellen. Sie müssen wissen, dat wir alle Neuanfänge und Austritte genauestens protokollieren. Trudi, würdest du den Herren helfen und eine entsprechende Liste machen? Dann kann ich jetzt nämlich gehen. Wenn ich mich beeile, bin ich noch rechtzeitig zum Zugbeginn am Severinstor.“

Gehetzt blickte er auf seine Armbanduhr, die ihm verriet, dass es inzwischen Viertel nach zehn war.

„Geh nur, Hermann, ich werde das hier übernehmen.“ Dankbar blickte Reichert seine Frau an, gab ihr einen flüchtigen Kuss auf die Wange, nickte uns kurz zu und verschwand – sich den Häuptlingskopfschmuck aufs Haupt setzend – zur Haustür hinaus. Frau Reichert faltete ihr Poliertuch und bedachte uns mit einem milden Lächeln. „Sie müssen ihm verzeihen, aber Karneval ist sein Ein und Alles. Da gibt's für ihn kein Halten mehr."

Ich lächelte zurück. „Das kann, glaube ich, niemand besser verstehen als mein Kollege hier und ich. Aber wir bleiben dieses Jahr vom Zoch leider verschont."

„Was halten Sie davon, wenn wir erst mal eine schöne Tasse Kaffee trinken?"

„Da sagen wir doch nicht nein."

Die nächsten zwanzig Minuten verliefen wie ein typischer Kaffeeklatsch. Frau Reichert fragte uns nach unserem Karnevalsverein, von dem sie sich erinnerte, ihn schon des Öfteren bei diversen Sitzungen live gesehen zu haben. Wir tranken zwei Tassen starken Kaffee, bis wir wieder auf den Grund unseres Besuchs zu sprechen kamen. Frau Reichert erhob sich. „So, dann werd ich mal ins Büro meines Mannes gehen und die Unterlagen raussuchen."

Eine gute Viertelstunde verging, bis sie um fünf vor elf mit vier prallgefüllten Aktenordnern erneut die Küche betrat. „Entschuldigung, hat ein wenig länger gedauert."

Sie breitete die Ordner auf dem Tisch aus und durchblätterte sie sorgsam. Nach weiteren fünf Minuten sagte sie: „Also: Volker Werle trat unserem Verein am 4. August 1991 bei und verließ ihn zum 30. April 2001. Wenn ich Sie eben richtig verstanden habe, möchten Sie von mir jetzt wissen, welche ehemaligen Vereinsmitglieder in diesem Zeitraum noch aktiv dabei waren und Volker daher noch kannten?"

„Ganz genau, ja."

Sie runzelte skeptisch die Stirn. „Das kann aber eine ganze Weile dauern ..."

Beschwichtigend hob ich die Hände. „Lassen Sie sich Zeit!"

Sie nickte und machte sich ans Werk. Akribisch durchforstete sie die Untiefen der Aktenordner. Von Zeit zu Zeit kritzelte sie etwas auf ein Blatt Papier. Die Zeit schien kaum zu vergehen.

Ich schaute auf die Uhr: zehn nach elf. Vor einundzwanzig Minuten war der Rosenmontagszug offiziell eröffnet worden, woraufhin sich der bunte Tross in Bewegung gesetzt hatte. Seitdem die Zugleitung Ende der Neunziger auf die Idee gekommen war, den Zug – wie früher – wieder am Severinstor und somit in entgegengesetzter Richtung zu starten, war auch der Zugbeginn von „elf Uhr elf" auf „Elf vor Elf" vorverlegt worden – ursprünglich, damit die WDR-Kameras am Dom den Prinzen noch bei Tageslicht filmen konnten.

Wehmut machte sich in mir breit. Wie sehr ich doch Herrn Reichert, meine Vereinskameraden und die zigtausend Jecken beneidete, die diesen großartigen Höhepunkt der Karnevalssession jetzt gemeinsam feiern konnten!

Die nächsten Minuten saßen Dario und ich schweigend in der kleinen Küche und beobachteten Frau Reichert bei ihrer „Akten-Recherche". Gegen halb zwölf – Dario war zwischenzeitlich eingenickt, ich in Tagträume versunken – hob sie schließlich den Kopf und sagte: „So, ich glaub, ich hab et!"

Wie erlösend diese Nachricht doch war – für mich jedenfalls, Dario schlummerte immer noch. Aber ich hatte mich zu früh gefreut. Gerade, als ich ihr das Blatt förmlich aus der Hand reißen wollte, sagte sie fast ein wenig beleidigt: „Noch nit! Ich mach Ihnen jetzt erst mal eine schöne Tabelle mit den Namen, damit dat alles übersichtlicher ist!"

Ich unterdrückte ein Seufzen. Frau Reichert hantierte mit ihrem Lineal herum und zog kerzengerade Linien. Als sie mir um Viertel vor zwölf endlich stolz das Blatt reichte, fiel mir ein Stein vom Herzen. Während Dario immer noch schlief, nahm ich folgende Tabelle in Augenschein:

„Spielmannszug Mauenheimer Rothäute von 1984 e.V."
- Liste der ausgeschiedenen Mitglieder -

Name, Vorname	Mitglied von–bis
Albrecht, Heinz	1984–1997
Alkenrath, Hans	1984–1992
Beck, Alfred	1985–1999

Berrenrath, Roswitha und Erwin	1984–1995
Böhm, Günter	1984–2000
Hartwig, Anton	1985–1997
Heisterkamp, Otto	1984–1998
Jablonski, Erika und Helmut	1990–2002
Lehnhoff, Werner	1984–1999
Mertens, Bruno	1986–2001
Neugebauer, Carsten	1994–2000
Schmitz, Waltraud	1984–1996
Schöneberg, Patrick	1993–1999
Schreiner, Helga	1987–1995
Theißen, Annemarie	1984–1994
Werle, Volker	1991–2001
Wielpütz, Hartmut	1984–2001

Voller Hochachtung blickte ich Frau Reichert an. Sie hatte sich mit dieser Liste wirklich die größte Mühe gegeben. Aus dem Augenwinkel konnte ich sehen, wie Dario hochschreckte. Er blickte sich verlegen um. Ich reichte meinem schlaftrunkenen Kollegen die Liste. „Hier, Dario, das sind unsere ‚Kandidaten'. Die dürfen wir jetzt alle befragen." Ich schaute Frau Reichert an, die sichtlich stolz war, der Polizei behilflich sein zu können. „Also, wenn ich mir die Liste mal so ansehe: So viele Leute sind in den letzten zwölf Jahren ja gar nicht ausgeschieden."

Aber Frau Reichert protestierte vehement gegen diese Behauptung. „Na ja, Sie müssen bedenken, dass wir nur ein relativ kleiner Verein mit fünfundzwanzig Mitgliedern sind. Und da sind neunzehn Ausgeschiedene in zwölf Jahren schon recht viel. Aber wie Sie sehen können, waren viele von ihnen Gründungsmitglieder des Vereins. Irgendwann mussten sie aus Altersgründen aufhören. Und einige von ihnen leben auch schon gar nicht mehr", sagte sie und zeigte auf die Namen von Hans Alkenrath, Erwin Berrenrath, Anton Hartwig, Werner Lehnhoff, Waltraud Schmitz sowie Hartmut Wielpütz.

„Woher wissen Sie das so genau?"

„Also Hans Alkenrath, Werner Lehnhoff und Waltraud Schmitz sind gestorben, als sie noch aktiv dabei waren. Ganz tragisch war das bei Wally Schmitz, die war ein richtiges kölsches Original. Auf der Rückfahrt von einem Auftritt ist sie im Bus einem Herzinfarkt erlegen und war auf der Stelle tot. Und dabei war sie gerade mal Anfang sechzig. Ganz schlimm! Aber um auf Ihre Frage zurückzukommen: Bei uns geht's sehr familiär zu. Wir haben den Kontakt zu den ausgeschiedenen Mitgliedern nicht abgebrochen und sie beispielsweise zu Weihnachtsfeiern und Sommerfesten eingeladen. Einige unserer Ehemaligen unterstützen uns nach wie vor – sei es finanziell oder mit tatkräftiger Hilfe bei der Vorbereitung von Festen. Sie haben sogar einen Ehemaligenstammtisch gegründet, der sich regelmäßig trifft. Sie sehen, die Mauenheimer Rothäute sind wie eine große Familie. Und so haben wir natürlich auch erfahren, dass Erwin Berrenrath, Hartwigs Tünn und Hartmut Wielpütz verstorben sind."

„Sie haben doch bestimmt noch die Adressen und Telefonnummern der ehemaligen Mitlieder, oder?"

„Natürlich, Herr Zimmermann! Die werde ich Ihnen sofort geben."

„Wenn Sie uns auch noch die Anschriften von den Hinterbliebenen der sechs Verstorbenen geben könnten ..."

„Nichts lieber als das, Herr Merzenich. Hm. Lassen Sie mich mal nachdenken. Also, Hans Alkenrath war verheiratet. Seine Witwe lebt noch. Genauso wie Rosi, die Frau von Erwin Berrenrath, die auch bei uns im Verein war. Und der Tünn hat auch eine Witwe hinterlassen, die noch leben müsste. Werner Lehnhoff lebte bei seiner Tochter und ihrem Mann in Leverkusen. Wally Schmitz war selbst Witwe. Sie hatte aber eine Tochter in München. Irgendwo müsste ich auch noch deren Adresse haben. Wir haben ihr seinerzeit ein Kondolenzschreiben geschickt. Tja, und der arme Hartmut ist in den Riehler Heimstätten gestorben. Seine Frau war schon Jahre tot und Kinder hatte er keine. Mit dem ist es ganz schnell bergab gegangen, als er aus dem Verein ausgetreten war. Schlaganfall, Heimpflege – den armen Kerl hat es innerhalb weniger Monate ganz, ganz schlimm getroffen. Dabei war er so ein lebenslustiger Mensch!"

Frau Reichert machte sich erneut ans Werk und schrieb uns die Telefonnummern und Anschriften der ehemaligen Mitglieder beziehungsweise deren Angehöriger auf. Irgendwann blickte sie auf. „Mensch, klar! Wie konnte ich das nur vergessen?"

„Was meinen Sie?"

„Na, der Carsten Neugebauer, der bei uns mal im Verein war – ein richtig fieser Möp! Der hat sich öfters mit dem lieben Volker angelegt."

„Und warum?", wollte Dario wissen, während er sichtlich mit einem erneuten „Schlafanfall" kämpfte.

„Carsten war ein regelrechter Quertreiber. Ich weiß heute beim besten Willen nicht mehr, wie wir den zum Kassenwart wählen konnten. Aber anfangs war der so nett, so freundlich. Und das, obwohl er aus zerrütteten Familienverhältnissen stammte. Na ja, irgendwann hat er ja dann sein wahres Ich gezeigt. Ein schwarzes Schaf, wenn Sie so wollen. Der hat sich bei Auftritten mit Gästen angelegt und auch mit Angehörigen anderer Vereine. Einmal, beim Nippeser Dienstagszug, hat er sogar eine Schlägerei mit den ‚Appelsinefunke' angefangen. Nur mit Mühe und Not konnten wir ihn zurückhalten. Und irgendwann fand Volker, unser Kassenprüfer, heraus, dass er sich an der Vereinskasse bereichert hatte. Volker ist richtig ausgerastet. Zwischen den beiden sind schon im Vorfeld oft die Fetzen geflogen. Aber als das mit der Vereinskasse herauskam, ist Volker endgültig der Kragen geplatzt. Carsten wurde rausgeworfen. Es gab immer wieder Leute, die ihn in Schutz genommen haben. Einige behaupteten nachher sogar, er sei spielsüchtig gewesen und schulde irgendwelchen dunklen Gestalten hohe Beträge. Aber das konnte doch keine Entschuldigung sein!"

„Hat dieser Carsten denn Herrn Werle gegenüber irgendwelche Drohungen geäußert?"

„Na, und wie! Carsten hat ihm die Pest dafür an den Hals gewünscht, dass er ihn wegen dieser Sache mit der Vereinskasse beim Vorstand gemeldet hat. Ich glaube, mich entsinnen zu können, dass er sagte: ‚Das wirst du mir büßen! Ich mach dich fertig! Verlass dich drauf!' Aber das ist jetzt schon drei Jahre her. Also, ich kann mir eigentlich nicht vorstellen, dass Carsten Neugebauer so weit gehen würde ..."

Ich nickte zustimmend, obwohl ich wusste, dass Hass und Rachegelüste auch noch nach Jahren weiter andauern konnten. Es dauerte noch knapp eine Viertelstunde, bis Frau Reichert die Adress- und Telefonliste vollendet hatte und zusagte, am nächsten Morgen gemeinsam mit ihrem Mann zur Protokollaufnahme ins Präsidium zu kommen.

Als wir um Viertel nach zwölf das kleine Häuschen verließen, spürte ich die aufkommende Müdigkeit. Dario schien es nicht besser zu gehen. Er gähnte immer noch ununterbrochen. Als wir in dem alten Ford Platz genommen hatten, schubste ich Dario an. „Mensch, was ist denn los mit dir?"

„Ach, hör auf. Ich bin letzte Nacht einfach nicht zum Schlafen gekommen."

Ich machte eine eindeutige Handbewegung, die Dario mit entnervtem Abwinken quittierte. „Wir werden jetzt ziemlich viel rumtelefonieren dürfen. Schließlich müssen alle ausgeschiedenen Vereinsmitglieder und ihre Hinterbliebenen nach dem Verbleib der Kostüme gefragt werden."

Dario stellte sich die Rückenlehne des Beifahrersitzes so ein, dass er fast flach lag. Gequält blickte er zu mir herüber. „Was hältst du von der Geschichte mit diesem Neugebauer?"

„Den sollten wir uns als allererstes vorknöpfen. Komischer Typ. Wenn wir im Präsidium zurück sind, unterrichten wir zuerst mal den Rest. Eigentlich wären die doch prädestiniert für diesen Job, die ehemaligen Mitglieder zu befragen, oder?"

Um Viertel vor eins betraten wir den langen, nüchternen Flur unseres Kommissariats. Aus Marcos und Thorstens Büro erklang – wieder mal – schallendes Gelächter. Es war an der Zeit, die Kollegen über unsere neuesten Ermittlungsergebnisse aufzuklären, die beide Mordfälle miteinander verbanden.

Marco schien Thorsten und Figo gerade irgendeinen lustigen Witz zu erzählen. Ihr MK-Leiter Schütz war wieder mal nicht zugegen – genauso wie Hacki. So bemerkten die drei anwesenden „Chaoten“ weder Dario noch mich, als wir im Türrahmen standen.

„Kollege Zimmermann, so sehen hart arbeitende Ermittler aus. Guck dir die drei mal an!“

Damit hatten wir ihre Aufmerksamkeit. Figo ergriff das Wort: „Ey, der Pitter und der olle BKA-Heini sind wieder da. Wie geht's euch?“

Thorsten verschränkte die Arme vor der Brust und musterte zuerst Dario und dann mich skeptisch. „Wo kommt ihr beiden denn her? Euch sieht man ja gar nicht mehr im Büro ...“

„Wir waren wegen unserer Ermittlungen unterwegs. Schließlich haben WIR keine Zeit, um Witze zu reißen.“

Thorsten verzog gespielt genervt das Gesicht, während mir Figo den Mittelfinger zeigte. Ich kam auf den eigentlichen Grund unseres Besuches zu sprechen: „Männer, wir haben im Rahmen unserer Ermittlungen ein paar Neuigkeiten, die auch euch interessieren dürften. Oder hat euch Theo schon unterrichtet?“

Sie schüttelten den Kopf. So erzählte ich den drei Kollegen der MK „Thiebold“ von der unliebsamen Begegnung, die unser Toter in der Nacht von Klaus-Dieter Dörings Ableben im „Jan“ gehabt hatte. Darüber hinaus berichtete ich ihnen von dem seltsamen Indianer und den Bildern, die ich in der Nacht zuvor aus ihrem Büro „entwendet“ hatte. Marco lehnte sich in seinem Bürostuhl zurück und verschränkte die Arme im Nacken. „Krasse Sache, Mann! Ich würde meinen Arsch drauf verwetten, dass beide Fälle was miteinander zu tun haben! So viele Zufälle kann's doch gar nicht geben!“

Figo nickte. „Ja, Mann. Vielleicht haben die Schmierfinken von der Presse ja tatsächlich recht und hier ist 'n Serienkiller am Werk.“

Mit einer beschwichtigenden Handbewegung versuchte ich, meine ungestümen jungen Kollegen zu beruhigen. „Immer langsam, Figo! Wir haben noch keinerlei Beweise, dass beide Fälle miteinander zusammenhängen. Das sind zum jetzigen Zeitpunkt reine Spekulationen, an denen wir uns nicht beteiligen sollten."

An dieser Stelle mischte sich Thorsten ins Gespräch ein: „Also, Pitter, ich bitte dich! Wenn das ein Zufall ist, lass ich mich freiwillig zum PP Düsseldorf zurückversetzen!"

Figo stand auf und klopfte dem Düsseldoofen freundschaftlich auf die Schulter. „Ich nehm dich beim Wort, Alter!"

Dario lenkte das Gespräch wieder in ernstere Bahnen: „Spaß beiseite, Leute. Habt ihr denn irgendwelche Erkenntnisse, die euren Döring mit unserem Werle in Verbindung bringen?" Marco zuckte mit den Schultern. „Also, abgesehen davon, dass wir von eurem Fall nicht besonders viel wissen, wüsste ich nicht, was beide Fälle bis auf den gemeinsamen Aufenthalt der beiden Toten im ‚Jan' verbinden könnte. Tut mir leid."

„So sieht's aus", pflichtete Thorsten seinem MK-Kollegen bei.

„Okay, dann werden wir uns mal wieder an die Arbeit machen. Sobald es was Neues gibt, melden wir uns bei euch."

Dario und ich verließen das Büro und gingen zu Andríkos und Nina, in deren Zimmer es sich auch gerade Theo, Wolle und Ralf gemütlich gemacht hatten. Alle fünf saßen mit einer Tasse Kaffee in der Hand in dem kleinen Büro und unterhielten sich. Theo erblickte uns als Erster.

„Oh, unsere Kollegen sind zurück. Was habt ihr denn in Erfahrung bringen können?"

Gespannte Blicke richteten sich auf uns. Ich berichtete von unserem Besuch bei den Reicherts und zeigte den Kollegen die akribisch erstellte Namensliste der ehemaligen Mauenheimer Rothäute. Ich erzählte auch von Carsten Neugebauer und seinem Groll gegen Volker Werle.

„Was ist mit Otterbeins Alibi?", wandte ich mich an Andríkos, der sich lächelnd zurücklehnte.

„Tja, der Ralf und ich haben im ‚Pascha' tatsächlich die Prostituierte gefunden. Schafft im zweiten Stock an. So 'ne heiße

Thaibraut namens Maylin. Sie konnte sich gut an Otterbein erinnern, weil er das Kostüm von den Fescherjunge anhatte. Der war aber so besoffen, dass er keinen mehr hochgekriegt hat. Otterbein kam so gegen Viertel nach zwölf und blieb bis kurz vor eins. Wir haben auch mit diesem Taxifahrer José Álvarez gesprochen, der ihn zum ‚Pascha' gebracht hat. Der gab an, dass er von Otterbein angerufen wurde, als er zufällig eh in der Gegend war. Er hatte ein älteres Ehepaar von einer Karnevalsfeier in die Franz-Denhoven-Straße gefahren. Auch das Pärchen kannte der Fahrer persönlich, sie hatten ihn telefonisch in die Altstadt bestellt. Otterbeins Anruf kam um kurz vor zwölf rein. Nur wenige Minuten später hat er ihn am Niehler Damm aufgegabelt. Álvarez hat Otterbein dann ohne Umweg zum ‚Pascha' gebracht. Also ein astreines Alibi. Wir haben das alles schon zu Protokoll genommen. Sind halt von der schnellen Truppe", schloss Andríkos und versuchte, von Nina ein Lächeln zu ergattern. Aber sie verdrehte nur die Augen und wandte sich ab.

„Ich hab auch noch wat", sagte Wolle. „Ich hab ja bei der Auto-Blitz Funkmietwagen GmbH in Mülheim anjerufen. Und tatsächlich: Werle hat den Wagen gegen Viertel nach elf bestellt. Um zehn vor zwölf hat der Fahrer den abjeholt und zum Heumarkt jebracht, um Viertel nach zwölf da abjesetzt. Ich hab mit dem Fahrer jesprochen, der war hier zur Zeujenvernehmung. Jesacht hat der Werle auf der janzen Fahrt nix, auch nit telefoniert. Und dem Fahrer ist auch nix aufjefallen. Immerhin wissen mir jetzt, dat der Werle um Viertel nach zwölf noch jelebt hat."

„Tja, das ist aber ein schwacher Trost. Ich hab doch tatsächlich gedacht, das könnte ein möglicher Durchbruch sein – Pustekuchen. Aber gut," seufzte Theo. „Ich würde vorschlagen, dass Nina, Ralf, Andríkos und Wolle die ehemaligen Vereinsmitglieder oder ihre Hinterbliebenen der Reihe nach anrufen und nach dem Verbleib ihrer Indianerkostüme sowie ihren Alibis für den Tatzeitpunkt zu befragen und einen Termin für die Protokollierung ihrer Aussagen zu vereinbaren."

„Frau Ziegler war eben auch hier. Ich hab Theo die Abschrift ihrer Zeugenaussage auf den Schreibtisch gelegt, damit er sie in die Akte einarbeiten kann", sagte Nina.

„Was schon längst passiert ist", entgegnete Theo lächelnd. „Dario, du guckst jetzt erst mal, ob dieser Neugebauer schon mal polizeilich in Erscheinung getreten ist. Pitter, du schreibst einen Vermerk zu eurem Besuch beim Ehepaar Reichert."

Nachdem ich ein paar Minuten später den Vermerk fertig geschrieben hatte, hielt mir Dario eine Handvoll DIN-A4-Seiten unter die Nase und schrie: „Bingo!"

„Was meinst du?"

„Gegen diesen Neugebauer wurden schon zig Ermittlungsverfahren geführt. Wegen Raubes, Diebstahls und gefährlicher Körperverletzung. Ich werd gleich mal zur Datenstation gehen und mir die Kriminalakten ziehen. Da scheinen wir einen ganz dicken Fisch an der Angel zu haben!"

„Dann wird es allerhöchste Zeit, ihm einen Besuch abzustatten. Hast du seine Adresse noch?" „Na klar", antwortete Dario. „Friedrich-Karl-Straße in Weidenpesch. Die genaue Anschrift hab ich notiert." Er reichte mir einen Zettel.

„Dann mal los."

„Aber ich wollte doch erst mal zur Datenstation, um mir die Akten zu ziehen. Vielleicht finden wir da auch noch irgendwelche Gefährdungshinweise. Wir sollten nicht so blauäugig an die Sache rangehen, Pitter! Der Typ ist ein ganz schönes Kaliber!"

„Ach, mit dem Typen werden wir doch auch so fertig! Komm schon! Das hat Zeit bis später!", entgegnete ich – aus heutiger Sicht leichtsinnigerweise. Dario folgte mir achselzuckend. Wir informierten Theo, gingen in die Tiefgarage und holten unseren alten Ford.

Keine halbe Stunde später erreichten wir die Wohnsiedlung am heruntergekommenen Betonbau des Friedrich-Karl-Bads, das Schulklassen und schmutzunempfindlichen Freizeitsportlern mit gutem Immunsystem als Schwimmbad diente. Vor einem dunklen Mehrfamilienhaus mit Laubengängen hielten wir an. Nach einigem Suchen entdeckten wir an dem Tableau neben der renovierungsbedürftigen Haustür das per Hand geschriebene Namensschild NEUGEBAUER. Wir klingelten. Mehrmals. Niemand antwortete oder drückte uns die Tür auf. Erst als ein dürrer, alter Mann mit Rollator, der sich kaum auf den wackeligen Beinen halten konnte, das Haus verließ, gelangten wir in den Hausflur. Der Mann blickte uns feindselig an.

„Entschuldigung, könnten Sie uns sagen, wo Herr Neugebauer wohnt?"

Der Blick des Alten verfinsterte sich. „Was wollen Sie denn von diesem Arschloch? Der und sein Sohn sind die größten Taugenichtse, die mir je begegnet sind. Sind Sie etwa seine Saufkumpane? Ich warne Sie: Wenn das heute wieder so einen Radau gibt wie sonst, rufe ich die Polizei! Ich will endlich meine Ruhe! Mir reicht's! Sie scheinen ja ziemlich viel zu trinken, wenn Sie noch nicht mal mehr wissen, wo Ihr Kumpel wohnt! Zweiter Stock, erste Tür links!"

Grußlos ließ uns der alte Mann stehen. Wir betraten das Treppenhaus. Im Laufe meiner Karriere als Polizeibeamter hatte ich schon viele solcher Wohnblöcke aufgesucht, die man mit einem einzigen Adjektiv vollkommen treffend beschreiben konnte: trostlos. Im Endeffekt glichen sie sich alle wie ein Ei dem anderen. Über die mit festgetretenen Kaugummis verunstalteten Treppenstufen gelangten wir ins zweite Obergeschoss. Durch eine knarrende Tür gelangten wir auf den langen Laubengang, auf dem zahlreiche Fahrräder, Kinderwagen und Bierkisten herumstanden.

Wir erreichten schließlich die Tür, an der handschriftlich der Familienname von Volker Werles ehemaligem Vereinskameraden gekritzelt worden war. Ich klopfte und klingelte abwechselnd – etwa fünf Minuten lang. Dann hörte ich ein genervtes „Ja doch!". Ein paar Sekunden später stand ein schmerbäuchiger Mann in den späten Fünfzigern mit ungekämmten, grauen Haaren, Dreitagebart, fleckenübersätem Feinrippunterhemd, Trainingshose und Badelatschen schwankend im Türrahmen. In der rechten Hand hielt er fest umklammert eine Flasche billigen Korn. „W-was w-w-w-w-w-wollen S-s-s-sie?", stammelte er und musste sich sichtlich bemühen, uns direkt anzuschauen. Seine Schnapsfahne war unerträglich.

„Merzenich ist mein Name, Kripo Köln. Das ist mein Kollege Zimmermann. Wir möchten mit Carsten Neugebauer sprechen."

„M-mein Sohn ist nicht da. Und überhaupt – Bullen? Was w-wollt ihr Arschgeigen denn jetzt schon wieder von meinem Sohn? Der hat doch gar nix gemacht! Wenn ihr keinen anderen Arsch findet, kommt ihr immer zu ihm! Verpisst euch doch!"

Obwohl es wenig erfolgversprechend war, einen alkoholisierten Vater, der die Polizei ohnehin für die Schwierigkeiten seines Sohnes verantwortlich machte, zur Mitarbeit zu bewegen, versuchte ich mein Bestes. Beschwichtigend hob ich beide Hände. „Herr Neugebauer, wir möchten einfach nur mal mit Ihrem Sohn sprechen. Es ist sehr dringend."

Herr Neugebauer senior musterte mich skeptisch. „U-und ihr Heinis wollt ihm auch wirklich nix anhängen?"

„Natürlich nicht. Da können Sie ganz sicher sein!"

„Na ja, von mir aus. Also, der Carsten ist heute als Kamellejung beim Rosenmontagszug. Bei der Prinzen-Garde. Ist er ganz stolz drauf. 'n Kumpel hat ihm den Job vermittelt. Toll, oder?"

Dario und ich nickten fast synchron und verabschiedeten uns. Nach einem Bild von Neugebauer, um ihn auf Anhieb zweifelsfrei identifizieren zu können, hatten wir beiden Idioten nicht gefragt ...

Inzwischen war es halb drei. Die letzte Gruppe des Rosenmontagszuges, also der Prinz mitsamt Prinzen-Garde, müsste sich schon auf den Weg gemacht haben. Wenn wir Carsten Neugebauer bei der Prinzen-Garde noch antreffen wollten, mussten wir uns beeilen. Ich trat das Gaspedal bis zum Anschlag durch. Wir preschten über die Friedrich-Karl-Straße, die Boltensternstraße und das komplette Rheinufer entlang bis zum Ubierring, wo unsere Fahrt durch einen Motorradpolizisten abrupt beendet wurde.

„Guten Tag, meine Herren. Sie können hier nicht weiter durch. Wegen Rosenmontag ist hier alles abgesperrt", sagte er und deutete mit dem Kopf in Richtung Chlodwigplatz, wo unzählige bunt kostümierte Jecken um die Wette schunkelten.

„Jetzt lass uns schon durch, Kollege. Ist dienstlich“, sagte ich versöhnlich und zeigte ihm meinen Dienstausweis.

„Stellt besser eure Karre hier ab. Das könnt ihr da vorne echt vergessen. Ich wüsste echt mal gerne, was ihr in dem Ameisenhaufen wollt“, erwiderte er, lehnte sich lässig an seine grünweiße Maschine und verschränkte die Arme unter dem Knautschgeräusch seiner grünen Lederkombi vor der Brust. Wir parkten am Straßenrand und gingen zu Fuß weiter.

Der Platz vor dem mittelalterlichen Severinstor, einem der alten Stadttore, war von leeren Kartons, Bierflaschen und platt getrampelten Kamelle übersät. So weit das Auge reichte, konnte man Kostümierte entdecken, die lauthals Karnevalsschlager anstimmten. Obwohl der Platz vor der Severinstorburg als Aufstellungsort für die Teilnehmer des Rosenmontagszugs fungierte, konnte ich keine prachtvoll geschmückten Wagen oder Angehörige der hiesigen Karnevalsvereine mehr entdecken. Die letzte Gruppe hatte sich folglich tatsächlich schon auf den Weg gemacht. Zurück blieben nur die feiernden Jecken, die ich abermals um ihre ausgelassene Heiterkeit beneidete. An der Ecke zum Ubierring entdeckte ich vor der Filiale einer großen Kölner Bäckereikette zwei ältere Herren mit roten Gehröcken, weißen Hosen, schwarzen Reitstiefeln und schwarzen Reiterkappen, die die Aufschrift ZUGORDNER trugen. Sie standen im Rahmen des geöffneten Schaufensters und unterhielten sich. Aus dem Inneren der mit Luftschlangen und Ballons geschmückten Bäckerei erklang der Hit „Die Karawane zieht weiter“ von den Höhnern. Ich sprach die beiden Zugordner an: „Entschuldigung, ist die Prinzen-Garde schon durch?“ Einer der beiden nickte. „Vor etwa fünfzehn Minuten. Wenn Sie die noch sehen wollen, müssen Sie sich beeilen.“

Ich packte Dario an der Schulter und wir verließen eilig das Café. Wir sprinteten durch das Severinstor, flankiert von unzähligen schunkelnden Zoch-Besuchern. Den Weg per Auto fortzusetzen, wäre ein unmögliches Unterfangen gewesen. Nach etwa fünf

Minuten hatten wir die mit der Säuberung des Zugweges beauftragten Angestellten der AWB[2] eingeholt. Zunächst passierten wir den kleinen Kehrwagen, der sich redlich bemühte, den von Unrat übersäten Asphalt zu reinigen. Wir mussten aufpassen, dass uns dieses kleine Gefährt nicht überfuhr. Sein Lenker schien für den nächsten Formel-1-Lauf am Nürburgring zu trainieren, so schnell fuhr er. Vor uns erreichten wir die nächste AWB-Gruppe. Die emsigen Stadtreiniger hatten alle Hände voll zu tun, die Severinstraße mit Kehrblech und Besen von dem gröbsten Müll zu befreien. Ich stieß einige AWB-Männer beiseite, wofür ich wütende Beschimpfungen erntete. Wir erreichten den Streifenwagen, der das Ende des Zuges absicherte und dem bunten Tross im Schritttempo folgte. Der Fahrer schien mich im Rückspiegel gesehen zu haben. Er fuhr die Seitenscheibe herunter. Im nächsten Moment langte eine Hand heraus und packte mich am Ärmel. Ich musste stehen bleiben. Der uniformierte Kollege, der am Steuer des Streifenwagens saß und mich feindselig anstarrte, bremste das Fahrzeug bis zum Stillstand ab. „Da hat's aber einer ganz eilig, was? Aber hier können Sie nicht durch! Also ab an den Zugrand!"

Der junge Polizeiobermeister blickte mich entschlossen an. Auch seine hübsche Kollegin, eine Kommissarin Mitte zwanzig, deutete Richtung Bürgersteig. Ich schüttelte die Hand des Kollegen von meinem Unterarm ab und zog meinen Dienstausweis aus der Jackentasche. „Merzenich, KK 11. Mein Kollege und ich müssen hier durch!"

Die beiden uniformierten Beamten sahen sich kurz an. Dann sagte der Obermeister: „Ich will ja nix sagen, aber wenn ihr durch das Gewühl hier durchkommt, fress ich 'nen Besen! Ist es denn so dringend?"

Ich nickte. „Eigentlich schon."

Aber es schien so, als sollten die Kollegen recht behalten. Bei diesen Menschenmassen war es so unwahrscheinlich wie ein Sechser im Lotto, dass wir unser Ziel erreichen würden. Mit einem Mal erschien es mir sinnvoller, Neugebauer am Zugende ab-

---

2 Abk. für Abfallwirtschaftsbetriebe Köln GmbH & Co. KG

zupassen.

„Komm, Dario, ich hab 'ne bessere Idee!" Ich packte Dario an der Schulter und wir liefen zurück zum Severinstor, zu der Bäkkereifiliale, wo sich noch immer die beiden Zugordner aufhielten. Im Hintergrund lief der Bläck Fööss- Klassiker „Drink doch eine met", was selbst die gestressten Kassiererinnen dazu ermunterte, zu schunkeln und mitzusingen. Ich wandte mich an die Zugordner: „Entschuldigen Sie, ich muss Sie nochmal stören. Können Sie uns sagen, wann die Prinzen-Garde am Zugende ankommt?"

„Sie können ja Fragen stellen, junger Mann", sagte der weißhaarige Zugordner und fuhr sich mit der Hand über seinen gestutzten Oberlippenbart. „Also, wenn alles glatt läuft, müssten die so gegen halb sechs durch sein."

Dario hatte inzwischen kapiert, worauf ich hinauswollte. „Wo ist denn für die Kamellejunge Schluss?", fragte er.

„Also, wie Sie vielleicht wissen, endet der Zug ja jetzt an der Mohrenstraße. Die Festwagen und Reitergruppen scheren links in Richtung Christophstraße aus, die Fußgruppen – und dazu zählen auch die Kamellejunge – gehen nach rechts in die Gereonstraße. Aber bis die da ankommen, können Sie mit uns noch ruhig einen oder zwei Kaffee trinken. Rita: Mach noch mal vier neue Kaffee!", rief er durch den Laden. Zu meiner Verwunderung verstand die Bäckereiverkäuferin die Bestellung trotz des Lärms und der Menschenmassen, die sich immer noch in dem Café befanden. Widerstandslos schaute ich auf meine Uhr und sah Dario achselzuckend an. Zehn nach drei. Der Mann hatte recht. Es blieb uns nichts anderes übrig, als zu warten. Wenigstens bekamen wir auf diese Weise noch ein bisschen Karnevalsstimmung mit!

Zwei Tassen Kaffee und einige Schunkellieder später machten wir uns um halb fünf wieder auf den Weg. Wir hatten uns dermaßen an die gute Stimmung in der Bäckerei gewöhnt, dass es uns nun schwerfiel, uns wieder auf unsere Aufgabe zu konzentrieren. Wir gingen zurück zum Ubierring, wo noch unser Wagen stand, und fuhren los. Obwohl der Prinzenwagen, der letzte Wagen des Rosenmontagszugs, den Chlodwigplatz bereits vor über zwei

Stunden passiert hatte, herrschte auf dem Ubierring immer noch heilloses „Karnevalistenchaos". Nur im Schritttempo und mit viel Geduld konnte ich uns mit dem großen Dienstwagen den Weg durch die kostümierten Jecken bahnen, die vor der Ubierschänke auf der Straße standen und Einlass begehrten. Als ich es einmal wagte, auf die Hupe zu drücken, schlug ein ziemlich angetrunkener Jugendlicher im Rambokostüm wütend mit der Faust auf die Motorhaube.

„Mach dich bloß vom Acker, Mann!", schrie ich zurück – so laut und furchteinflößend, dass der Junge zusammenzuckte und „Sorry!" lallte.

Fragen Sie mich heute nicht mehr, wie wir es geschafft haben, uns mit dem Wagen durch die schmale Passage voller angetrunkener Jecken zu drängen. Aber wir schafften es. Den Rest des Weges konnten wir ohne Probleme fortsetzen. Da dieser Teil der Ringe weit weg vom Zugweg lag, gab es hier keine Absperrungen und keine ausgelassen feiernden Jecken, die sich uns in den Weg stellten.

Gegen fünf erreichten wir die Ecke Kaiser-Wilhelm-Ring/Christophstraße. Hier sollten wir bei unserer Suche nach Neugebauer abermals auf eine harte Probe gestellt werden. Überall sah man festlich geschmückte Prunkwagen, Uniformierte und Reiter, die ihre vierbeinigen Gefährten nach über sechs Kilometern Zugweg, der von etwa einer Million begeisterter, aber ebenso lauter Jecken gesäumt wurde, langsam wieder beruhigen konnten. Ich stieg aus und sprach einen Kollegen der Kradstaffel an, um nach dem besten Weg zu fragen.

„Kollege, wenn ihr zu den Fußgruppen wollt, geht am besten durch die Hintertür: Fahrt über Am Kümpchenshof bis zur Kyotostraße und geht von dort aus über die Gereonsmühlengasse und den Klingelpütz zur Mohrenstraße zu Fuß – mit dem Auto ist da hinten jetzt sowieso kein Durchkommen."

Wir folgten dem Rat des Kollegen und stellten den alten Dienstwagen an der Kyotostraße ab. Es war zehn nach fünf. Wir hatten also noch genug Zeit.

Endlich erreichten wir die Ecke Klingelpütz/Gereonstraße. Wir sahen, wie der grün-gelbe Tross der EhrenGarde eintrudelte. Sie begleitete den Prunkwagen von Bauer und Jungfrau, denen die Strapazen der letzten Wochen ins Gesicht geschrieben standen. Ihnen folgte die endlos lange Gruppe der Prinzen-Garde, die etliche Minuten benötigte, um vollzählig am Zugende einzutreffen, und sich nunmehr in der Gereonstraße, einer von nichtssagenden Nachkriegsbürogebäuden geprägten breiten Hauptverkehrsstraße, die den Dom mit den Ringen verband, versammelte. Wir befanden uns jetzt mitten zwischen den Gardisten der Prinzen-Garde in ihren cremefarbenen Uniformen mit roten Aufschlägen. Sie sahen erschöpft aus. Etwa fünfzig Meter voraus hatte sich in der Nähe des Gereonshauses, eines prächtigen Bürogebäudes mit Halbbögen über den großen Parterrefenstern, eine Gruppe von Männern und Frauen mit roten Wetterjacken und weißen Baseballcaps versammelt, die von Minute zu Minute größer wurde. Es waren die Kamellejunge der Prinzen-Garde, die nach einem harten Arbeitstag, in dem sie ungefähr die doppelte Wegstrecke zu Fuß zurückgelegt hatten, bei einer Flasche Kölsch „Viva Colonia" anstimmten. Wir bahnten uns unseren Weg durch die Reihen der Prinzen-Garde Richtung Börse und Dom und stießen endlich zu der Gruppe der Kamellejunge. Ich klopfte einer der jungen Frauen auf die Schulter. Sie drehte sich abrupt um und sah mich genervt, fast feindselig, an. „Wat es?", wollte sie wissen.

„Sorry, aber wo finden wir den Carsten Neugebauer?"

„Geht dich doch 'nen Scheiß an, wo der ist, oder?", antwortete sie, drehte sich wieder um und nahm einen kräftigen Zug an ihrer Zigarette. Einer der anderen Kamellejunge kam auf uns zu und sah uns ebenfalls argwöhnisch an. „Gibt's Probleme, Denise?"

„Keine Ahnung. Die zwei Vögel laufen hier rum und suchen ..."

Weiter kam sie nicht. Aus heiterem Himmel versetzte mir der Unbekannte mit voller Wucht einen Schlag auf die Nase. Ich taumelte. Für einen Moment wurde mir schwarz vor Augen. Als ich im nächsten Augenblick wieder zu mir kam, lag ich ausgestreckt auf der Gereonstraße – mitten in Erbrochenem. Dario half mir auf. Die Prinzengardisten, die nun auf uns zukamen, schüttelten ungläubig den Kopf.

„Hast wohl zu viel gesoffen, was?", grölte mir ein besonders lustiger Witzbold aus ihren Reihen entgegen. Aber das interessierte mich nicht.

„Mensch, Pitter, deine Nase blutet ja richtig doll!"

Ich betastete mein Riechorgan. Dario hatte leider recht. Als ich kurz darauf meine Hand betrachtete, war sie blutbesudelt. Dieses verdammte Arschloch! Ich hoffte nur, dass meine Nase nicht wieder gebrochen war, so wie im vergangenen Sommer, als uns dieser durchgeknallte Psychopath verschleppt und sich mit einem kräftigen Hieb auf meinen Zinken für unsere Ermittlungen gerächt hatte.

Aber zum Rumjammern blieb uns keine Zeit. Ich versuchte, den brutalen Kamellejung in der Menge von Prinzengardisten, Wagenengeln und Kamellejunge auszumachen. Ich hatte gerade noch mitbekommen, dass er in Richtung Börse verschwunden war. Vor dem Gebäude der Barmenia-Versicherung entdeckte ich dann den Mann mit dem schwarzen Lockenkopf, der roten Windstopper-Jacke und dem weißen Basecap. Er lief weiter geradeaus. Ich rannte los. Gegenüber der Börse bog er in die kleine Straße Kattenbug, die zum Zeughaus führte, dem Kölner Stadtmuseum. Er bahnte sich mühsam den Weg durch eine Gruppe tanzender männlicher Lackledertäger, die anstatt „Kölle Alaaf!" „Aloha!" riefen. Sie hätten eigentlich eher in die Hohe Pforte gepasst, eine Straße in der Südstadt, die bei Homosexuellen äußerst beliebt war. Sie hatten die kleine Straße in ihrer gesamten Breite besetzt und tanzten den Flüchtenden an. Der stieß sie wild fluchend beiseite. Ich versuchte, dem Angreifer Richtung Zeughausstraße zu folgen. Langsam spürte ich jedoch, wie mir die Puste ausging. Aber an ein Abbrechen der Aktion war nicht zu denken. Dario hielt sich dicht hinter mir. Eine stoppelbärtige Blondine mit Netzstrümpfen und grell geschminkten Lippen brachte mich ins Straucheln, als sie mich am Arm festhielt. Sie streichelte mir über die Wangen. „Hallo Süßer, wohin willst du? Bleib doch ein bisschen bei mir! Ich hab auch ganz bestimmt ein Pflaster für dein wehes Näschen!"

„Tut mir leid, Baby, ich hab schon 'ne Verabredung. Beim nächsten Mal vielleicht", keuchte ich und setzte meinen Weg fort.

Eine Gruppe von Bauarbeitern im Unterhemd tanzte mich nun lasziv an, gemeinsam mit einem braungebrannten Mann, der unter seinem Trenchcoat nur einen Lederstring trug. Ich schüttelte nur den Kopf und schob sie beiseite, was die Tänzer mit bissigen Kommentaren quittierten. „Was hast du denn für 'nen Stock im Arsch, du prüder Penner?"

Aber das interessierte mich herzlich wenig. Erneut rannte ich los. Meine Kondition stieß jetzt schon langsam, aber sicher an ihre Grenzen. Schweißperlen liefen mir von der Stirn in die Augen.

Endlich hatten Dario und ich es durch die Reihen liebestoller Männer geschafft und standen nun in der Zeughausstraße, vor dem mittelalterlichen Gebäude des Stadtmuseums, auf dessen Turm seit Anfang der Neunziger Jahre das „Flügelauto" des Kölner Künstlers HA Schult stand – ein gold lackierter Fiesta mit Engelsflügeln, das dem ehemaligen Kölner Regierungspräsidenten Franz-Josef Antwerpes, dessen Büro im Verwaltungsgebäude der Bezirksregierung gegenüber lag, jahrelang als Objekt für Schmähreden und unzählige Beschwerden gedient hatte. Etwa fünfzig Meter vor uns machte ich wieder den Lockenkopf mit roter Jacke aus, der sich wie ein gehetztes Tier umschaute und seine Schritte beschleunigte, als er merkte, dass wir ihn immer noch verfolgten. Ich stieß Dario im Laufen an. „Da vorne ist der Typ. Los, komm!"

„Sollen wir nicht lieber Verstärkung rufen?"

„Quatsch nicht, Zimmermann!"

Wir rannten, als ginge es um unser Leben. Über die Zeughausstraße, der man dank den bunt kostümierten Jecken auf den Tribünen, den leeren Bier- und Schnapsflaschen und den Pferdeäpfeln auf dem Asphalt immer noch ansah, dass hier vor kurzem der Zug durchgegangen war. Ich hörte mich selbst vor Erschöpfung keuchen. Unwillkürlich fragte ich mich, wann ich das letzte Mal Sport getrieben hatte. Es musste eine ganze Weile her sein. Das Blut lief mir immer noch aus der Nase und tropfte auf den grauen Asphalt. Dennoch war an Anhalten nicht zu denken. Ich wollte diesen Idioten erwischen. Trotz stechender Schmerzen in den Rippen trieb ich mich weiter dazu an, schneller zu laufen. Dario folgte dicht hinter mir. Er rang nicht so nach Luft wie ich. Kein Wunder, schließlich hatte er vor kurzem mit dem Training für den Marathonlauf Anfang Oktober begonnen.

Wir liefen weiter über die Zeughausstraße und bogen in die enge Steinfelder Gasse ein. Da passierte es. Unser Flüchtiger drehte sich im Lauf nach uns um und stolperte über ein klappriges Fahrrad, das am Fahrbahnrand lag. Er schrie kurz auf, rappelte sich jedoch im nächsten Augenblick wieder auf und wollte weiterrennen. Aber ich hatte ihn schon erreicht. Ich sprang ihn an und riss ihn mit mir zu Boden. Leider gab mein Kontrahent nicht auf. Er befreite sich aus meinem Griff, sprang auf und trat mir mehrmals wie ein wildgewordenes Tier in die Rippen, bevor ich überhaupt reagieren konnte. Erst, als Dario ihn gepackt und rückwärts zu Fall gebracht hatte, ließ er von mir ab.

„Ihr Arschlöcher! Lasst mich in Ruhe!“, schrie er. Die Schmerzen in meinen Rippen waren unerträglich. Meine Nase blutete noch immer und pochte dumpf. Dario half mir, aufzustehen. Völlig außer Atem blickte ich auf den festgenommenen Randalierer zu meinen Füßen, den Dario gefesselt und durchsucht hatte. Weder gefährliche Gegenstände noch ein Portemonnaie oder Ausweispapiere hatte er dabei gefunden. Hinzu kam, dass sich dieser Vollidiot weigerte, uns seinen Namen oder überhaupt irgendetwas zu sagen. Er blickte nur starr vor sich hin.

Zugegeben, für einen Moment zog ich in Erwägung, ihm die Tritte in meine Rippen auf Heller und Pfennig zurückzuzahlen. Aber im nächsten Moment wollte ich mich für diesen miesen Rachegedanken am liebsten schon selbst ohrfeigen. Wenn sich noch nicht mal die Polizei an die Regeln hielt, wer denn dann? Dario rief über sein Handy die Leitstelle an, die uns Verstärkung schicken sollte.

Die fünf Minuten, die wir bis zum Eintreffen des Streifenwagens warten mussten, kamen mir wie eine Ewigkeit vor. Regungslos lag der Festgenommene auf dem kalten Asphalt. Nicht einen Ton gab er von sich. Der nagelneue, silber-grüne Kombi hielt neben uns an. Ihm entstieg ein spindeldürrer, hochgewachsener, blutjunger Kommissar mit modischem „Ziegenbart". Ihm folgte eine gedrungene, korpulente Polizeiobermeisterin mit kurzen Haaren. Bei dem Anblick der beiden Kollegen musste ich unweigerlich an das Kinderlied „Spannenlanger Hansel, nudeldicke Dirn" denken. Der junge Kollege sprach uns an: „Guten Tag, die Herren. Ich bin Kevin Franke, das ist Sandra Jülich, Wache Eigelstein. Seid ihr die beiden Kollegen von der Kripo, die Verstärkung angefordert haben?"

Dario und ich nickten und stellten uns vor. Kommissar Franke deutete mit dem Zeigefinger auf meine Nase. „Brauchst du 'nen Arzt?" Der energische Tonfall des Kollegen überraschte mich, da er gar nicht zu dem äußeren Erscheinungsbild des jungen Mannes passte. Ich schüttelte den Kopf und klärte die beiden Uniformierten über die Umstände, die zur Festnahme des unbekannten Schlägers geführt hatten, auf. Kollegin Jülich schaltete sich ins Gespräch ein: „Wie soll's jetzt weitergehen?"

„Ich würde vorschlagen, dass wir diesen Pflegefall erst mal zur K-Wache bringen. Schließlich hat er sich geweigert, uns seinen Namen zu nennen, und außerdem haben wir bei ihm auch keine Ausweispapiere gefunden. Die Kollegen werden ihn wohl oder übel erkennungsdienstlich behandeln müssen."

Kollege Franke nickte zustimmend. „Genauso machen wir's. Sollen wir euch beide mitnehmen?"

Dario nickte. „Wenn ihr uns zur Kyotostraße fahren könntet, wäre das wäre echt klasse. Da steht noch unser Dienstwagen."

„Kein Problem."

Wir schafften den immer noch beharrlich schweigenden

Unbekannten auf den rechten Platz der Rücksitzbank, Dario nahm in der Mitte neben ihm Platz. Ich wollte es mir gerade hinter dem Fahrersitz gemütlich machen, als mich Kollege Franke an der Schulter festhielt. „Nix für ungut, Kollege, aber zieh bitte die Jacke aus, bevor du einsteigst." Dabei deutete er mit dem Zeigefinger auf den riesigen Fleck auf dem Rückenteil meiner roten Jacke, der durch den Sturz in die Kotze verursacht worden war. „Die versifft mir ja sonst die Rückbank."

Ich nickte, zog die übelriechende Jacke aus und warf sie achtlos in den Kofferraum.

Inzwischen war es achtzehn Uhr. Wir fuhren über die Ringe zur Kyotostraße, wo uns die Kollegen aussteigen ließen. Kommissar Franke und seine Kollegin Jülich setzten ihren Weg mit dem unbekannten Randalierer Richtung K-Wache in Kalk fort. Da ich mich noch immer benommen fühlte, ließ ich Dario fahren. Ich spürte jede Rippe einzeln schmerzen, was mich fast um den Verstand brachte. Außerdem klopfte meine Nase immer noch heftig, obwohl das ausgetretene Blut zwischenzeitlich getrocknet und verkrustet war. Mitfühlend sah mich Dario an. „Du siehst nicht besonders gut aus. Soll ich dich nicht lieber ins Krankenhaus bringen?"

„So 'n Blödsinn, Dario. Mir geht's gut. Nein, wir müssen uns um dieses kleine Arschloch kümmern. Bin mal gespannt, warum der vor uns weggelaufen ist. Das will ich unbedingt wissen."

Kurz nach halb sieben hielten wir auf dem Vorplatz des Polizeipräsidiums. Vor dem Block B, der auch die Büroräume der K-Wache beherbergte, waren mehrere grün-weiße VW-Busse, Streifenwagen und sogar ein Rettungswagen geparkt. Ich konnte auch den Passat unserer beiden Kollegen von der Schutzpolizei erkennen, die für uns den widerspenstigen Kamellejung transportiert hatten. Kaum waren wir ausgestiegen, kam Kollege Franke auf uns zugelaufen. „Übernehmt ihr den Typen jetzt wieder?"

„Na klar. Ihr könnt euch wieder auf den Weg machen. Hat der Kerl noch irgendwas gesagt?"

Der junge Streifenbeamte schüttelte den Kopf und verzog den Mund. „Nicht einen Ton. Seltsamer Vogel."

Wir begleiteten Kommissar Franke zu seinem neuen, blankpolierten Dienstwagen. Die Polizeiobermeisterin stieg auf der hinteren Fahrerseite aus. Im Schein der Innenraumbeleuchtung glänzte ihr silbernes Augenbrauenpiercing. Dario half mir, den Lockenkopf aus dem Kombi zu holen. Widerstandslos ließ er diese Prozedur über sich ergehen. Wir hakten ihn auf beiden Seiten unter und führten ihn in den Seitentrakt des Präsidiumsgebäudes. Im Vorraum der K-Wache herrschte helle Aufregung. Mehrere halbwüchsige Deutsche, die alle KEC-Trikots trugen, stritten lautstark mit einer Gruppe gleichaltriger Türken, die in bester Gangsta-Rapper-Manier dicke Ketten um den Hals, Piratenkopftücher, weitgeschnittene Hosen und Sweatshirts sowie prollige Bomberjacken trugen. Ein weiblicher KEC-Fan saß auf einem der Stühle und schluchzte vor sich hin. Sie wurde von einer anderen Jugendlichen getröstet. Wäre nicht just in diesem Augenblick ein vierköpfiger Trupp von Bereitschaftspolizisten aus dem Innenraum der K-Wache herbeigeeilt, wäre die Situation in dem überlaufenen, von hasserfüllter Stimmung geprägten Vorraum vermutlich jede Sekunde eskaliert. Der kräftige Kollege im olivgrünen Einsatzanzug, in dem ich sofort den „freundlichen" Bereitschaftspolizisten aus Bochum erkannte, der mich vergangenen Freitag so unwirsch von dem Tatort in der Thieboldsgasse vertrieben hatte, packte mit seinen prankenähnlichen Händen einen der türkischen Jugendlichen sowie dessen deutschen Kontrahenten am Kragen. Zuvor waren beide unter wüstesten Beschimpfungen wie „Kanake" und „Nazi" aufeinander losgegangen. Gerade zu Zeiten gesteigerten Alkoholkonsums traten gesellschaftliche, kulturelle und religiöse Unterschiede bei den Jugendlichen verstärkt zu Tage und entluden sich in gewalttätigen Auseinandersetzungen. Da half auch die seitens der Politik unermüdlich propagierte gegenseitige Toleranz herzlich wenig. So lange sich die Teenager der verschiedenen Bevölkerungsgruppen einer eher ungewissen beruflichen und sozialen Zukunft gegenübersahen, würden unschöne Szenen wie diese leider noch nicht der Vergangenheit angehören.

Kaum hatte der Bochumer Kollege die beiden Streithähne voneinander getrennt, flammte der Streit unter den beiden Cliquen am anderen Ende des Vorraums erneut auf. Diesmal trat das heulende Mädchen wild kreischend und fluchend einem gleichaltrigen Türken, dessen Kluft Eminem alle Ehre gemacht hätte, ohne Vorwarnung in den Schritt. Tränen schossen in die Augen des jungen Mannes und er griff sich mit schmerzverzerrtem Gesicht zwischen die Beine.

„Wenn du blöde Göre jezz nichen Ball flach hältst, kriechse wat zwischen die Hörner, klar?"

Der Bochumer hatte sich in seiner unnachahmlichen Art vor dem Mädchen aufgebaut und die Hände in die Hüften gestemmt. Seine drei Kollegen hatten größte Mühe, die beiden Gruppen voneinander zu trennen. Dario und ich schauten dem Schauspiel etwa zwei Minuten zu, bevor uns der Bochumer entdeckte. „Wat glotzt ihr Pappnasen denn so blöd? Wenn ihr hier durchwollt, bitte. Hier jibbet nix zu glotzen, klar?"

Die griesgrämige Stimmung des Kollegen besserte sich wohl nie. Aber ich war viel zu geschafft, um mich auf eine Diskussion mit dem gestressten Kollegen einzulassen. So ignorierte ich seinen blöden Kommentar und zog den Lockenkopf samt Dario hinter mir her zu der Panzerglasscheibe am Rande des Vorraums, die den Blick auf den Innenraum der K-Wache freigab. Ich klopfte gegen die Scheibe. Der Kollege auf der gegenüberliegenden Seite, der wegen seiner kurzgeschorenen Haare fast kahlköpfig aussah, blickte von seiner Zeitung auf. Es war Rainer Unkel, einer der Kollegen, der uns zuletzt am Fundort der Leiche von Volker Werle begegnet war. Er sah mich skeptisch an und zog die Augenbrauen hoch. Dann erhellte sich seine Miene, er legte seine Zeitung gemächlich auf den Schreibtisch und nahm einen Schluck aus seinem Schalke-Kaffeebecher. Dann betätigte er den Türöffner. Zwar hatten sowohl Dario als auch ich unsere eigenen „Dongel", Schlüsselanhänger, mit denen sich die PP-Türen öffnen ließen, dabei, aber so war es doch um einiges bequemer. Der Summer ertönte, ich stieß die Tür neben der Fensterscheibe auf und trat in den Innenraum der K-Wache. Sie glich den anderen Wachräumen, die ich im Laufe meiner Polizistenlaufbahn kennengelernt hatte, obwohl sie im Gegensatz zu den meisten Wachlokalen sehr modern eingerichtet war und durchaus aufgeräumt wirkte. Aber diese stickige Luft – ein Gemisch aus Tabak, Kaffee, Schweiß, billigem Gesichtswasser und müffelnden, alten Aktenordnern – ließ sich nun mal nicht hinter modernen Bürosesseln und den neuesten Schreibtischen verstecken. Das grelle Licht der Leuchtstoffröhren an der Decke tat ihr Übriges.

Diesseits der Theke, die den Raum in Besucher- und Arbeitsbereich teilte, spielten sich ähnliche Szenen wie im Vorraum ab. Drei deutsche Jugendliche schrien gerade die vier türkischen Jungs, die an die Theke gelehnt standen, mit den übelsten Schimpfworten an. Die türkischen Jugendlichen taten gleichzeitig ihr Bestes, ihren Kumpel lautstark unterstützen, der gerade von Ulf Wenzel, dem Dienstgruppenleiter der K-Wache 1, befragt wurde. Der Kriminalhauptkommissar war mit der Situation sichtlich überfordert.

In einer Ecke auf der anderen Seite der Theke versorgten zwei Rettungssanitäter die klaffende Schläfenwunde eines KEC-Trikot-Trägers. Ich hörte, wie Ulf, ein herzensguter Kollege Mitte vierzig, dessen dunkelblondes Haar immer lichter wurde und dessen Kinn eine markante Narbe zierte, die vier Türken auf der anderen Seite der Theke anschrie: „Jetzt ist Ruhe, verdammt nochmal! Ich sprech gerade mit eurem sauberen Freund und nicht mit euch.“ Der Kollege blickte die Jugendlichen streng an. „Wenn ich noch einen Ton höre, fliegt ihr alle raus! Klar?“

„Ey, Mann, was hast du für Problem, Alter?“

„Schnauze!“ Ein hochgewachsener Mann Ende dreißig, der trotz seines Alters schon komplett ergraut war und dessen stahlblaue Augen stechend in Richtung der vier Störenfriede blickten, war hinter der Theke hervorgekommen und hatte sich vor den Jungs aufgebaut. Es war Kriminaloberkommissar Dirk Matthias, einer der erfahrensten und engagiertesten Beamten, die für die K-Wache arbeiteten, und der uns ebenfalls bereits Sonntagnacht am Tatort unterstützt hatte. Die drei deutschen Jugendlichen nutzten die Gunst der Stunde und fingen wieder mit ihren Beschimpfungen an: „Ihr Schweine! Ihr habt den Dennis so zugerichtet. Ey, lasst uns vor die Tür gehen!"

„Was wollt ihr Kartoffelköpfe? Wir können das auch direkt hier regeln!"

Mit geballten Fäusten gingen die insgesamt sieben Kontrahenten aufeinander los. In diesem Moment sprang der Türke, der von Ulf vernommen wurde, auf. Sein Stuhl fiel krachend zu Boden, er nahm Anlauf und wollte gerade über die Theke springen, um seinen Freunden zur Hilfe zu kommen. Im letzten Augenblick konnte ihn Ulf Wenzel an der Schulter packen und zu Boden reißen. „Jetzt ist Schluss!"

Ich hatte Ulf noch nie so in Rage erlebt. Er packte den jungen Mann und drückte ihn unsanft auf den Stuhl, während Dirk alle Hände voll zu tun hatte, die aufgebrachten Jugendlichen zu trennen. Während er wie ein Bollwerk zwischen beiden Fronten stand, erblickte er Dario und mich. „Tach ihr zwei, euch schickt der Himmel! Helft mir mal bitte, die Penner hier aus dem Büro zu schaffen."

Wir ließen den Lockenkopf, der die ganze Aufregung um ihn herum ignorierte, an der Theke stehen und halfen Dirk, die sieben Jungs vor uns her aus dem Büro in den Vorraum zu treiben, wo sie von den Bochumern und ihren Cliquen lautstark in Empfang genommen wurden.

„Was ist denn hier los?", wollte ich von Dirk wissen. Er winkte ab. „Ach, diese türkischen Jungs haben eines von den deutschen Mädchen angebaggert. Daraufhin ist ihr Freund auf die Türken losgegangen. Die haben ihm dann 'ne üble Tracht Prügel verpasst."

„Ist das der Junge, der drinnen von den Sanis versorgt wird?"

„Richtig. Und der Typ, der von Ulf vernommen wird, hat zugeschlagen. Scheißkarneval! Kein Wunder, dass die Teenies alle abdrehen, wenn's an jeder Ecke was zu saufen gibt. Kommt, lasst uns wieder reingehen. Und danke für die Hilfe." Dirk deutete auf meine Nase. „Was hast du denn wieder für 'ne Scheiße gebaut?"

„Ach, halb so wild. Der Bekloppte, den wir mitgebracht haben, wollte mir unbedingt eine reinschlagen ..."

„Na, wenn's weiter nix ist ...", sagte Dirk.

Die Situation im Innenraum hatte sich beruhigt. Dirk ging in den Aufenthaltsraum, während Ulf mit der Vernehmung des Schlägers fortfuhr. Inzwischen hatte sich ein Kollege dazugesellt und schrieb das Vernehmungsprotokoll am PC mit. Auch ihn schien dieser Zwischenfall mitgenommen zu haben. Nervös biss er sich auf die Unterlippe. Der Einzige, den der Vorfall nicht im Geringsten zu belasten schien, war der Kollege, der uns die Tür geöffnet hatte. Er hatte sich inzwischen wieder der Lektüre seiner Boulevardzeitung gewidmet und schlürfte genüsslich an seinem Kaffeebecher. Kriminalkommissar Rainer Unkel hatte wie immer die Ruhe weg und stand damit im krassen Gegensatz zu seinem Chef Ulf, der schon beim geringsten Anlass in Stress verfiel. Ein Grund dafür, dass die beiden K-Wachler schon öfters aneinandergeraten waren.

Ich klopfte auf die Theke und weckte damit Rainer aus seinem Beamtenschlaf. „Hey, Unkel, kannst du mal deinen Arsch hier rüber bewegen? Ich brauch mal 'ne ED-Behandlung für den Lockenkopf hier. Den Antrag füll ich dir sofort aus." Dabei lächelte ich den sympathischen Kollegen versöhnlich an. Auch wenn er den Fleiß nicht gerade erfunden hatte, ich mochte diesen fanatischen Schalke-Fan aus Kleve am Niederrhein sehr gern. Er grinste. „Natürlich, Kollege Merzenich. Ich eile." Wie in Zeitlupe erhob er sich von seinem Platz und bewegte sich im Schneckentempo Richtung Theke. „Ist das heute wieder ein Stress hier. Zuerst 'n paar besoffene Randalierer in der Südstadt, dann diese Schwachköpfe hier und jetzt ihr", sagte er.

Kurze Zeit später hatte ich den Antrag auf ED-Behandlung und den restlichen Papierkram wie die Strafanzeige an Rainers PC ausgefüllt und ausgedruckt. Rainer nahm sich des regungslosen

Schlägers an und verschwand mit ihm, um ihn einer erkennungsdienstlichen Behandlung zur Identitätsfeststellung, sprich der Abnahme von Fingerabdrücken und der Fertigung von Lichtbildern, zu unterziehen.

Es war fünf vor halb acht, als Rainer in der Tür stand und verkündete, dass die ED-Behandlung des Lockenkopfs abgeschlossen sei. „Ich hab die Daten per Telebild an die Datenstation geschickt. Wenn der erfasst ist, werden wir relativ schnell wissen, wer der ist."

Wir tranken aus und gingen zurück in den Wachraum. Der verletzte Jugendliche befühlte gerade seinen Verband und schüttelte benommen den Kopf. Durch die Panzerglasscheibe konnte ich sehen, dass sich der Vorraum inzwischen komplett geleert hatte. Nur noch der teilnahmslose Kamellejung saß auf dem Stuhl im Wachraum. Ich seufzte wehmütig. Marcel, Erich, Hartmut und die anderen würden jetzt den Tag in unserem Vereinslokal ausklingen lassen. Rainers Telefon klingelte. Behäbig griff er nach dem Hörer und lauschte hochkonzentriert. „Ja, verstanden", sagte er und machte sich eifrig Notizen. Er legte auf und wandte sich uns zu: „So, Pitter, das war gerade die Datenstation. Die haben mir mitgeteilt, dass unser Lockenkopf hier bekannt ist. Der heißt Carsten Neugebauer."

„Na, da schau an", entgegnete ich nur. Ich machte mir große Vorwürfe. Schließlich hätte ich uns diesen gefährlichen Einsatz und auch den Aufwand einer ED-Behandlung ersparen können, wenn ich auf Dario gehört und ihn im Vorfeld nähere Infos von der Datenstation einholen lassen hätte. Immerhin hätten wir dann gewusst, wie er aussah, und hätten uns ihm dementsprechend vorsichtiger nähern können. Mein Jagdfieber hatte mich mal wieder in Schwierigkeiten gebracht.

„So, Herr Neugebauer, dann wollen wir uns doch mal endlich in Ruhe unterhalten, oder?", sagte ich zu dem Kamellejung, der sich jetzt leicht nervös auf die Unterlippe biss.

Wortlos folgte er uns in unser Büro im Gebäudeblock A. Dario rief am PC den entsprechenden Vordruck auf, ich informierte Theo, der der Vernehmung jedoch nicht beiwohnen wollte.

„Was wollen Sie von mir, Mann?“, raunzte Neugebauer und streckte alle viere von sich. Zunächst befragte Dario ihn nach seinen Personalien, zu denen er jetzt bereitwillig Angaben machte.

„Herr Neugebauer, es geht um Ihr ehemaliges Vereinsmitglied Volker Werle. Wir haben ihn tot aufgefunden. Nach unseren Ermittlungen ist er das Opfer eines Tötungsdelikts geworden“, begann ich schließlich mit der Vernehmung, um ihn direkt im Anschluss zu belehren.

„Und was hat das mit mir zu tun?“

„Uns liegen Zeugenaussagen vor, nach denen Sie vor geraumer Zeit Streit mit Herrn Werle hatten. Dabei ging es um die Entwendung von Vereinsgeldern. Sie sollen Herrn Werle in diesem Zusammenhang massiv bedroht haben.“

„Das ist alles, Mann? Lange her. Olle Kamellen. An die Scheiße hab ich schon ewig keinen Gedanken mehr verschwendet.“

„Wenn das alles so lange her ist und Sie mit der Sache nichts zu tun haben, können Sie uns ja sicherlich sagen, wo Sie in der Nacht von Samstag auf Sonntag waren, oder?“

Neugebauer zog hörbar die Nase hoch. Er sah uns verächtlich an. „Nä, Mann, kann ich nicht. Keine Ahnung. Ist lange her.“

„Lange her? Das war vorgestern, Herr Neugebauer!“

„Na und? Werd mich wohl zugesoffen haben! Alleine – so wie immer. Keine Ahnung. Echt nicht! Aber ’nen Mord lass ich mir von euch nicht anhängen, klar?“, schrie er und schlug energisch auf den Tisch.

„Und warum sind Sie dann eben so ausgerastet und haben mich niedergeschlagen?“

Neugebauer zuckte gespielt unschuldig mit den Schultern. „Hab halt ’ne chronische Bullenallergie. Kann ich doch auch nix für ...“

„Eine andere Frage: Sie waren mal Mitglied der Mauenheimer Rothäute. Haben Sie Ihr Kostüm noch?“

Aber Neugebauer pfiff verächtlich durch die Zähne. „Was soll ich mit dem alten Plunder? Hab ich damals weggeschmissen, den Scheiß."

„Haben Sie etwas dagegen, wenn wir uns bei Ihnen zuhause davon persönlich überzeugen?"

Neugebauer zuckte gleichgültig mit den Schultern. „Von mir aus. Wenn ich Nein sage, holt ihr euch ja eh 'nen Beschluss."

„Na, Sie scheinen sich ja gut auszukennen", meinte Dario. Er druckte das Protokoll aus. Neugebauer las es durch und unterschrieb. Dann sah er besorgt auf. „Ich muss doch jetzt heute Nacht nicht hierbleiben, oder?"

Ich schüttelte den Kopf. Es behagte mir nicht, aber wir hatten gegen Neugebauer nichts in der Hand, was seine Festnahme rechtfertigte. Das sah auch Theo so, den ich umgehend informierte.

So machten wir uns mit Neugebauer auf den Weg zur Friedrich-Karl-Straße, wo wir kurz nach neun ankamen. Sein Vater saß – oder besser hing – auf der Couch und schnarchte laut vor sich hin. Wir sahen uns in Neugebauers unaufgeräumtem Zimmer um, wühlten uns durch ausgeblichene Jeans und verwaschene Boxershorts. Zum Schluss begleitete er uns noch in den Keller, in dem nur zwei alte, klapprige Fahrräder und holzwurmzersetzte Möbel standen. Kurz nach halb zehn hatten wir die „Nachschau" nach dem Indianerkostüm ergebnislos beendet.

„Und jetzt?", fragte Neugebauer in provozierendem Tonfall.

„Das war's fürs Erste!", sagte ich bestimmt, während uns Neugebauer triumphierend grinsend zur Tür geleitete. Ohne ein Wort der Entschuldigung knallte er die Tür hinter uns zu.

„So ein Arschloch!", sagte Dario kopfschüttelnd.

Kurz nach zehn waren wir wieder im Büro und berichteten Theo von den Einzelheiten der Vernehmung und der Durchsuchung.

„Wir sind mit der Arbeit soweit durch. Ich hab die anderen schon nach Hause geschickt. Auf die Abschlussbesprechung wollte ich heute mal verzichten. Ich bin jetzt auch durch die Tür", sagte er und verabschiedete sich. Ich atmete auf. Dann kam mir eine Idee. „He, Dario, was hältst du davon, wenn wir uns auf die Socken machen und mit dem Rest vom Verein noch ein bisschen feiern?"

„Nee, lass mal. Ich geh lieber nach Hause und ruh mich aus." Dario packte seine Tasche und ließ mich allein im Büro zurück.

In diesem Moment fiel mir ein, dass ich vollkommen vergessen hatte, mich bei Maria zu melden. Das hatte ich eigentlich schon am Vorabend erledigen wollen. In der ganzen Aufregung hatte ich nicht mehr daran gedacht. In der Hoffnung, sie nicht allzu sehr verärgert zu haben, wählte ich ihre Handynummer. Sie meldete sich nach mehrmaligem Klingeln: „Ja?"

„Hi, ich bin's. Alles klar bei dir?"

„Na sicher. Ist ja nett, dass du dich auch mal meldest. Ich hab gedacht, du wolltest mich gestern schon anrufen?"

Im Hintergrund hörte ich laute Karnevalsmusik. Sie saß also nicht zuhause und wartete auf meinen Anruf, was mir sehr missfiel. „Ja, entschuldige, ich hab's einfach nicht geschafft. Hier ist ziemlich viel los."

„Wie immer", entgegnete sie sarkastisch.

„Können wir uns heute noch sehen?"

„Ach, weißt du, ich hab mich hier jetzt bislang auch ganz gut ohne dich amüsiert. Wegen mir brauchst du nicht mehr vorbeikommen! Feier du lieber schön mit deinen Akten! Tschüss!"

Ohne eine Antwort abzuwarten, legte sie einfach auf. Ich verdammter Idiot! Jetzt hatten wir gerade einen Schritt aufeinander zu gemacht und ich musste wieder mal so patzen!

Frustriert entschloss ich mich, den Abend allein in einer Kneipe und unter fröhlichen Leuten ausklingen zu lassen. Ich fuhr nach Hause, zog mir ein einfallsloses KEC-Trikot über, das der Kostümierung der Jugendlichen auf der K-Wache ähnelte, und setzte mich in die U-Bahn.

Als ich kurz vor zwölf am Zülpicher Platz ankam, war die

Stadt noch immer mit unzähligen Jecken überfüllt. Zwischen den teilweise sehr phantasievoll Kostümierten kam ich mir in meiner „08/15-Verkleidung“ ziemlich blöd vor. So ging ich zum „Müller-Lüdenscheidt“. Tja, in diesem Lokal hatte vor fast sechs Jahren alles angefangen. Mit einem strahlenden Lächeln hatte mir Maria zugeprostet. Wir waren sofort ins Gespräch gekommen und hatten uns stundenlang unterhalten. Unsere Umgebung hatten wir gar nicht mehr wahrgenommen. Aber das war vorbei – obwohl ich immer noch Herzklopfen bekam, wenn ich sie sah. Wehmütig schaute ich auf den Eingang der Studentenkneipe, vor dem sich eine Menschentraube gebildet hatte. Die Türsteher hatten größte Mühe, die in das beliebte Lokal drängenden Menschenströme abzuweisen. Bevor ich mich in die Schlange einreihte, wollte ich erst sehen, ob in dem Laden überhaupt noch Stimmung herrschte. Schließlich brauchte ich nach Marias Abfuhr etwas Aufmunterung. Durch die beschlagenen Scheiben konnte man sehen, dass der Laden hoffnungslos überfüllt war.

Da entdeckte ich Maria. In ihrem Piratenkostüm stand sie an der Theke, hatte ihre Arme um die Schultern eines als Beamter des NYPD kostümierten Mannes geschlungen und küsste ihn mit geschlossenen Augen! Ich taumelte einen Schritt nach hinten. Das zu sehen, traf mich härter als Neugebauers Fausthiebe und die Tritte. Meine Knie wurden weich. Innerlich hatte ich mich zwar darauf eingestellt, dass ich es mir mit Maria – wieder mal – verscherzt hatte und dass sie mich für einige Zeit wieder völlig ignorieren würde. Aber das hier – daran hätte ich im Traum nicht gedacht! In meine Verzweiflung mischte sich Wut. Aber was blieb mir in diesem Moment anderes übrig, als den Rückzug anzutreten? Wie in Trance ging ich zur Bahnhaltestelle.

Die Fahrt Richtung Kalk kam mir surreal vor. Um mich herum schunkelten und sangen die Kostümierten, aber ich nahm sie nur wie durch einen Schleier wahr. Kurzzeitig überlegte ich, meinem Freund Alfons einen Besuch in seiner bunt dekorierten Kneipe abzustatten und auf den „gelungenen“ Abend mein Glas zu erheben, während im Hintergrund die Bläck Fööss sangen und die übrigen Stammgäste einträchtig schunkelten. Aber diesen Gedanken verwarf ich wieder. Ich wollte nur noch allein sein und niemanden mehr sehen oder hören.

Als der Wecker morgens um halb sieben klingelte, hatte ich gerade mal eine Stunde gedöst. Antriebslos stieg ich in meinen grauen BMW und fuhr zum Präsidium. Dieser Dienstag würde mit den Umzügen in einigen Stadtteilen und den traditionellen „Nubbelverbrennungen" in der Nacht zu Aschermittwoch den Abschluss der laufenden Session bilden. Aber auch das war mir an diesem trüben Tag gleichgültig. Der wolkenverhangene, graue Himmel passte zu meinem Gemütszustand. Die Erinnerung daran, wie meine Exfrau einen anderen küsste, ging mir nicht aus dem Kopf. Dementsprechend schlecht gelaunt stieß ich die Tür zu unserem Büro auf. Dario war bereits eingetroffen und unterhielt sich mit einem untersetzten, graubärtigen Mann Mitte fünfzig. Als Darios Gesprächspartner mich erblickte, stand er auf und reichte mir freudestrahlend die Hand. Sein fester Händedruck ließ meine Handknöchel schmerzen. Kriminalhauptkommissar Lothar Heidmüller, wie Ulf Wenzel einer der drei Dienstgruppenleiter der K-Wache, war wegen seiner bedächtigen, einfühlsamen Art legendär. Auch wenn er auf den ersten Blick eher wie ein gemütlicher Sozialpädagoge wirkte, konnte er doch energisch und beherzt durchgreifen. Nachdem ich 1997 meinen Aufstieg beendet hatte, hatte ich rund zwei Jahre für Lothars Dienstgruppe, die K-Wache 2, gearbeitet. In dieser Zeit hatte mir Lothar viele Kniffe der Ermittlungsarbeit beigebracht, die mir im Rahmen der Kripoausbildung auf diese Art und Weise nicht vermittelt worden waren. Er verfügte über ein beachtliches Wissen, an dem er mich nur allzu gerne hatte teilhaben lassen. Ich hatte Lothar, dessen Markenzeichen eine schwarze Lederweste war, schon eine halbe Ewigkeit nicht mehr gesehen und freute mich riesig über seinen Besuch. „Mensch, Lothar, was machst du denn hier?"

„Grüß dich, Pitter. Ich wollte doch mal sehen, ob ihr Todesermittler überhaupt arbeitet!"

„Was können wir für dich tun?"

„Frag mich lieber, was ich für euch tun kann", entgegnete er und legte ein Bündel DIN-A4-Blätter, das er aus seiner alten Aktentasche geholt hatte, auf den Schreibtisch.

BESCHULDIGTENVERNEHMUNG stand auf der ersten Seite. Fragend blickte ich meinen Kollegen von der K-Wache an. „Was ist das?"

Lothar lehnte sich zurück und verschränkte die Arme vor seinem Bauch. „Nun, ihr beiden" – der Dienstgruppenleiter sah Dario und mich an – „habt doch gestern Nachmittag diesen Kamellejung der Prinzen-Garde, diesen Neugebauer, vorübergehend festgenommen."

„Stimmt. Diesen Penner werde ich so schnell nicht vergessen", antwortete ich und befühlte meine Rippen und meine Nase.

„Heute Nacht, so gegen drei, haben uns die Kollegen der PI 5 aus Nippes informiert. Die Nachbarn hatten einen lautstarken Streit aus Neugebauers Wohnung gehört. Als die Kollegen dort eintrafen, hatte Neugebauer seinen Vater niedergeschlagen. Der lag bewusstlos und blutüberströmt im Wohnzimmer. War mit dem Hinterkopf auf der Tischkante aufgeschlagen."

„Ach, du Scheiße. Was war denn da los?", sagte Dario.

„Sein Vater hatte sich wieder mal zugesoffen, war mitten in der Nacht wachgeworden und hatte ihm Vorhaltungen gemacht. Dass die Polizei ihn gesucht hat, um mit ihm zu reden. Dass er ein Versager sei, der nichts auf die Reihe kriege. Daraufhin hat Neugebauer zugeschlagen. Gegenüber den Kollegen war er dann nur noch ein Häufchen Elend. Er hatte zunächst sogar gedacht, dass sein Vater tot sei. Neugebauer war vollkommen neben der Spur. Er hat gegenüber den Kollegen von S[3] förmlich darum gebettelt, eine Aussage machen zu dürfen."

„Auf einmal? Der Arsch war doch gestern kalt wie 'ne Hundeschnauze."

„Ja, aber die Sache mit seinem Vater scheint ihn wohl ziemlich mitgenommen zu haben. Unter dem Eindruck dieses Vorfalls

[3] (veraltete) Abkürzung für Schutzpolizei

wollte er ‚reinen Tisch machen', wie er sagte. Mein Kollege und ich haben ihn vernommen. Ihm ging's psychisch sehr schlecht. Darum hat er auch mit uns reden wollen. Er wollte schlichtweg unsere Hilfe. Es war gar nicht so einfach, mit ihm zu reden. Er hat die ganze Zeit geschluchzt und geweint. Das alles tue ihm wahnsinnig leid, hat er wiederholt gestammelt."

„Was meinte er damit? Etwa den Angriff auf seinen Vater? Oder auf Pitter?"

Lothar schüttelte den Kopf. „Nein, eine andere Sache, die sein Gewissen belastete: Neugebauer hat gestanden, dass er in der Nacht von Samstag auf Sonntag eine Tankstelle in Aachen, in der Nähe des Europaplatzes, überfallen habe. Ich hab meinen Kollegen gebeten, mal zu recherchieren, ob an dieser Aussage etwas dran sei. Es stimmte. Die Kollegen der Aachener K-Wache wurden in dieser Nacht um 0.45 Uhr tatsächlich zu der Tankstelle gerufen. Ein bis dahin unbekannter Täter war in den Verkaufsraum eingedrungen und hat den Kassierer unter erheblicher Gewalteinwirkung gezwungen, die Tageseinnahmen herauszugeben. Er hat dem Mann mehrfach mit dem Griff einer Pistole auf den Kopf geschlagen. Gerade mal 350 Euro konnte er erbeuten. Dafür musste das arme Opfer mit einer Gehirnerschütterung und einer klaffenden Platzwunde am Kopf ins Krankenhaus. Die Beute hat aber gereicht, um einem türkischen Cafébesitzer, bei dem er Spielschulden hatte und der ihn massiv unter Druck gesetzt hat, sein Geld zurückzuzahlen. Als ihr beiden gestern nach dem Rosenmontagszug aufgetaucht seid, hat er geglaubt, die Polizei wäre ihm auf die Schliche gekommen und ist durchgedreht." Lothar musterte uns beide gespielt spöttisch. „Euch erkennt man aber auch auf dreihundert Meter als Polypen!" Nach einer kurzen Unterbrechung, in der Dario unserem sympathischen Kollegen einen Kaffee holte, fuhr Lothar mit seinen Ausführungen fort. „Jedenfalls hat er alles gestanden."

„Wo ist der Neugebauer jetzt?"

„Er sitzt im Polizeigewahrsam, wird im Laufe des Tages wegen des Raubüberfalls dem Haftrichter vorgeführt. Sein Vater liegt übrigens im Krankenhaus. Dem geht's den Umständen entsprechend. So, Jungs, ich geh jetzt auch endlich heim. Die Schicht war anstrengend genug mit diesen ganzen Schnapsleichen und Randalierern. Hab mit meinen Jungs wieder mal Überstunden geschoben. Deshalb bin ich auch überhaupt noch da. Ist ja wieder eine Schlägerei nach der anderen. Das wird jedes Jahr schlimmer. Furchtbar! Das hat doch alles nichts mehr mit Karneval zu tun, was hier passiert!"

Ich wusste, was Lothar meinte. In den letzten Jahren war es an Karneval immer häufiger zu oftmals alkoholbedingten Übergriffen gekommen. Es handelte sich dabei nicht mal mehr nur um Kneipen- oder Festzelt-Prügeleien, die es schon zu meiner Jugendzeit gab. Nein, die vor allem jugendlichen Täter wurden immer brutaler. Ihre Messerstechereien und brutalen Raubüberfälle zerstörten jede Karnevalsatmosphäre.

Lothar stand auf und klopfte mir freundschaftlich auf die Schulter. „Ich lasse euch die Kopie des Protokolls hier. Für euren Fall scheint das ja aber eher uninteressant zu sein."

Damit hatte er recht. Wenn Neugebauer tatsächlich die Tankstelle in Aachen überfallen hatte, konnte er aufgrund des Tatzeitpunkts und der Entfernung zum Tatort in der Kölner Altstadt unmöglich für den Tod von Volker Werle verantwortlich sein. Wir mussten also wieder von vorne anfangen. Ich hoffte, dass Wolle, Ralf, Andríkos und Nina mit ihren Vernehmungen der ausgeschiedenen Vereinsmitglieder und ihrer Angehörigen positive Ergebnisse vorzuweisen hätten.

Wir gingen in Ninas und Andríkos' Büro, in dem – wieder mal – auch Ralf, Wolle und Theo saßen.

„Guten Morgen, Kollegen. Wie geht's euch Verhörspezialisten?", fragte ich.

Andríkos sah mich betrübt an. „Morgen, Pitter. Wie soll's uns schon gehen? Wir haben ja bis halb acht gestern Abend in einem Stück durchgearbeitet und haben auch fast alle, die auf der Ehemaligenliste standen, erreicht. Einen Großteil von denen haben wir direkt hier im Büro vernommen."

„Leider Fehlanzeige", seufzte Ralf resigniert. Er erhob sich und hielt dabei einen Notizzettel in der Hand, als wolle er eine Rede halten. „Also: Bis auf Heinz Albrecht, Patrick Schöneberg, Helga Schreiner und die Tochter von Waltraud Schmitz haben wir alle ehemaligen Vereinsmitglieder der Mauenheimer Rothäute beziehungsweise deren Angehörige erreicht. Alfred Beck hat sein Kostüm noch. Genauso wie Roswitha Berrenrath, Günter Böhm, Bruno Mertens, Irmgard Hartwig, die Witwe von Anton Hartwig, Otto Heisterkamp, das Ehepaar Jablonski und Annemarie Theißen. All diese Personen gaben an, die Kostüme als Erinnerungsstücke aufzubewahren. Die haben fast einstimmig gesagt, dass sie die Indianerkostüme niemals ausleihen, geschweige denn verkaufen oder wegschmeißen würden. Dass die fast alle ein gemeinsames Alibi für den Tatabend haben, will ich hier nur am Rande erwähnen. Die haben so 'ne Art Ehemaligenstammtisch und verbringen Karnevalssamstag gemeinsam im Alt Neppes an der Neusser Straße. Bis auf Roswitha Berrenrath, Bruno Mertens und Irmgard Hartwig, die allein zuhause waren, gaben alle an, dort gewesen zu sein. Wir haben den Wirt des Alt Neppes vorgeladen und befragt. Er hat die Angaben bestätigt."

An dieser Stelle schaltete sich Nina in das Gespräch ein: „Die Kinder von Werner Lehnhoff haben das Kostüm ihres Vaters auf dem Flohmarkt an einen Unbekannten verkauft, das hat seine Tochter gegenüber den Kollegen des PP Leverkusen eingeräumt, die wir um Amtshilfe gebeten haben. Und die Leitung der Riehler Heimstätten, in denen Hartmut Wielpütz bis zu seinem Tod gewohnt hat, hat uns versichert, dass sie das Kostüm weggeschmissen habe. Genauso wie die Witwe von Hans Alkenrath, eine ziemliche Kratzbürste. Sie meinte, dass ‚der alte Plunder' nur Platz weggenommen hätte. Wir werden heute im Laufe des Tages versuchen, die übrigen Herrschaften von der Liste zu erreichen. Habt ihr Carsten Neugebauer angetroffen?"

Dario erzählte von der unliebsamen Begegnung, die wir mit Neugebauer hatten, und von dessen Geständnis. Theo wirkte noch angespannter als sonst. „Das bringt uns doch alles nicht weiter, Leute. Mein Gott, ist das ein verzwickter Fall."

„Et es wie verhext", sagte Wolle und nahm einen Zug an seinem Zigarillo.

Theo sah sich bedeutsam um. „Nina, du hast doch Werles Akten komplett durchgesehen, oder?"

„Ja klar. Und nix Besonderes gefunden."

„Vielleicht haben wir einfach irgendwas übersehen. Ich schlage vor, dass du dir die Akten nochmal ansiehst. Um die restlichen Vernehmungen werden sich Dario, Andríkos und Pitter kümmern. Pitter hat das Ehepaar Reichert ja für gleich zur Vernehmung vorgeladen. Es muss doch was zu finden sein, verdammt nochmal!", sagte Theo und schlug mit der Faust auf den Tisch.

„Ich werde Nina dabei helfen, wenn ihr nichts dagegen habt", sagte Ralf.

„In Ordnung", sagte Theo. „Aber vorher müssen wir zur Frühbesprechung."

Wie jeden Tag hatte sich wieder ein Großteil der Belegschaft unseres Kommissariats eingefunden. Karl-Heinz und Theo erzählten von den neuesten Entwicklungen in den Fällen der beiden „Karnevalsmorde". Die übrigen anwesenden Beamten des KK 11 schwiegen beharrlich. Man sah den meisten an, dass sie die zurückliegenden Tage „feucht-fröhlich" begangen hatten.

Nach der Besprechung ging Dario eifrig wieder ans Werk. Ich schaute gedankenverloren zum Fenster hinaus. Mehrere Flugzeuge überflogen den Himmel über Kalk, um auf dem Flughafen in Wahn zu landen. Nach dem Schreck am vorherigen Abend fühlte ich mich leer und müde. Ich schaffte es gerade noch, einen Vermerk über unseren „Zusammenstoß" mit Neugebauer am Vortag zu „pinseln". Wie aus weiter Ferne hörte ich Darios Stimme meinen Namen rufen: „Pitter? HALLO!!! Redest du nicht mehr mit mir, oder was?"

„Was?"

„Ich hab die ganze Zeit versucht, dich anzusprechen. Was ist denn mit dir los?"

„Ach, nix“, log ich und versuchte, mich auf mein arbeitsames Gegenüber zu konzentrieren.

„Also, ich hab gerade Heinz Albrecht erreicht. Der hat sein altes Indianerkostüm noch und kommt gleich zur Protokollaufnahme. Für den Tatabend hat er kein Alibi, er hat sich ’ne Karnevalssitzung im Fernsehen angeguckt. So, ich ruf jetzt die Kollegen vom PP München an, damit die Veronika Stangl, die Tochter von Waltraud Schmitz, zum Verbleib des Kostüms befragen. Was machst du?“, fragte Dario mit einem leicht vorwurfsvollen Unterton.

„Hab ’nen Vermerk geschrieben. Und warte auf das Ehepaar Reichert – weißt du doch ... Wär gut, wenn du den Albrecht dann gleich in einem anderen Büro vernehmen könntest.“

Die Vernehmung der Reicherts brachte erwartungsgemäß keine neuen Erkenntnisse. Sie bestätigten ihre Aussagen vom Vortag, die ich zu Protokoll nahm. Auch Dario kam kurze Zeit später zurück. „Nur zu deiner Info: Ich hab die Aussage von Herrn Albrecht zu Protokoll genommen und danach den Kriminaldauerdienst des PP München gebeten, Veronika Stangl zu vernehmen. Helga Schreiner und Patrick Schöneberg hab ich bislang nicht erreichen können!“

„Na, das hat uns ja jetzt auch nicht allzu viel gebracht, oder?“

Über meine Bemerkung sichtlich enttäuscht verzog Dario den Mund. Manchmal bin ich auch wirklich ein ziemlicher Idiot. Anstatt, dass ich Dario für seine gute Arbeit dankte, speiste ich ihn mit so einem blöden Kommentar ab.

„Ich geh mal zu den anderen. Vielleicht können die ja meine Hilfe brauchen. Du scheinst ja hier auch ohne mich gut klarzukommen“, sagte Dario frustriert und verließ unser Büro.

Ich folgte ihm um kurz vor zehn in Ninas und Andríkos’ Büro. Die beiden sowie Dario, Wolle und Ralf hatten sich bereits in ihre Arbeit vertieft. Alle fünf saßen gebeugt auf ihren Stühlen und blätterten akribisch die auf ihren Knien ruhenden Aktenordner durch. In dem kleinen Raum wirkten sie wie ein Ameisenhaufen, den man in eine Streichholzschachtel gesperrt hatte. Dabei standen unseren Kaderkräften eigentlich für die Dauer der MK-Ermittlungen die extra für sie bereit gehaltenen Kaderräume, eigene Büros, zur Verfügung. Ich ließ mich von ihrer Geselligkeit anstecken und holte mir aus einem Nachbarbüro einen Stuhl.

„So, Kollegen, dann will ich euch mal helfen", sagte ich betont fröhlich. Aber die fünf nahmen kaum Notiz von mir, so sehr waren sie auf ihre Arbeit konzentriert. Ohne aufzusehen drückte mir Nina einen der Aktenordner in die Hand. Lustlos begann ich, den prallgefüllten Ordner durchzublättern. Gehaltsabrechnungen der Spedition Nießen, Leistungsbescheide des Arbeitsamtes und diverse Rechnungen der unterschiedlichsten Versand- und Möbelhäuser – das war's. Nichts, was für unser Verfahren auch nur ansatzweise interessant wäre. Ich blätterte einen weiteren Ordner durch. Eine stupide Arbeit, die mir völlig sinnlos erschien. Rückblickend glaube ich, dass mich an diesem Tag aber wohl auch der spannendste Fall nicht aus der Reserve gelockt hätte. Eine ganze Weile saßen wir sechs stumm im Raum. Man hörte nur das Rascheln der Seiten.

Auf einmal fuhr Dario hoch und griff hastig zum Telefon. „Ja, Morgen, Dario Zimmermann vom KK 11 hier. Ist der Kollege Möbius heute im Dienst? ... Gut, dann komm ich mal eben vorbei. Bis gleich!"

Er sprang auf und verließ mit Werles Collegeblock unter dem Arm fluchtartig das Büro. Ich sah Nina, Andrikos, Wolle und Ralf fragend an, die nur mit den Schultern zuckten. Unser Kollege musste irgendwas entdeckt haben. Warum hätte er sonst Michael Möbius, einem Beamten unserer Kriminaltechnischen Untersuchungsstelle, einen Besuch abstatten wollen?

Es war gerade mal kurz vor elf. So versuchte ich erneut, mich auf die Lektüre von Werles Unterlagen zu konzentrieren.

Plötzlich fiel mir wie aus heiterem Himmel etwas ein, was ich ganz übersehen hatte. Man kann ein Pferd aber auch wirklich von hinten aufzäumen ... Denn die naheliegendste Informationsquelle im Hinblick auf den unbekannten Indianer hatte ich völlig außer Acht gelassen: Es waren nicht die ehemaligen Mitglieder der Mauenheimer Rothäute und ihre Angehörigen, sondern die Karnevalisten, die sich am fraglichen Abend im „Jan" aufgehalten hatten sowie der Wirt dieser Gaststätte! Niemand hatte bis jetzt daran gedacht, die nach dem Mann im Indianerkostüm zu befragen. Irgendwer musste ja die Einladung für den Unbekannten ausgesprochen haben, sonst wäre ihm der Zutritt verwehrt worden.

Ich wollte gerade zu Marco und Thorsten, um sie nach den Adressen der Zeugen zu fragen, als Dario, gefolgt von einem Mann mit dicker Brille und vorstehenden Zähnen, triumphierend das Büro betrat, Theo im Schlepptau. Bei Darios Begleiter handelte es sich um Kriminalkommissar Michael Möbius, einen liebenswerten, bisweilen aber auch anstrengenden Kollegen der KTU, der für die Auswertung und Analyse sichergestellter Beweismittel beziehungsweise deren Weiterleitung an die Experten des Landeskriminalamtes in Düsseldorf verantwortlich war.

„So, Herrschaften, ich glaube, Michael und ich haben den Fall gelöst!", verkündete Dario und wedelte mit mehreren DIN-A4-Blättern in der Luft. Möbius nickte zustimmend und grinste Nina an. Wir musterten die beiden erwartungsvoll. Stolz sah Dario sich in der Runde um.

„Dann will ich euch jetzt mal nicht länger auf die Folter spannen. Also: Ich hab mir im Rahmen der Unterlagendurchsicht auch nochmal den Ringblock angesehen, auf dem Volker Werle die Aufzeichnungen über seinen ehemaligen Chef verfasst hat. Nun ist's so, dass sich das, was man auf so einer Notizblockseite schreibt, auf die nachfolgenden Blätter durchdrückt. Das ist mir auch bei diesem Collegeblock aufgefallen. Nur eines fand ich seltsam: Ihr könnt euch sicher dran erinnern, dass der Block von Volker Werle nicht vollständig beschrieben worden war."

Das stimmte. Etliche Seiten des Blocks waren noch unbeschrieben geblieben. So lange hatte Volker Werle seinen ehemaligen Chef ja auch noch nicht beschattet.

„Was mich stutzig gemacht hat, ist, dass sich auf den letzten beiden Seiten des Blocks auch Spuren wiedergefunden haben, die entstehen, wenn man auf den vorherigen Seiten einen handschriftlichen Text mit einem Kugelschreiber verfasst hat."

Jetzt konnte ich nachvollziehen, worum es Dario ging. Volker Werle hatte den Notizblock eigentlich ausschließlich für seine Observationsergebnisse genutzt. Warum waren dann die Spuren einer durchgedrückten Schreibmine auf den letzten Seiten zu finden, obwohl Werles Notizen nur etwa die ersten zwei Drittel des Collegeblocks in Anspruch nahmen?

„Um rauszufinden, was auf den letzten Seiten geschrieben worden ist, bin ich zu Michael gegangen", fuhr Dario fort. „Der kennt sich ja mit so was aus."

Möbius beeilte sich, unserem Kollegen zuzustimmen: „Genau. Also, wie Dario bereits so zutreffend gesagt hat, entstehen beim Beschreiben der ersten von mehreren übereinanderliegenden Blättern mit einem relieferzeugenden Schreibmittel wie einem Kugelschreiber auf den darunterliegenden Seiten sogenannte ‚blinde Schreibrillen'. Diese Reliefschriften können mittels elektrostatischer Oberflächenprüfung untersucht werden. Uns stehen die dafür benötigten Gerätschaften jedoch nicht zur Verfügung. Mein Kumpel Hans von der Kriminaltechnik des Zollkriminalamts in Dellbrück hat allerdings die nötigen Geräte. Ich hab ihm eben mit Dario einen spontanen Besuch abgestattet und er hat die Blätter untersucht. Hat ganze zehn Minuten gedauert. Zwar hätte ich die Untersuchung auch bei unserem LKA in Düsseldorf beantragen können, aber ihr wisst ja, wie lange die Kollegen dort dafür brauchen."

Einhelliges, zustimmendes Nicken und Seufzen.

Was folgte, war ein ermüdender Vortrag über ein ESD-Gerät und das sogenannte Docu-Stat, deren genaue Funktionsweise ich jedoch direkt wieder vergaß. Nach gut zehn Minuten kam Möbius dann zum Punkt. Er legte ein Blatt Papier vor uns auf den Schreibtisch. „Hier, das ist der Text, den der Hans vom ZKA für mich sichtbar gemacht hat und der auf einer der letzten Seiten des Blocks stand."

Hallo Patrick,

auch wenn du glaubst, dass deine Kostümierung im „Jan" besonders originell war und du so getan hast, als hättest du mich noch nie gesehen, so hab ich dich trotzdem erkannt. Schließlich waren wir beide lange genug zusammen bei den Mauenheimer Rothäuten.

Ich weiß, was du Donnerstagabend in der Kneipe getan hast. Ich bin dir gefolgt und habe mit eigenen Augen gesehen, wie du diesen Döring hinterrücks abgestochen hast.

Wenn du nicht willst, dass ich der Polizei davon erzähle, kommst du morgen Abend um 00.30 Uhr zum Pegel in der Altstadt an der Deutzer Brücke und bringst 30.000,– € in bar mit. Ich weiß, dass du in der Werbebranche genug verdienst – und wenn nicht, frag halt einfach deinen Bruder, diesen Architekten-Schnösel! Du hast ja auch schon früher immer damit angegeben, wie viel Geld deine Familie hat.

Also: Wir sehen uns morgen Abend!

Gruß

Volker

Das war ja ein Hammer! Unser Toter hatte tatsächlich jemanden erpresst! Allerdings nicht seinen ehemaligen Chef Ingo Nießen, sondern jemand anderen, den er des Mordes an Klaus-Dieter Döring verdächtigte. Also hatten Figo, Marco und Thorsten recht gehabt. Beide Mordfälle hingen miteinander zusammen.

Beruhigt, dass unser Ermittlungsfehler, die ausgebliebene Befragung der Besucher des „Jan" nach dem unbekannten „Indianer", nun doch keine gravierenden Auswirkungen auf den weiteren Verlauf des Verfahrens gehabt zu haben schien, sah ich mir die Namensliste an, die uns Frau Reichert angefertigt hatte.

„Also, der Einzige von dieser Liste, der mit Vornamen ‚Patrick' heißt, ist Patrick Schöneberg." Ich sah Nina an. „Hatte der ein Alibi für den Tatabend?"

Nina wühlte in ihren Notizen. „Nee. Das war doch einer von denen, die wir bislang nicht erreichen konnten. Ich hab ihm aber auf den AB gesprochen und um Rückruf gebeten."

Der Name Schöneberg ließ mich irgendwie hellhörig werden. Ich wollte sichergehen und rief Frau Reichert an. Nach mehrmaligem Klingeln hob sie ab. „Reichert."

„Guten Tag, Frau Reichert, hier ist Merzenich. Ich bräuchte noch mal Ihre Hilfe. Gab's bei Ihnen im Verein einen Werbeangestellten namens Patrick?"

„Na klar. Der Schöneberg. Den hab ich aber doch auf der Liste genannt. Wieso? Was ist mit dem?"

„Na ja, wir haben da so einige Punkte, die wir mit ihm klären müssen, und ..."

„Also, das ist ein richtig arroganter Schnösel. So ein Kerl, der von seinen Eltern immer finanziert worden ist. Von Beruf Sohn, Sie verstehen? Sein Bruder, der Robert, der ist Architekt. Der hat den Patrick auch ein paarmal zu unseren Auftritten begleitet. Das ist genau so ein arroganter Kerl."

Ich bedankte mich und legte auf. Und plötzlich fiel es mir wieder ein. „Na klar!", rief ich und schlug mir mit der flachen Hand gegen die Stirn.

„Was ist?", wollte Theo wissen.

„Erinner dich doch mal an die Nacht, als wir zum Tatort gefahren sind. Da war doch in der Nähe der Ausfahrt der Heumarkt-Tiefgarage ein VU mit verletztem Fußgänger."

„Ja, klar. Deswegen mussten wir doch komplett um den Platz fahren. Aber was hat das jetzt damit zu tun?"

„Kannst du dich noch erinnern, dass einer der beiden Beamten, der den VU aufgenommen hat, den Autofahrer mit Schöneberg angeredet hat?"

Theos Augen weiteten sich. „Stimmt. Und so verbreitet ist der Name auch nicht", sagte er, griff hastig nach der PP-Telefonliste und wählte eine Nummer. Nach einem kurzen Gespräch wandte er sich uns zu: „Ich hab mit dem Verkehrskommissariat der PI 1 gesprochen. Du hattest Recht. Der Unfallverursacher hieß Robert Schöneberg. Die haben mit ihm vor Ort einen Alkoholtest durchgeführt und eine Blutprobenentnahme veranlasst. Wohnt in Riehl auf der Stammheimer Straße, hat da auch sein Architektenbüro."

Die Schöneberg-Brüder waren also definitiv in den Fall verwickelt, da bestand gar kein Zweifel.

„Ich denke, wir sollten die Kollegen der MK ‚Thiebold' über diese Neuigkeit informieren, oder wie seht ihr das?", fragte ich. Dario sprang auf und eilte aus dem Büro. Keine Minute später war er zurück. „Von denen ist keiner da. Wahrscheinlich sind die alle in Mittagspause", meinte er mit einem Blick auf die Armbanduhr. Es war 13.48 Uhr.

„Tja, ich denke, wir sollten den Herren Schöneberg schnellstmöglich einen Besuch abstatten. Egal, ob unsere Kollegen Zeit haben oder nicht."

„Ich bin ganz deiner Meinung, Pitter", warf Theo ein. „Wo wohnt dieser Patrick Schöneberg?"

Dario blätterte in den Akten. „Nach dem, was Frau Reichert angegeben hat, ebenfalls auf der Stammheimer Straße in Riehl, im gleichen Haus wie sein Bruder ..."

Nun ging alles ganz schnell. Theo setzte sich mit dem Staatsanwalt Dr. Müller in Verbindung, der beim Ermittlungsrichter umgehend einen Durchsuchungsbeschluss für die Wohn- und Geschäftsräume von Robert Schöneberg und die Wohnräume seines Bruders Patrick beantragte und auch erhielt. Aufgrund der recht schwammigen Beweislage weigerte sich der Richter jedoch, auch einen Haftbefehl gegen unsere „neuen" Hauptverdächtigen auszustellen. Er wollte zunächst das Ergebnis der Hausdurchsuchung und die damit verbundene Erhebung möglicher Beweise abwarten. Schließlich wussten wir zu jenem Zeitpunkt ja auch noch gar nicht, wie die beiden in den Fall verwickelt waren.

Der Durchsuchungsbeschluss wurde uns in Windeseile per

Fax übersandt. Ich rief bei der PI 5 an und forderte weitere Kräfte für unsere Durchsuchung an. Mir wurde zugesagt, dass uns zwei Kollegen des örtlichen ET, des Einsatztrupps, unterstützen sollten. Wir sieben Angehörigen der MK „Rotberg" versammelten uns in Ninas und Andríkos' Büro. Kurz vor drei machten wir uns auf den Weg zu unseren Fahrzeugen. Kaum waren wir zur Tür heraus, da kamen Figo und Thorsten mit fragendem Blick auf uns zu. „Was ist das denn für 'ne Völkerwanderung hier?"

„Wo habt ihr Pappnasen euch denn rumgetrieben? Wir haben euch verzweifelt gesucht."

„Na, wir haben ermittelt."

Dario, der neben mir stand, schaute skeptisch auf seine Armbanduhr. „Ist klar. So kann man's auch nennen ... Während ihr euch verpisst, haben wir euren Fall gleich mitgelöst!"

„WAS?" Figo und der Düsseldoofe schauten uns ungläubig an.

„Kommt mit. Wir erzählen euch alles unterwegs."

Wie ein Schäfer trieb ich die beiden verwirrten Kollegen vor mir her. Auf dem Weg in die Tiefgarage erzählte ich ihnen von Darios Entdeckung, von Werles an Patrick Schöneberg gerichtetem Erpresserschreiben, dem Verkehrsunfall seines Bruders in unmittelbarer Nähe des Tatorts und von der damit verbundenen bevorstehenden Hausdurchsuchung. Figo schüttelte den Kopf. „Das gibt's doch gar nicht, Mann. Wir zerbrechen uns seit Tagen den Kopf und ihr löst den Fall einfach so. Voll krass! Da wird der Karl-Heinz Augen machen, wenn er von seinem Termin beim Staatsanwalt zurückkommt!"

„Was meinst du, wie blöd erst Marco und Hacki gucken werden?"

Wir eilten in die Tiefgarage. Gemeinsam mit Dario, Figo und Thorsten stieg ich in den Scorpio.

Ich blickte Figo durch den Rückspiegel an, während ich den alten Ford über die stark frequentierte Zoobrücke lenkte. Zuvor hatte ich mich davon überzeugt, dass uns Nina, Theo und Andríkos in unserem zweiten Zivilwagen folgten. Wolle und Ralf waren im Büro geblieben.

„Kennt ihr diesen Patrick Schöneberg?“, wollte ich wissen.

Thorsten nickte grimmig. „Na klar. Der ist die rechte Hand von Döring. Der managt alles in dessen Eventagentur.“

8. Kapitel: Geständnisse

Wohn- und Geschäftsräume von Robert Schöneberg,
Stammheimer Str. 25, 50735 Köln-Riehl,
Dienstag, 4. März 2003, 15:32 Uhr

Nach gut zwanzig Minuten hatten wir Schönebergs Haus erreicht, ein wunderschönes, sandfarbenes Bürgerhaus aus der Zeit der Jahrhundertwende. Wir parkten die beiden Zivilfahrzeuge in der Nähe des Hauses und begaben uns zu der hölzernen Haustür. Auf der anderen Straßenseite stiegen zwei mit Lederblousons, Jeans und Sportschuhen bekleidete Männer aus einem dunkelroten Opel Astra.

„Seid ihr die Kollegen vom KK 11?", wollte einer der beiden, ein durchtrainierter Kahlkopf um die dreißig, wissen. „Ich bin der Bastian Knecht vom ET Nippes. Das ist mein Kollege Tobi Krumbein."

Wir reichten den Kollegen vom ET, einer Einheit der Schutzpolizei, die in Zivil agierte und die Straßen- und Drogenkriminalität eindämmen sollte, die Hand. Ich umriss kurz den Sachverhalt, um die Kollegen einzuweisen.

„Alles klar", meinte Bastian Knecht, der sich gerade die ledernen Handschuhe überzog.

Ich schaute auf das Klingelbrett. Neben Robert Schönebergs Wohnung und Architekturbüro beherbergte das erstklassig renovierte Haus auch Patrick Schönebergs Wohnung. Ich klingelte zunächst bei Schönebergs Büro. Ohne Nachfrage drückte jemand den Türöffner. Ich stieß die Tür auf und stand in einem dunklen Hausflur, an dessen Ende eine mächtige Holztreppe in die oberen Etagen führte. Kaum hatten wir den Hausflur betreten, da öffnete sich die Tür im Erdgeschoss, neben der eine große Messingtafel mit der Aufschrift *ARCHITEKTURBÜRO ROBERT SCHÖNEBERG* angebracht war. Eine junge blonde Frau mit dunklem Hosenanzug und strenger, schwarz eingefasster Brille stand im Türrahmen und sah uns skeptisch an. „Sie wünschen?"

„Voß, Kripo Köln. Können wir mit Robert Schöneberg sprechen?"

„Das ist im Moment sehr schlecht. Mein Chef ist in einem Kundengespräch und möchte nicht gestört werden."

„Tja, dann wird er dieses Meeting wohl unterbrechen müssen. Wir haben einen richterlichen Durchsuchungsbeschluss für seine Wohn- und Geschäftsräume." Theo hielt der ungläubig blickenden Assistentin die Faxkopie mit dem Briefkopf des Amtsgerichts Köln unter die Nase. Sie rückte ihre Brille zurecht und sah prüfend auf das richterliche Schreiben. „A-aber, das ist doch nicht Ihr Ernst!", stieß sie entrüstet hervor. Wortlos schoben wir uns an ihr vorbei.

Thorsten und André sollten gemeinsam mit dem ET-Kollegen Krumbein ihr Glück in Patrick Schönebergs Wohnung versuchen, Andríkos und Bastian Knecht Roberts Wohnung durchsuchen. Der Parkettboden in den alten, zum Büro umfunktionierten Räumen mit den hohen Wänden knarrte bei jedem Schritt. In dem großzügigen Flur hingen allerlei Nachdrucke der berühmten Pop-Art-Gemälde von Andy Warhol sowie zahllose Schwarz-Weiß-Aufnahmen von New York aus den Vierziger Jahren. Deckenfluter tauchten den Gang in schummriges Licht. Zielstrebig ging ich auf die Glastür mit der Aufschrift Konferenzraum am anderen Ende des Ganges zu. Aus dem Inneren hörte man ausgelassenes Gelächter. Ich klopfte an, öffnete die Tür und sah mich einer fünfköpfigen Gruppe tadellos gekleideter Männer gegenüber, die an einem kreisrunden Glastisch saßen und riesige Papierbögen, die die gesamte Fläche des Tisches einnahmen, betrachteten. Zigarrenrauch hing in der Luft. Durch das geöffnete Fenster zum Hinterhof drang der gedämpfte Lärm eines im Landeanflug auf Köln/Bonn befindlichen Düsenflugzeugs. Vier der fünf anwesenden Männer schienen jenseits der fünfzig zu sein. Sie trugen die wenig Abwechslung bietende Einheitskluft von Topmanagern, dunkelgraue Anzüge mit Weste, die über ihren Bäuchen spannten. Mit einer Mischung aus Verachtung und Verwunderung blickten sie uns „Eindringlinge" an. Ein Mann um die vierzig fiel mit seiner topmodischen Gelfrisur und seinem eleganten beigefarbenen Anzug aus der Reihe. Er stand abrupt auf und nahm seine randlose Brille ab. Ich erkannte in ihm auf Anhieb den Fahrer des verunfallten Volvo-Coupés wieder, den ich Sonntagnacht am Heumarkt gesehen hatte.

„Was fällt Ihnen ein, hier so reinzuplatzen? Ich habe doch gesagt, dass ich in einem wichtigen Kundengespräch bin und nicht gestört zu werden wünsche! Wer sind Sie überhaupt?"

Theo hob seinen Dienstausweis. „Voß, Kripo Köln. Gehe ich recht in der Annahme, dass Sie Robert Schöneberg sind?"

Der Mann sah uns nun noch verwunderter an, jedoch war die Entrüstung aus seinem Gesicht gewichen. „Ja, der bin ich. Polizei? Was wollen Sie denn noch von mir? Ich habe doch bereits Ihren Kollegen von der Verkehrspolizei gesagt, dass ich mich nur noch über meinen Anwalt äußere!"

Wortlos reichte Theo ihm die Kopie des Durchsuchungsbeschlusses. Mit zitternden Händen setzte der hochgewachsene Mann seine Designerbrille wieder auf und überflog das Schreiben.

„Durchsuchung? Wegen eines Verkehrsunfalls? Was soll das denn alles? Glauben Sie etwa, Sie finden bei mir im Keller noch Leichen von anderen Fußgängern, die ich im betrunkenen Zustand überfahren habe? Das ist ja lächerlich! Und rufschädigend! Haben Sie mir nicht schon genug Probleme gemacht?"

„Wenn Sie den Beschluss gründlicher durchgelesen hätten, wüssten Sie, dass wir deshalb nicht hier sind", antwortete ich streng. Dieser Architekt war ein absolut unsympathischer, arroganter Schnösel.

Einer der vier Manager erhob sich schwerfällig aus seinem Ledersessel und trat neben den sprachlosen Architekten. „Mach dir keine Sorgen, Robert, ich ruf direkt meinen Anwalt an. Der ist besser als deiner. Glaub mir! Das musst du dir nicht bieten lassen!"

Er hatte gerade sein teures Handy aus der Innentasche seines Jacketts geholt, als ihn Robert Schöneberg beschwichtigend am Arm packte. „Lass mal, Werner. Ich möchte vorher zu gerne wissen, warum die Herren tatsächlich hier sind." Er schaute sich in der Runde seiner Geschäftspartner um. „Würdet ihr mich mit den Herren von der Polizei bitte einen Augenblick allein lassen?"

Aber dieser Werner gab sich so einfach nicht zufrieden. „Ist wirklich alles in Ordnung mit dir?"

„Jaja, es geht schon. Mach dir keine Sorgen. Geht jetzt bitte!"

Schweiß stand auf der Stirn des Architekten. Die vier Manager verließen zögernd das Büro. Dario und Nina folgten ihnen. Da hörten wir von draußen plötzlich einen Aufschrei, gefolgt von einem dumpfen Schlag.

„Oh mein Gott!", rief Schöneberg. Er war leichenblass geworden. Hastig rannte er aus dem Büro, durch den Hausflur und auf die Straße. Theo und ich folgten ihm. Hinter uns liefen Dario und Nina. Als wir auf dem Bürgersteig vor dem Hauseingang ankamen, stockte uns allen der Atem. Robert Schöneberg lief schluchzend zu dem leblosen, blutüberströmten Körper, der mit zerschmettertem Schädel auf dem Gehweg lag. Meine Kollegen und ich waren beim Anblick des regungslosen Mannes, der Robert Schöneberg ein wenig ähnlich sah, erstarrt. Aus seinem aufgeschlagenen Hinterkopf ergoss sich ein Bach aus dunkelrotem Blut. Seine Gliedmaßen waren unnatürlich abgewinkelt.

Figo, Thorsten, Andríkos und die beiden ET-Kollegen trafen vor der Haustür ein. Figo wandte den Blick ab und lief zu einem kleinen Strauch neben dem Hauseingang. Im nächsten Moment konnte ich hören, wie sich der junge Kollege übergab. Robert Schöneberg streichelte dem Leblosen mit blutverschmierten Händen übers Gesicht und schluchzte: „Patrick! Was hast du bloß gemacht?"

Während wir wie angewachsen dabeistanden, griff Theo geistesgegenwärtig zu seinem Handy und rief die Leitstelle an. Ich wandte mich zu Thorsten, der starr auf Patrick Schönebergs Leiche blickte. Ich fasste ihn beruhigend an der Schulter. „Was ist denn passiert, Jung?"

Thorsten schüttelte benommen den Kopf. „Wir waren gerade in Patrick Schönebergs Wohnung und haben seine Schwägerin angetroffen. Als wir ihr den Durchsuchungsbeschluss gezeigt haben, kam er auf einmal aus einem der Nebenräume gerannt. Er ist wie von der Tarantel gestochen zum Fenster an der Straßenseite gestürzt. Dabei hat er Figo und den Krumbein noch umgestoßen. Ich bin ihm hinterher gelaufen, aber er war schneller. Und dann – oh Scheiße, Mann – also, ich bin ihm ins Wohnzimmer gefolgt, und da stand er im geöffneten Fenster und – und sah mich mit großen Augen an. ‚Ich geh nicht in den Knast! Döring hatte seinen Tod verdient!', hat er gesagt. Und dann – dann springt der Idiot aus dem Fenster! Mann, Pitter, so was hab ich noch nie gesehen! Ich hätte es verhindern müssen!" Er vergrub sein Gesicht in den Händen.

„Ganz ruhig, Jung, ganz ruhig. Ist doch nicht deine Schuld! Du kannst gar nix dafür!"

Wir hatten den Fall vermutlich aufgeklärt – auch, wenn wir noch nicht wussten, wie das alles zusammenhing. Aber um welchen Preis? Von weitem konnte ich die Sirenen der Einsatzfahrzeuge hören, die jeden Augenblick eintreffen würden. Keine zwei Minuten später traf ein Großaufgebot an Streifen-, Rettungs- und Notarztfahrzeugen ein.

Für Patrick Schöneberg kam jedoch jede Hilfe zu spät.

St. Vinzenz-Hospital,
Merheimer Str. 221–223, 50733 Köln-Nippes, Mittwoch, 5. März 2003, 10:44 Uhr

Robert Schöneberg wurde mit einem Schock ins Krankenhaus gebracht. Wir folgten dem Rettungswagen und sprachen mit dem Stationsarzt, einem freundlichen Mann mit unaussprechlichem arabischem Namen. Er bestätigte uns schließlich die Vernehmungsfähigkeit des Architekten.

Mit seiner grellen Neonbeleuchtung und dem beißenden Geruch von Desinfektionsmitteln verströmte der lange Gang eine deprimierende Atmosphäre. Meine Abneigung gegen Krankenhäuser wurde wieder einmal vollends bestätigt.

Als wir eintraten, saß Schöneberg in seinem Pyjama gedankenverloren am Fenster und schaute auf den Innenhof des alten Krankenhauses.

„Guten Tag, Herr Schöneberg“, sagte Theo.

Bedächtig drehte Schöneberg sich um. „Sie? Was wollen Sie denn noch? Sie haben doch alles erreicht, was Sie wollten. Mein Bruder ist tot. Müssen Sie mich jetzt noch weiter quälen? Das ist doch alles schlimm genug!“

„Herr Schöneberg, beruhigen Sie sich bitte. Wir haben da noch ein paar Fragen an Sie, die wir jetzt mit Ihnen klären möchten, wenn Sie nichts dagegen haben.“

Schöneberg zuckte mit den Schultern, seufzte und stand auf. „Meinetwegen. Nehmen Sie halt Platz!“ Er deutete auf die kleine Sitzgruppe gegenüber von seinem Bett. Wir setzten uns, während sich Schöneberg auf sein Bett sinken ließ.

„Zunächst haben wir einige Fragen zu dem Mord an Klaus-Dieter Döring, der ...“

Weiter kam Theo nicht. Schöneberg schüttelte zornig den Kopf. „Dieses miese Schwein! Was der meinem Bruder angetan hat. Ich kann meinem Bruder keinen Vorwurf draus machen, dass er diesen Wichser um die Ecke gebracht hat!“

Zwar versuchte Theo, Robert Schöneberg über seine Rechte als Zeugen und sein Zeugnisverweigerungsrecht als Angehöriger eines Beschuldigten aufzuklären, aber das interessierte ihn nicht im Geringsten. „Patrick ist tot! Alles wegen diesem Arschloch! Nein, ich bin meinem Bruder schuldig, auszupacken! Jeder soll wissen, was dieser Döring für ein skrupelloser Hurensohn war!"

„Könnten Sie sich ein wenig präziser ausdrücken?", warf Theo ein.

„Da gibt's gar nicht so viel zu sagen. Sehen Sie, mein Bruder war homosexuell. Anfangs hatte unsere gesamte Familie damit große Probleme. Wenn ich dran denke, wie oft ich mich mit ihm über dieses Thema gestritten habe. Vor meinen Freunden habe ich ihn früher oft verleugnet, da ich mich für seine Neigung geschämt habe. Als Teenager ist es nicht gerade schön, einen schwulen jüngeren Bruder zu haben. Aber im Laufe der Jahre haben wir uns wieder angenähert. Er ist mein bester Freund geworden, jemand, dem ich alles anvertrauen konnte. Ich erzählte ihm meine Beziehungsprobleme, er mir seine. Irgendwann kündigte Patrick seinen gutbezahlten Posten in der Werbebranche und nahm den Job als Manager für Dörings Eventagentur an. Mit der Zeit wurde er dessen engster Vertrauter.

Als wir eines Abends zusammensaßen, gestand mir Patrick, dass er sich in Döring verliebt habe. Auf meinen Einwand, dass Döring doch verheiratet sei, entgegnete er nur, dass die Ehe ausschließlich auf dem Papier bestehen würde. Döring hätte seine Frau nur aus Dankbarkeit geheiratet – sie hat ihm seinerzeit das Studium finanziert und das Startkapital für seine Firma gegeben. Obwohl ich ihm von dieser Beziehung abriet, steigerte sich Patrick immer mehr in die Idee hinein, dass Döring der Richtige für ihn sei.

Tja, und irgendwann – so vor zweieinhalb Jahren – zogen die beiden schließlich zusammen. Natürlich nicht offiziell, da Döring nach außen hin weiter den braven Ehemann spielen musste. Er war immerhin im Vorstand eines der größten Karnevalsvereine und bei den Lokalgrößen ziemlich beliebt.

Selbst als seine Frau vor einem Jahr starb, wollte er immer noch nicht zu der Beziehung mit Patrick stehen und mimte den trauernden Witwer. Jedenfalls richtete er für sich und Patrick ein Liebesnest in der Eifel ein, in dem sie sich mehrmals pro Woche trafen. Mein Bruder freute sich immer wie ein Verrückter auf diese blöden Treffen. Mir passte das alles nicht. Ich fürchtete, dass Döring meinen Bruder nur als Abenteuer betrachtete.

So engagierte ich einen Privatdetektiv, der ihn beschattete. Und siehe da – ich hatte recht. Döring bestieg alles, was ihm vor die Flinte lief. Ob Mann oder Frau – egal, Hauptsache willig. Mit diesen Erkenntnissen und den eindeutigen Bildern, die der Detektiv gemacht hatte, konfrontierte ich meinen Bruder.

Aber er warf mich nur raus. Ich würde ihm sein Glück nicht gönnen, sagte er.

Tja, und dann vor rund vier Monaten sagte Döring schließlich, dass sie ihre private Beziehung beenden sollten. Er habe jemand anders kennengelernt, der jünger wäre als Patrick und darüber hinaus eine Frau. Er könne keine Männer mehr sehen. Mein Bruder war fix und fertig, wie Sie sich vorstellen können.

Und Döring besaß auch noch die Frechheit, zu sagen, dass Patrick froh sein solle, wenn er ihm nicht den Job kündige. Schließlich könne er mit Expartnern nicht zusammenarbeiten. Mein Bruder warf das letzte bisschen Stolz über Bord und flehte Döring an, ihm nicht zu kündigen."

„Und Ihr Bruder arbeitete letztendlich weiter für Döring?", wollte ich wissen.

„Leider. Döring ließ sich dazu überreden. Er sei ja kein Unmensch, sagte er. Allerdings sollte mein Bruder jetzt auch noch außerhalb der Arbeitszeit für ihn den Lakaien spielen. Er brauche für seine Auftritte noch einen persönlichen Assistenten, der ihm die Tasche trage und die Uniform bügle. Um dieses Arschloch zurückzuerobern, machte mein Bruder das auch noch mit. Nach zehn Stunden Arbeit begleitete er ihn jetzt auch noch zu den Auftritten. Er sagte nur: ‚Hauptsache, ich bin in Klaus-Dieters Nähe.' Das müssen Sie sich mal vorstellen! Er fuhr das Auto, während Döring mit seiner neuen Flamme, dieser Steffi Blum, auf der Rückbank wild rumknutschte."

„Zugegeben, eine tragische Geschichte. Aber wie ist es dann schließlich zu dem Mord gekommen?", wollte Theo wissen.

„Darauf wollte ich ja gerade hinaus. Vor gut zwei Wochen suchte Patrick irgendwelche Unterlagen in Dörings Büro. Zufällig stieß er dabei auf ein Schreiben einer Arztpraxis, das schon anderthalb Jahre alt war. Was Patrick da las, ließ ihn fast zusammenbrechen.

Döring hatte sich einem AIDS-Test unterzogen – und war laut Laborbericht tatsächlich HIV positiv! Da mein Bruder fast zwei Jahre mit ihm ungeschützten Verkehr gehabt hatte, war die Wahrscheinlichkeit groß, dass er Patrick angesteckt hatte.

Fassungslos konfrontierte mein Bruder seinen Exgeliebten mit diesem Test. Aber der sagte nur, dass er Patrick nicht unnötig beunruhigen wollte. Außerdem hätte er dann direkt wieder rumgezickt. Und darauf habe er keinen Bock gehabt. Patrick solle sich mal nicht so anstellen. Schließlich hätten sie ja viel Spaß miteinander gehabt. Und das sei alles, was zähle. Patrick solle sich lieber glücklich schätzen, dass Döring überhaupt etwas mit ihm angefangen habe. Mit diesen Worten zerriss er den Bericht und warf meinen Bruder zur Tür raus. Das müssen Sie sich mal vorstellen! Patrick hat sich noch nicht mal getraut, einen Arzt aufzusuchen und sich untersuchen zu lassen. Er war völlig fertig.

Ab diesem Zeitpunkt wollte Patrick nur noch Rache. Und an Weiberfastnacht war es dann soweit.

Er meldete sich Weiberfastnacht nach den ersten Auftritten krank und wartete nur auf eine passende Gelegenheit, es Döring heimzuzahlen. Da er den Auftritts- und Terminplan der Rheinschiffer kannte, wusste er, dass sie nach ihrem letzten Auftritt ins ‚Jan' gehen wollten. Sie waren von einem Vorstandsmitglied von Jan von Werth dorthin eingeladen worden. Vorsorglich hatte er Döring morgens Abführmittel in den Kaffee gemischt, weil er Döring allein auf der Toilette abpassen wollte. Schließlich würde ein Überfall auf dieses Arschloch bei dem Trubel, der in dem Laden herrscht, nicht auffallen.

Und so nahm der Tag dann seinen Lauf. Mein Bruder machte sich auf den Weg zum ‚Jan' und wartete in der Thieboldsgasse auf das Eintreffen der Rheinschiffer. Nachdem sie angekommen waren, ging auch Patrick rüber zu dem Gasthaus. Er sagte dem Türsteher, dass auch er Mitglied der Fidelen Rheinschiffer sei, die zu der Feier im Kasino eingeladen wären. An dem Tag sei er aber mit seinem alten Verein, den Mauenheimer Rothäuten, unterwegs gewesen. Ein gewagtes Unterfangen, schließlich hätte er auch Pech haben können. Wenn man ihm diese Geschichte nicht abgenommen hätte, wäre sein ganzer Plan umsonst gewesen. Für den Fall wollte er Klaus-Dieter unter einem Vorwand telefonisch aus dem ‚Jan' rauslocken und in der dunklen Straße erstechen. Aber es ging ja alles glatt. Der Mann vom Einlass nahm ihm seine Story ab. Patrick hielt sich in einer dunklen Ecke des Kasinos auf und beobachtete Döring von dort aus. Da es Döring bereits den ganzen Tag aufgrund des Abführmittels schlecht ging, war es nur eine Frage der Zeit, bis er auf die Toilette gehen würde. Und da kam ich dann ins Spiel", sagte Robert Schöneberg und schaute uns mit müden Augen an.

„Wie meinen Sie das? Vorsichtshalber möchte ich Sie darüber aufklären, dass Sie die Aussage verweigern können, wenn Sie sich selbst einer Straftat ..."

„Ach, Herr Voß, das ist mir ziemlich egal. Patrick hatte mir per SMS mitgeteilt, dass er im ‚Jan' sei. Für diesen Fall hatten wir vorher ausgemacht, dass ich um halb zwölf von einem Münzfernsprecher am Neumarkt Björn Küppers vom Tatort weglocken sollte. Patrick wusste, wie eifersüchtig dieser Küppers war. Und schließlich wollten wir die Gelegenheit nutzen, es dem Jungen in die Schuhe zu schieben."

„Aber warum?", fragte ich.

Schöneberg zuckte mit den Achseln. „Dieser Küppers war ein riesiges Arschloch. Der hat meinen Bruder nur rumschikaniert und beschimpft. ‚Blöde Schwuchtel' war noch der harmloseste Ausdruck, mit dem er ihn bedacht hat. Teilweise hat er Döring und den Rest des Vereinsvorstands unter Druck gesetzt.

Er drohte, dass er nicht weitermache, wenn Patrick den Auftritten nicht fernbliebe. Er habe Angst um seine ‚Unschuld'! Dieses blöde Schwein! Ein Mal hat er Patrick sogar offen bedroht. Er hat ihn am Kragen gepackt und für den Fall, dass Patrick ihn nur ein einziges Mal wie eine ‚verliebte Tunte' anschauen würde, angedroht, ihm ‚eine aufs Maul zu verpassen'! Mein armer Bruder hat aus Angst nächtelang nicht mehr geschlafen. Und alles wegen Björn Küppers, diesem verfluchten Rotzlöffel! Es war meine Idee, es diesem Asozialen auf diese Art und Weise heimzuzahlen. So konnten wir der Polizei auch gleich einen Verdächtigen präsentieren. Als Döring dann auf die Toilette ging, folgte ihm mein Bruder und erstach ihn. Die Tatwaffe verstaute er in Küppers' Tasche und verschwand. Dumm war nur, dass ausgerechnet Patricks alter Vereinskamerad Volker Werle auch mit seinem Verein zu der Feier eingeladen worden war und ihn trotz der Kostümierung wiedererkannte."

Schöneberg schüttelte den Kopf. „Wahrscheinlich wär's besser gewesen, wenn mein Bruder an diesem Punkt die Sache abgebrochen hätte. Aber daran hat er in dem Moment nicht gedacht. Er wollte es Döring unbedingt an diesem Abend heimzahlen."

„Warum überhaupt dieses Kostüm?", hakte ich nach.

„Weil man sich als Mauenheimer Rothaut bis zur Unkenntlichkeit schminken kann. Wenn Sie diese bunte Kriegsbemalung und die lange, schwarze Perücke anlegen, erkennt Sie so schnell keiner mehr. Ich bin seinerzeit oft genug mit zu den Auftritten gegangen und hatte Probleme, Patricks Vereinskameraden dann noch auseinanderzuhalten."

„Tja. Aber dann war da Volker Werle ..."

Schöneberg fasste sich an den Kopf. „Was für ein Zufall! Volker hätte Patrick in dem Kostüm nach den sechs Jahren, die sie zusammen im Verein waren, vermutlich auch noch blind erkannt. Jedenfalls lag am nächsten Tag in Patricks Briefkasten dann ein Schreiben, in dem Volker ..."

„ ... dreißigtausend Euro in bar verlangte. Wir wissen von dem Erpresserschreiben. So sind wir ja auch erst auf Ihren Bruder und Sie gekommen. Aber warum musste Werle auch sterben? Sie hätten doch Ihrem Bruder das Geld bestimmt geben können."

Schöneberg nickte. „Nicht nur das: Ich ging zu dem vereinbarten Übergabeort am Rheinpegel und gab Werle die dreißigtausend Euro höchstpersönlich! Mein Bruder war mit den Nerven vollkommen fertig, als er den Brief gelesen hatte. Der war nicht mehr fähig, klar zu denken. Nachdem ich Volker, den ich auch ganz gut kannte, das Geld gegeben hatte, sagte ich ihm, dass diese Zahlung einmalig gewesen sei und er bloß nicht der hirnrissigen Idee verfallen solle, meinen Bruder oder mich nochmal zu kontaktieren. Werle lächelte mich nur freundlich an. ‚Natürlich nicht, was denkst du von mir?', sagte er und ging."

„Wie ist das denn weiter abgelaufen, nachdem Sie Werle das Geld übergeben hatten?"

„Ich habe auf einmal rot gesehen. Ich bin umgekehrt, folgte ihm durch die schmale Gasse und stach auf ihn ein. Immer und immer wieder. Die blanke Wut hatte mich gepackt. All meinen Frust über die Ungerechtigkeiten, die mein armer Bruder durchleben musste, ließ ich an Werle aus. Bis er zusammenbrach und sich nicht mehr rührte."

Ich schüttelte den Kopf. „Aber aus welchem Grund? Werle hatte Ihnen doch gar nichts getan. Und es sprach auch nichts dafür, dass er Ihren Bruder oder Sie weiterhin mit seinem Wissen um die Tat erpressen wollte. Herr Werle war selbst verzweifelt genug. Der hätte Sie bestimmt in Ruhe gelassen."

„Mag sein, dass Sie Recht haben. Ich hatte einfach nur Angst um meinen Bruder. Was wäre gewesen, wenn Werle doch nicht dicht gehalten hätte und zur Polizei gegangen wäre? Volker war immerhin der einzige Augenzeuge. Mein Bruder hatte in letzter Zeit genug mitgemacht. Wahrscheinlich war er durch dieses Arschloch Döring sogar mit HIV angesteckt worden. Ich wollte nicht, dass mein Bruder das alles mitmachen musste."

Eine Zeitlang saßen wir uns stumm gegenüber. Dann fragte Theo: „Was ist mit der Tatwaffe, mit der Sie Werle niedergestochen haben?"

„Nachdem ich mich davon überzeugt hatte, dass Volker tatsächlich tot war, habe ich seine Taschen nach seinem Handy durchsucht, das er auch bei sich führte. Schließlich wusste ich ja nicht, ob darin irgendwelche Hinweise zu finden waren, die zu Patrick oder mir führen könnten. Ich nahm es also an mich und bin zum Rheinufer zurückgekehrt, wo ich das Messer und Werles Handy ins Wasser geworfen habe. Danach bin ich in die erstbeste Kneipe gegangen und hab mich betrunken. Ich stand ja selbst unter Schock, hatte noch die Bilder vor Augen, wie Werle um sein Leben gefleht hat, bevor er zusammenbrach. Ich kann heute gar nicht mehr beschreiben, wie ich mich fühlte. Es war eine Mischung aus Mordlust, Panik, Schrecken und Entsetzen. Nach dem fünften Kölsch und dem dritten Klaren hatte ich mich zumindest ansatzweise wieder unter Kontrolle." Schöneberg sah uns an und schüttelte den Kopf.

„Und dann musste mir das auch noch mit dem Fußgänger passieren. Ich habe so viele Fehler gemacht und zwei Menschen Leid zugefügt. Das werde ich nie vergessen können. Und dabei wollte ich doch nur meinem kleinen Bruder helfen!", schluchzte er und vergrub das Gesicht in den Händen.

Robert Schöneberg wurde wegen Totschlags zu einer Freiheitsstrafe von acht Jahren verurteilt – ein durchaus mildes Urteil, über das sich Werles Eltern nicht zu Unrecht empörten.

Epilog

Polizeipräsidium Köln, GS, ZKB, KG 1, KK 11, MK 3,
Walter-Pauli-Ring 2–4, 51103 Köln-Kalk,
Donnerstag, 6. März 2003, 16:15 Uhr

Beide Mordfälle hatten wir aufgeklärt. Zwar beklagte sich Dario, dass sich der zuständige Netzanbieter noch nicht hinsichtlich der Verkehrsdaten zu Werles Handy gemeldet hatte, aber das war jetzt auch nicht mehr von Bedeutung. Im Präsidium saßen Dario und ich uns schweigend gegenüber. Schließlich räusperte er sich. „Wie sieht's mit heute Abend aus? Um wie viel Uhr treffen wir uns nochmal?"

„Was meinst du?"

„Na, das traditionelle Fischessen mit dem Verein! Heute ist doch Ascherdonnerstag! Und jetzt dürfte der Theo eigentlich nichts dagegen haben, wenn wir da heute Abend hingehen, oder? Um den Rest kann der sich auch allein kümmern."

Tja, da hatte Dario recht. Die laufende Session war vorbei. Genau wie die Ermittlungen in diesen beiden mysteriösen Mordfällen. Aber irgendwie war mir nicht nach Feiern. Ich musste die ganze Zeit an Thorsten denken, der dienstags mit einem Schock nach Hause geschickt worden war. Er machte sich große Vorwürfe und grübelte darüber nach, ob er Patrick Schönebergs Selbstmord nicht hätte verhindern können. Wie es ihm wohl gehen würde? Ich fasste einen Entschluss. „Wahrscheinlich hast du recht. Obwohl ich den Begriff Ascherdonnerstag eigentlich nur aus der Politik kenne, du Möchtegern-Kölner! Aber ich fürchte, ihr müsst heute Abend auf meine Anwesenheit verzichten. Ich hab was Wichtigeres vor!"

Dario sah mir verstört nach, als ich meine Tasche packte, mich bei Theo abmeldete und verschwand.

Ich holte eine Kiste Kölsch und machte mich auf den Weg in die Metzer Straße in der Südstadt. Lange musste ich nicht klingeln, bis mir Thorsten ungekämmt und verschlafen die Tür öffnete. „Hey, Pitter, was machst du denn hier?“

„Ich wollte doch wissen, wie’s dir geht. Wieder besser?“

„Jetzt, wo ich dich sehe, schon. Komm doch rein.“

Wir saßen bis tief in die Nacht zusammen, tranken Kölsch und redeten. Eine bessere Therapie gibt’s nicht für einen echten Rheinländer, der Probleme hat.

- ENDE -

Danksagung

Besonderer Dank gilt meiner geliebten Frau Sonja, die mich von jeher nach Kräften unterstützt hat und mir immer der kritischste aller Lektoren war.

Weiterhin wäre die Buchreihe in dieser Form wohl auch nicht zustande gekommen, wenn mich mein alter Freund Mark Klobukowski nicht tatkräftig mit seinen inhaltlichen Korrekturen „auf den rechten Weg“ geführt hätte. Darüber hinaus hat er gerade in diesem Band als alter „Profikarnevalist“ und langjähriges Mitglied der „Helligen Knäächte un Mägde e.V.“ sein geballtes „Fastelovends-Fachwissen“ zur Verfügung stellen können.

Des Weiteren möchte ich mich recht herzlich bei Kriminalhauptkommissarin Dorothee „Doro“ Christmann, Mordkommissionsleiterin beim KK 11 des PP Köln, für ihr fundiertes fachspezifisches Lektorat bedanken. Doro Christmann hat es sich trotz ihres zeitintensiven Berufs nicht nehmen lassen, dafür zu sorgen, dass die Arbeitsabläufe einer Mordkommission durch mich so realitätsnah wie möglich geschildert werden konnten – und das in allen zwölf Romanen der Peter-Merzenich-Reihe (und trotz gefühlter 1000 nerviger Anrufe mit allerlei Detailfragen, die sie jedoch mit regelrechter Engelsgeduld beantwortet hat). Tausend Dank, Frau Kollegin!

Ferner möchte ich mich bei meiner lieben Mutter, Frau Dagmar Thelen, für ihr Lektorat bedanken, wodurch noch einige Fehler ausgemerzt werden konnten.

Zu guter Letzt sei hier mein Autoren-/Polizeikollege Bernhard Hatterscheidt erwähnt, der die Übersetzung der „Ruhrpott-Slang-Passagen“ übernommen hat.

+++ Peter Merzenich kommt zurück in „Buchforst-Connection“ +++

Krimis von Bernhard Hatterscheidt und Ludwig Kroner

Mörderischer Fastelovend

266 Seiten, Softcover, 125 x 190 mm, 9,99 EUR
ISBN 978-3-941557-69-7

Kriminalhauptkommissar Westhoven und seine Mitarbeiter stehen Karneval vor einem Mord ohne erkennbares Motiv...Werden Sie Zeuge eines spannenden Kriminalfalls und dessen realitätsnaher Aufklärung. Dieser Roman orientiert sich eng an der täglichen kriminalpolizeilichen Arbeit, denn Realität ist oft spannender als Fiktion.

Eiskalt in Nippes

192 Seiten, Softcover, 125 x 190 mm, 9,99 €
ISBN-978-3-939284-14-7

Tadeuz Piontek ist Hausmeister und Mädchen für alles. Bei Umbauarbeiten im Keller des Hauses in der Viersener Straße fi ndet er eine eingemauerte Tiefkühltruhe. Als er sie öff net, blickt er in das vereiste Gesicht eines Toten: Tiefgekühlt seit Jahren. Deutlich ist die schwere Schädelverletzung zu erkennen. Eiskalt in Nippes ist ein neuer Fall für Kriminalhauptkommissar Westhoven und sein Ermittlungsteam.

Feuer in Rondorf

240 Seiten, 125 x 190 mm, Klappenbroschur, 9,99 €
ISBN:978-3-939284-55-0

In einem ausgebrannten Haus fi ndet die Polizei eine stark verkohlte Leiche. Die Obduktion ergibt, dass dem Verstorbenen kurz vor seinem Tod beide Hände gebrochen wurden. Wer ist dieser Mann? Und wer hat ihm dies angetan? Auch in ihrem dritten Fall stehen Kriminalhauptkommissar Westhoven und sein Team vor vielen ungelösten Fragen und müssen bis an ihre Grenzen gehen, um den Fall zu knacken...

Vingstblüten im Herbst

Broschur, Format: 12,5 x 19 cm , 224 Seiten
ISBN: 978-3-943883-17-6, 9,99 EUR

Im Naturfreibad von Köln-Vingst finden Sporttaucher eine Leiche. Ein Unfall ist ausgeschlossen: Die Füße des Toten waren einbetoniert. Organisierte Kriminalität? Eine Beziehungstat? Kriminalhauptkommissar Westhoven und sein Team stehen vor einem Rätsel. Doch ein zweiter Mord führt sie zu einer Spur.

Krimis von Gereon A. Thelen

Nachts in Kalk

224 Seiten, 125 x 190 mm, Klappenbroschur,
ISBN 978-3-939284-57-4, 9,99 EUR

Köln, im Sommer 1994: Der junge Polizeimeister Peter Merzenich, genannt Pitter, befreit eine Frau aus den Fängen des Zuhälters Jupp Opladen. Kurz darauf gerät ein Kollege, Michi Schmitz, auf einem einsamen Waldparkplatz in Höhenberg unter Beschuss und stirbt noch am Tatort. Pitter macht sich auf eigene Faust auf Täterjagd. Doch es fehlt ein Motiv. Hat Kalks Rotlichtmilieu eine Verbindung zu dem Fall? Es gibt noch einen unerwarteten Selbstmord, einen Drogentoten und eine weitere Frauenleiche bis es endlich Tag wird in Kalk.

Alaaf für eine Leiche

Broschur, 200 Seiten, Format: 12,5 x 19 cm
ISBN: 978-3-943883-70-1, 9,99 EUR

Karneval in Köln: Kommissar Peter Merzenich feiert ausgiebig die fünfte Jahreszeit. Doch dann wird die Karnevalsfreude jäh durch den Mord am Trainer der Tanzgruppe „Fidele Rheinschiffer" unterbrochen. Bald geschieht in der Altstadt ein weiterer Mord. Wieder ist das Opfer Mitglied einer Karnevalstanzgruppe. Ein Mord aus Konkurrenz zwischen Karnevalsvereinen? Wussten die Opfer zu viel über die Methoden einer Firma, die gezielt Schwarzarbeiter ausbeutet? Bald deutet eine Spur auf einen mysteriösen Mann im Indianerkostüm. Ihren Höhepunkt erreicht die Jagd nach dem Täter im Trubel des Rosenmontagzugs.

Krimis von Andreas Schnurbusch

Schleusermord

248 Seiten, 125 x 190 mm, Klappenbroschur,
ISBN 978-3-939284-88-8, 9,99 EUR

Eine Polizeistreife findet am Kronenburger See in der Eifel die Leiche eines jungen Mannes im Auflieger eines verunglückten Sattelzuges. Der Fahrer ist flüchtig. Nach Auswertung der Tatortspuren und Obduktion der Leiche steht fest, dass der Mann erwürgt wurde. Die Beamten der Mordkommission ‚Mama' gehen jeder Spur akribisch nach und kommen der Identifizierung des Mörders Schritt für Schritt näher. Die Ermittlungen führen über das Kölner Rotlichtmilieu zu einer international agierenden Schleuserbande. Es handelt sich um den ersten Fall des Ermittlerduos Hubert Makele und André Moritz, genannt Fisch und Kid.

Schachtleichen

216 Seiten, 125 x 190 mm, Klappenbroschur,
ISBN 978-3-943883-20-6, 9,99 EUR

Nach einer Gasexplosion in der Severinstraße stoßen Arbeiter bei der Räumung auf einen unerwarteten Fund: In einem Schacht entdecken sie eine einbetonierte Leiche. Fisch und Kid von der Mordkommission Köln stehen vor einem Rätsel. Die Spur führt in die Eifel, wo sich vor mehr als 15 Jahren ein unfassbares Familiendrama abspielte...

Krimis von Bernhard Hatterscheidt und Gereon A. Thelen

Raucher sterben früher

224 Seiten, 125 x 190 mm, Klappenbroschur,
ISBN 978-3-943883-19-0, 9,99 EUR

Unversteuerte Zigaretten der russischen Marke LENA überschwemmen den deutschen Markt. Wer steckt hinter dem Schmuggel? Das Team um Zollamtmann Andi Theveßen entdeckt eine erste heiße Spur zum unbekannten Drahtzieher der Bande. Zeitgleich erschüttern mehrere Morde in der deutsch-kasachischen Gemeinde im Rheinland die Öffentlichkeit. Die Kölner Mordkommission unter der Leitung von Kriminalhauptkommissarin Gabi Kreuzmann nimmt die Ermittlungen auf. Bald zeigen sich ungeahnte Parallelen zwischen beiden Verfahren.

Krimis von Inge Lempke

Ein Mord zuviel

272 Seiten, 125 x 190 mm, Klappenbroschur,
ISBN 978-3-939908-84-5, 9,99 EUR

Hauptkommissar Andreas Montenar und sein Kollege Sascha Piel von der Bonner Mordkommission sollen den Mord an dem bekannten Arzt Dr. Horst Schneyder aufklären. Aber dabei stoßen sie auf erhebliche Schwierigkeiten, denn wie es scheint, hat sich der Chirurg nicht nur unter seinen Patienten, sondern auch in der eigenen Familie einige Feinde gemacht...

Mörderische Habgier

287 Seiten, 125 x 190 mm, Klappenbroschur,
ISBN 978-3-939908-85-2, 9,99 EUR

Irgendwie schien das Licht im Raum dunkler zu werden… Gott, sie fiel doch jetzt nicht in Ohnmacht!? Es war unheimlich still in der Bank, alles lief ab wie in einem Stummfilm ohne Klavierbegleitung… weder Gianfranco noch der Bankräuber gaben einen Laut von sich. Niemand hustete, niemand schrie. Ein Schuss fiel. Laut, unerwartet, schrecklich. Die Hauptkommissare Andreas Montenar und Sascha Piel von der Bonner Mordkommission haben einen kniffligen Fall zu lösen: Wie hängen ein Banküberfall, zwei ermordete Männer, zwei tote Frauen und eine Geiselnahme in der Bonner U-Bahn zusammen?

Alles hat seinen Preis

256 Seiten, 125 x 190 mm, Klappenbroschur,
ISBN 978-3-941557-73-4, 9,99 EUR

Ein 13jähriger Junge verschwindet spurlos aus einer Neubausiedlung in Beuel. Während den Ermittlungen stellen Andreas Montenar und Sascha Piel fest, dass die Kindesentführung nicht das einzige Verbrechen in dieser Siedlung ist...

Der Teufel in uns

272 Seiten, 125 x 190 mm, Klappenbroschur,
ISBN 978-3-939284-26-0, 9,99 EUR

Zwei Mordserien, die auf den ersten Blick nichts miteinander zu tun haben, erschüttern die Stadt. Bei ihren Ermittlungen stoßen die Kommissare Andreas Montenar und Sascha Piel auf die neu gegründete Glaubensgemeinschaft des Predigers Jonas Kirch, der verkündet, er sei von Gott nach Bonn gesandt worden, um die Menschen aus den Fängen des Teufels zu retten. Ist Kirch in die Mordfälle verwickelt?

Pützchens Mord

264 Seiten, 125 x 190 mm, Klappenbroschur,
ISBN 978-3-943883-18-3, EUR 9,99

Auf Pützchens Markt wird eine ältere Frau ermordet aufgefunden. Weitere Morde folgen. Anfangs scheint keinerlei Verbindung zwischen den Fällen zu bestehen. Dann stoßen die Kommissare Andreas Montenar und Sascha Piel bei ihrem fünften Fall auf eine Spur: eine Tragödie, die das Leben mehr als einer Familie für immer veränderte, und auf einen schrecklichen Racheplan.

Rosenmordtag in Dottendorf

248 Seiten, 125 x 190 mm, Klappenbroschur,
ISBN 978-3-943883-67-1, EUR 9,99

Am Rosenmontag wird auf dem Quirinus-Platz eine Frau aus dem Hinterhalt erschossen. Sie soll nicht das einzige Opfer bleiben. Die Situation droht zu eskalieren, als der Heckenschütze in einem anonymen Brief ankündigt, alle Einwohner von Bonn töten zu wollen. Unter Zeitdruck ermitteln die Kommissare Andreas Montenar und Sascha Piel im Umfeld der Getöteten. Endlich führt eine Spur in die Vergangenheit zweier Opfer. Montenar und Piel haben bald zwei Verdächtige - doch nichts ist, wie es scheint. Als dann noch einer der Verdächtigen auf ungeklärte Art ums Leben kommt, beginnt die Suche von vorne.